成时代

女性自我认知特点研究

介川奖女性获奖作品为中心

李姝蓓 著

山西省高校外语教学与研究专项课题（课题编号：SXSKLY2023SX0069）

山西省研究生教育创新计划支持项目（课题编号：2023XJG005）

U0680902

九州出版社
JIUZHOUPRESS

图书在版编目（CIP）数据

平成时代日本女性自我认知特点研究 ：以芥川奖女性获奖作品为中心 / 李姝蓓著. -- 北京 ：九州出版社，2024.3

ISBN 978-7-5225-2710-9

Ⅰ．①平… Ⅱ．①李… Ⅲ．①日本文学－现代文学－妇女文学－文学研究 Ⅳ．①I313.065

中国国家版本馆CIP数据核字(2024)第057958号

平成时代日本女性自我认知特点研究：以芥川奖女性获奖作品为中心

作　　者	李姝蓓　著	
责任编辑	李　荣	
出版发行	九州出版社	
地　　址	北京市西城区阜外大街甲 35 号（100037）	
发行电话	(010)68992190/3/5/6	
网　　址	www.jiuzhoupress.com	
印　　刷	永清县晔盛亚胶印有限公司	
开　　本	880 毫米×1230 毫米　32 开	
印　　张	7.75	
字　　数	206 千字	
版　　次	2024 年 4 月第 1 版	
印　　次	2024 年 4 月第 1 次印刷	
书　　号	ISBN 978-7-5225-2710-9	
定　　价	68.00 元	

前　言

　　日本平成时代（1989—2019 年）是日本社会发展的重要转折期，经济由二战后的高速发展转而陷入泡沫崩溃后的长期低迷，既有的社会体系由瓦解走向重构，原本积极进取的民众心理逐渐被对未来的焦虑与恐惧覆盖。由此，平成三十年间被冠以日本"失去的三十年"之称。这一历史进程衍生出许多社会问题，如少子老龄化日趋加剧，女性贫困日益凸显，晚婚不婚蔚然成风，"飞特族""茧居族"和"穷忙族"等不断涌现。女性作为日本社会相对弱势的群体，往往最容易受到社会转型期产生的各种问题的深刻影响，同时也会成为这些社会问题的症结所在。因此，通过考察平成时代日本女性自我认知的特点及成因等问题，不仅有助于深入理解日本社会文化的发展演变，而且汲取其经验与教训，亦有助于为我国解决相应社会文化问题提供一定的借鉴。

　　关于日本女性，已有研究主要集中在文学与社会学领域。文学领域主要梳理日本女性自我发展历程，或者分析作品中日本女性自我的困境与成长过程。社会学领域则侧重关注日本社会女性相关制度、政策、问题、现象等方面。这些研究主要探讨了日本女性的外部社会存在以及内在自我意识问题，但关于平成时代日本女性自我与相关社会问题之间的关系缺乏整体性研究。并且，既有成果多聚焦在某一世代女性尤其是中年女性身上，缺乏对其他不同年龄层次女性的研究。鉴此，本书尝试以整个平成时代为研究背景，在纵向上将日本女性分为老中青三个世代，在横向上沿着"自我"的三个维度，即物质维度、社会维度和精神维度，以日本女性作家的芥川奖获奖作品为主要分析文本，间或参阅日本内阁府等的重要社会调查数据，围绕平成日本女性自我认知问题展开定量与定性相结合的研究。

文学即为人学，文学作品是对现实生活的一种凝练，以日本女性作家笔下的日本女性形象为媒介研究日本女性自我认知具有代表性与针对性。芥川奖是日本最重要的文学奖项。在平成时代获奖作品中，总计有老中青三代日本女性作家的 28 部作品获奖。这些获奖作品蕴含着大量写实性的日本女性形象以及与日本女性有关的现实性信息，呈现出她们在面对不同阶段人生问题时的困境与心境，为研究平成时代日本女性自我认知问题提供了丰富的"社会性文本"。

通过分析发现，日本青少年女性在物质维度的自我形象具有两种类型化特点：一是"厌世性""内向性"的身体形象，即以身体为表征与外部社会相违和、隔离的现象，具体表现为身体改造、"御宅"等行为；二是物质生活上的连锁贫困化，突出体现在日本社会单亲母女身上。在社会维度，她们往往以孤寂形象示人，将原生家庭成长环境、校园集团意识、个人情感经历作为背景，暗示与亲人、同学、异性之间的违和关系是形成疏离感、孤独感、挫败感的重要原因。这两种消极色彩反映出她们具有自我膨胀与自我萎缩的双重倾向，究其实质是精神维度的情感需求得不到满足而表现出的个体自我认知的"极我化"。当然，她们在成长过程中也有进步与超越，在自我醒悟与他者关爱下由空虚迷茫和焦虑不安逐渐找到自我定位与方向。相比日本青少年女性的"极我化"，日本中年女性中一部分是秉承生儿育女、相夫教子传统的女性，另一部分属于探寻自我价值的现代女性，且后者人数日益增加，特征日趋显著，由此她们在整体上呈现出"自我化"倾向。二者在物质维度集中体现为对待身体生育性的不同态度，前者带有对男权话语体系迎合与皈依色彩，后者则展现出对既有社会性别文化的质疑与挑战。在社会维度的婚姻家庭与职场中，二者在面对男权制与资本主义的双重合谋时，不免会有不幸经历与体验，前者时常做出妥协与让步，而后者则呈现出面对的勇气与尝试。并且在这种尝试中，隐含着她们在精神维度上对于自我主体性的向往与平等友爱性别关系的希冀。言及平成日本老年女性，很大一部分为出生于战后的"团块世代"，青春时代的她们是"集体就职"的主力军，到适婚年龄纷纷成为"男主外，女主内"核心家庭模式中的主妇，人至老年的她们在物质维度既要面对生理肉体的衰老，还伴随有老后破产的危险，而在社会维度既有人面临家庭生活中的孤独之境，也有人在职场上呈现"退而不休"之姿。在她们的人生经历中，自我多隐忍奉献，个体往往投入家庭，融入社会，带有"去我化"的特点。在精神维度，这些日本老年女性自我形象还展现出一种"老人力"，这种力量既是她们对于肉体衰老的超越与物质困窘的坚韧，又有其对自我人生的感悟与对他者的关爱。

人的价值包括自我价值与社会价值，前者主要表现为个体生命与实践活动对自身物质与精神需求的满足，后者则表现为对社会需求的满足和对社会进步的贡献。物质、社会与精神三个维度既是个体与社会相互作用的基本内容，也是进行自我认知的主要内容。通过对平成三十年间日本女性自我形象与相关问题的考察，可以发现她们的自我认知具有老中青代际异同，一方面是自我物质维度与社会维度的失衡，甚至冲突，另一方面她们也显现出了某种共性，有着共同的精神情感向度。这些与平成时日本经济发展、社会转型以及日本文化、社会思潮变迁有密切关联。不仅如此，这也为预判平成时日本诸多社会问题走向提供了一些线索，以当前日本女性自我认知特征来看，"不况"与"少子"两大平成困扰在今后一段时间很难得到根本改变。此外，通过这项研究还可得到以下启示：应对青少年问题、老年问题以及女性问题，不但要注重物质援助与制度保障，同时要关注精神情感的需求满足；女性相关问题的处置要考虑到代际差异，不单是关注中老年女性，还要引导青少年女性；将女性作为主体与目的，而不是客体与工具，构建对女性平等友好的性别文化语境，也是缓解与女性相关社会问题的重要条件。当女性生存与发展的需求得到满足，女性自我价值得到社会真正重视，社会价值获得有效发挥之时，与女性相关的社会问题将随之得到改善，女性自我与社会也将得到和谐发展。就此而言，平成时代虽然结束，但是日本女性自我发展的道路仍在继续。

目　录

第一章　导　论

本书以平成日本主要社会问题、现象为出发点，围绕平成女性自我认知展开讨论。导论部分首先对选题背景与现实意义进行介绍，接着述评既有研究成果，明确本书的理论意义，然后阐明本书研究思路与框架结构，最后说明本书的创新点与不足之处。

第一节　选题背景与现实意义

一、选题背景

长期以来，在男权中心的日本社会，女性地位遭忽视，女性问题被遮蔽。二战后的民主化改革在法律上赋予日本女性以平等权利。20世纪70、80年代受国际女性主义运动的影响，日本女性在教育、家庭、工作、立法与公共关系等方面的处境也发生了一定程度的变化。以1985年颁布的《男女雇用机会均等法》为代表，"80年代被称为是日本的女性时代"[1]。进入90年代以后，与社会经济低迷形成强烈对比，日本女性文学蓬勃发展，被称为"日本女性主义兴盛的时代"[2]。然而，就女性自我发展而言，一方面日本女性地位较之前获得明显提高，另一方面与日本女性相关的社会问题也不容忽视。这在平成时代

---

[1]　马红娟：《战后日本女性社会地位的变化》，《日本学研究》1996年第1期，第148~155页。

[2]　菅野昭正，川本三郎，三浦雅士：『「平成文学」とは何か』，『新潮』2002年新年特别号，第238~273页。

表现得尤为突出，一方面是政府大力提倡并出台政策以鼓励生育，但总和生育率却不断刷新历史新低，"少子化"问题不断加剧，一方面是女性为"生孩子机器"、不结婚便沦为"败犬"等言论不绝于耳；一面是越来越多的女性走出家庭进入职场，一方面是女性贫困愈演愈烈，家庭暴力屡禁不止，职场上的性别歧视层出不穷。显然，这些社会问题、现象无不与女性相关，关涉着"她们"的自我认知。

关于女性自我认知，人们多关注中年女性在婚育家庭、劳动就业等方面的自我形象。实际上从广义来看，青少年女性与老年女性的自我表现同样应该包含在女性自我认知范畴内。从女性的生命周期来看，她们在青少年、中年及老年阶段面临的问题有所不同，呈现出的自我认知特点也有所差异。不仅如此，其中的青少年、老年女性的自我表现与认知很大程度上还具有青少年、老年群体的代表性。进入平成以来，女性相关问题引起日本社会的广泛关注，日本政府出台一系列政策法规，民间团体也积极开展活动。与此同时，这些问题还引发日本女性对现实境遇、具身体验的自我言说，她们以真实笔调书写平成时代日本女性的人生境况与自我面貌，极大地活跃了当代日本文坛，成为日本女性文学史上第三次浪潮的中坚力量。这些日本女性作者在年龄上涵盖老中青三代，她们的作品屡屡摘得日本最重要文学奖项——芥川奖的桂冠，其中的女性人物引发人们的关注与共鸣。这些平成时代日本女性的芥川奖获奖作品及其中的女性形象，不仅为了解平成日本女性相关社会问题提供了女性视角，而且成为研究平成日本女性自我认知的"社会性文本"。本书以平成时代主要社会问题、现象为出发点，以平成时代日本女性的芥川奖获奖作品为主要素材，聚焦其中的女性人物形象，结合获奖女性作家情况以及相关社会事件、有关统计数据，尝试分析平成日本老中青三代女性自我认知的主要特点，以期对主要社会问题、现象的思考提供些许启示。

二、现实意义

平成日本自 1989 年 1 月 8 日开始，至 2019 年 4 月 30 日日本明仁天皇出席"退位礼正殿之仪"并发表最后讲话结束。平成时代虽然被寄予"地平天成"的希冀，但从整体上来看却带有事与愿违的色彩，主要表现为泡沫崩溃后的社会萧条化、日益加剧的少子老龄化、社会结构日趋"个人化"、社会阶层差距扩大化、个体心理期待"低欲望"化等等。作为日本社会相对弱势群体的女性在此背景下，自我生存与发展遇到什么样的困境，她们又如何应对便成为不可回避的话题。不仅如此，回溯平成三十年间不难发现，日本社会诸多问题、现象与女性有着密切关联，因此着眼于日本女性自我认知进行探究，不仅有助于了解平成日本女性的处境与心境，对于思考平成社会问题也具有重要的现实意义。

日本自 20 世纪 80 年代后期开始，围绕青少年群体出现了一系列新名词，诸如"校园欺凌""援助交际""不登校""无气力""御宅族""茧居族"等等。与此同时，旧有的社会问题也日益年轻化，例如自杀、暴力、犯罪以及孤独死等。与青少年问题相关的词汇甚至成为了流行语，参照日本国民社组织的"现代用语的基础知识"来看，"援助交际""透明的存在""十七岁"① 等平成时代的新语与流行语所指对象皆为青少年。尽管日本政府设置了专门性的青少年对策本部，出台了一系列政策法规方针，如《关于蛰居的评价、援助指针》（2010年）、《欺凌防止对策推进法》（2013 年）、《自杀对策基本法》（2016年）等，但是对照日本内阁府在平成时代发布的一系列《青少年白皮书》，可以发现与青少年相关的社会问题呈现出"旧未消，新又出"的现象。这些问题可以说是时代发展、社会状况以及青少年成长阶段等

① "援助交际""透明的存在""十七岁"分别入选 1996 年、1997 年、2000年日本社会典型新语与流行语。

综合作用下的结果，而青少年的自我认知作为内在因素更是不容忽视。通过青少年女性视角与表现来探究这些问题与他／她们的自我认知之间有什么样的关联，或可为厘清日本青少年问题提供一些线索。

平成日本社会不仅青少年问题让人瞠目，老龄化问题同样引人注目。据日本总务省人口推算数据显示，日本自 20 世纪 90 年代以来，65 岁及以上老年人口呈显著递增趋势，占总人口比由 1989 年 10 月的 11.61% 增加到了 2018 年 10 月的 28.1%。① 另据世界银行 2019 年统计数据显示，日本是全球人口老龄化最严重的国家，65 岁以上人口比例达到了 27%，排名世界第一。伴随老龄、超老龄社会而来的不仅是照护、"孤独死"等问题，还有老年人"退而不休""终活"流行等话题，"老人力""终活"② 等更是被选为日本十大新语与流行语。毋庸多言，老龄化问题不单关系国家与社会发展，还关切着个体自身。老龄化、超老龄化社会背景下，平成日本老年人有什么样的自我表现，反映出他／她们什么样的自我认知特点？对此，占老龄人口较大比例的日本老年女性群体可以说具有一定程度的代表性，她们的所思所想对于了解老年人的生活境遇、人生观念不无裨益，对于思索平成日本老龄化问题也有所参考。

言及社会问题，女性尤其是中年女性相关问题是重要组成部分。日本的女性地位与女性问题一直以来备受关注，战后日本女性不再是传统"大和抚子"的刻板形象，与近代以来所宣扬的"良妻贤母"也多少有所背离，她们的社会参与度与生活模式更加多样，自我意识日趋提高，走出家庭进入社会渐成普遍，女性所起的作用日益引起日本政府与社会的重视。日本政府继 1985 年出台《男女雇用机会均等法》后，平成时代伊始的 1990 年，总理府（现为内阁府）的妇人问题企

---

① 日本総務省:『人口推計の結果の概要』，详见：https://www.stat.go.jp/data/jinsui/2.html，访问时间为 2021 年 1 月 3 日。

② "老人力""终活"分别为 1998 年、2012 年日本社会典型新语与流行语。

划推进有识者会议提出将"妇人"称呼改为"女性",之后建议被采纳并广为普及;1999 年公布了《男女共同参画社会基本法》后又相继颁布了多项旨在维护女性权益的法律法规;安倍晋三 2012 年二次上台后提出的"女性经济学"博取了众多眼球,更是在 2014 年将"女性绽放光彩的社会"主张带到了世界经济论坛。女性获得重视是社会进步的表现,从这一层面上而言,日本女性从被无视到受重视,带有女性进步与解放的色彩。然而令人深思的是,一系列显性层面上的刚性法律与柔性倡议收效却差强人意。日本社会对 30 岁左右未婚无子单身女性"败犬"的称呼、日本 Metoo 第一人的伊藤诗织揭示的"黑箱:日本之耻"、NHK 电视台相继报道的"看不见明天——越来越严重的年轻女性之贫困"与"女性贫困——代际传递效应"等等,则揭开了日本女性生存状况的真实面纱。频频发生的性骚扰、婚姻暴力、职场欺凌等事件带给女性的是肉体与精神的双重痛苦。日本女性"第二性"在作为日本国民象征的皇室有着集中体现,如今的美智子上皇后当年嫁入皇室后一度患上失语症,现今的雅子皇后更是由于被逼着生育而导致抑郁与适应性障碍,而长公主真子也因婚姻问题困扰被诊断有创伤后应激障碍。皇室女性的这些精神表征有着一个共同指向,即日本社会对于女性的压抑。从全球范围来看女性地位,世界经济论坛自 2006 年发布的《全球性别差距报告》显示,日本男女平等度在发达国家中排名始终靠后并呈下降态势,2019 年在 153 个调查对象国中排在第 121 位,较 2018 年的第 110 位下滑 11 位,降至历史最低水平。①有压迫的地方就会有反抗。随着个体自我意识的提高,平成日本女性在婚姻、生育等方面有着更多的思考,并谋求自我的主体性与选择的

---

　　① 世界经济论坛:《全球性别差距报告》,详见:https://cn.weforum.org/reports?year=2019# filter,访问时间为 2021 年 1 月 8 日。

自由性。日本社会近年来晚婚不婚蔚然成风,"熟年离婚"①"卒婚"②
日渐增多,"少子化"更是成为困扰平成日本社会的一大"魔咒",这
些社会问题、现象与女性自我认知密切相关。综合来看,对于日本女
性,平成是最好的时代,女性地位与女性意识较之前获得明显提高;
平成又是最坏的时代,日本社会对女性的不友好依旧存在,女性有时
仍会表现出无奈、妥协甚至顺从。在这样的语境下,思考与总结平成
中年女性对于身体生育性抱持何种态度,她们是如何权衡个体自我与
家庭、社会角色之间的关系,精神情感世界又有着什么样的期望与诉
求,不仅有助于深入剖析日本女性如何看待"我是谁"的问题,而且
利于理解平成日本女性相关社会问题。

综上所述,通过这项研究工作,期望进一步加深对平成日本女性
群体的认识,对于日本女性相关社会问题的思考有所帮助。此外,中
日两国同处东亚地区,有着相近的文化传统与性别规范,分析与总结
日本女性"我是谁""我应该是谁""我想成为谁"等的自我认知问题,
对中国女性的自我观照有一定的参考价值。日本作为发达国家,其在
社会发展进程中已经发生或正在发生的问题与现象,与女性的自我认
知有着密切联系,其中一些是当今我国社会发展阶段需要解决的或可
能将要面临的问题。因此,通过考察平成日本女性自我认知的特点,
不仅有助于深入理解日本社会文化的发展演变,而且汲取其经验与教
训,亦有助于为我国解决相应社会文化问题提供一定的借鉴。

---

① "熟年离婚"是由日本社会中子女已经成人,正在步入老年的夫妻选择离婚
的现象产生的新语,离婚大多由全职主妇妻子提出。

② "卒婚"是指夫妻并不解除婚姻关系,只是分开居住,目的是实现各自的梦
想。日本社会兴起的这种新型婚姻形式与个体自我意识觉醒密切相关。

第二节 研究现状述评

一、战后关于日本女性的研究综述

随着战后日本民主化改革的进行与 20 世纪 70、80 年代国际女性主义运动的蓬勃发展，日本女性群体受到社会的广泛关注。迄今为止，中日两国学界关于日本女性的研究已累积了一系列成果，内容涉及日本女性地位的历史变迁、日本女性文学的流变、当代日本女性问题以及女性相关政策、法令、制度等等。综合来看，既有研究主要集中在文学与社会学领域，且呈现出交叉趋势。考虑到关于日本女性的研究兴起于战后，对战后日本女性研究的脉络进行梳理，将更为清晰地定位有关平成日本女性研究的既有成果。同时，鉴于本书研究的对象为平成时代的日本女性，因此这一部分仅从整体上对战后以来关于日本女性研究的成果做简要综述，其中对平成时代日本女性这一主题的研究情况将在下一部分进行较为详细的述评。

日本学界关于本国女性的研究，在文学领域大体可分为三种情况。第一，作为日本文学史组成部分的研究。最为典型的如《岩波讲座日本文学史》从意识与表象论出发，就文学、歌谣、传统表演艺术、绘画与女性的关系进行了梳理，阐述了日本女性在广义文学进程中的表现。[①]此后关于日本文学史的著作、论文等基本以此为蓝本，将女性纳为构成元素。第二，关于女性文学的研究。如《明治女流文学集》《明治·大正·昭和的女流文学》《女性作家的新流》《现代女性作家研究事典》等。[②]主要内容涉及的是近现代日本女性文学，大多为历

---

① 久保田淳：『岩波講座日本文学史』，岩波書店，1996 年。

② 板垣直子：『明治·大正·昭和の女流文学』，桜楓社，1971 年；
長谷川泉：『女性作家の新流』，至文堂，1992 年；
川村湊，原善：『現代女性作家研究事典』，鼎書房，2001 年。

史阶段性的分析整理。第三，对代表性女性作家与典型作品的研究。随着 20 世纪 80、90 年代后女性作家的活跃，关于其人其作的评论数量也日益增加，主要集中在《新潮》《文学界》《群像》《昂》《文艺》及《妇人公论》《文艺春秋》等期刊上。这些评论主要采用选评、合评或访谈形式，侧重于创作手法、主题思想以及人物形象，与之前的研究相比，有着细化与具体化的特点。

与文学领域相比，日本学界在社会学领域对本国女性的研究较为晚近，却以翔实的资料与清晰的梳理引人思考。表现为：其一，论述过程或以数据为依托，或以事件为论据，并常选取文学艺术作品作为素材。其二，论述焦点综合来看具有时代性与辩证性，关注社会发展中涉及女性的热点问题与女性政策，不仅看到女性取得的进步，又注意到女性面临的问题。如《现代女性的地位》《女性的社会地位再考察》《文学的社会学化》《厌女 日本的女性嫌恶》《21 世纪的日本家庭何去何从》《"婚活"时代》《幸福方程式》《战后日本女性政策史：从战后民主化政策至男女共同参画社会基本法》《女性的自我与表现》等。[①] 关于日本女性的社会学论文则集中于《妇人公论》《女性学》等杂志。

---

① 袖井孝子，矢野真和：『現代女性の地位』，劲草書房，1987 年；

纲野善彦：『女性社会地位の再考察』，御茶水書房，1999 年；

上野千鶴子：『文学を社会学』，朝日新聞社，2000 年；

上野千鶴子：『女ぎらい——ニッポンのミソジニー』，紀伊國屋書店，2010 年；

落合恵美子：『21 世紀家族へ：家族の戦後体制の見かた・超えかた』，有斐閣，2004 年；

山田昌弘：『「婚活」時代』，Discover twenty one，2008 年；

山田昌弘：『幸福の方程式』，Discover twenty one，2009 年；

神崎智子：『戦後日本女性政策史：戦後民主化政策から男女共同参画社会基本法まで』，明石書店，2009 年；

水田宗子：《女性的自我与表现》，城西大学出版社，2012 年。

　　无独有偶，中国学界对于日本女性的研究同样集中在两大领域。其中，文学领域包含日本女性文学史与女性作家作品两个方面，前者如《全球化语境中的日本女性文学》《现当代日本文学女性作家研究》《日本女性文学史》，还有多种版本《日本文学史》中对女性文学的译介与论述，这些研究主要以时间为轴线，概述日本女性文学的发展历程；后者如《现实书写与身份追寻：新世纪日本芥川奖获奖女作家及其作品研究》，选取了 2000 年至 2014 年间 16 部获奖女性作品，讨论"新千年"日本女性作家对现实的书写以及其中的女性人物对自我的追寻。① 此外，还有论文概述日本女性文学发展进程，如《日本女性文学的发展历程：从哀愁、抗争到反叛》②，再有诸多关于女性作家或女性作品的分析与评论。这些著作与论文一方面概括了日本女性在文学上的表现，另一方面探讨了日本女性文学作品中的"她们"。

　　中国学界对于日本女性的研究，在社会学领域如《日本的婚姻与家庭》《家族制度与日本的近代化》《近代日本女子教育研究》《性别视角下的日本妇女问题》《当代日本女性劳动就业研究》等。③ 此外还有大量关于日本女性教育、就业、婚育及家庭方面的学术论文，在

　　① 肖霞：《全球化语境中的日本女性文学》，山东大学出版社，2009 年；

　　刘春英：《日本女性文学史》，山东大学出版社，2009 年；

　　叶琳：《现当代日本文学女性作家研究》，南京大学出版，2013 年；

　　王玉英：《现实书写与身份追寻：新世纪日本芥川奖获奖女作家及其作品研究》，吉林出版集团有限责任公司，2015 年。

　　② 周萍萍：《日本女性文学的发展历程：从哀愁、抗争到反叛》，《国外文学》2014 年第 2 期，第 31~37 页。

　　③ 张萍：《日本的婚姻与家庭》，中国妇女出版，1984 版；

　　李卓：《家族制度与日本的近代化》，天津人民出版社，1997 版；

　　王慧荣：《近代日本女子教育研究》，中国社会科学出版社，2007 版；

　　胡澎：《性别视角下的日本妇女问题》，中国社会科学出版社，2010 版；

　　赵敬：《当代日本女性劳动就业研究》，中国社会科学出版社，2010 版。

此不一一列举。这些先学成果内容主要是对女性相关政策等的梳理、对女性相关社会现象与问题的观照剖析。

二、战后关于平成日本女性的研究情况

战后关于日本女性的研究已取得相当成果，为进一步探究奠定了基础。同时需要注意的是，由于平成时代属于新近的历史时段，其中关于平成日本女性的研究占比较少。这一点在查阅日本国立国会图书馆官网、中国知网上的相关资料时便可知晓。其中，在日本国立国会图书馆官网上以"日本 女性"为关键词进行检索，所得著作、论文等多达 15 余万件，从时间上来看，这些研究成果绝大多数属于战后。然而，以"平成 女性"进行检索后发现，相关研究共计 4 万余件，从数量上来看，与前者相差悬殊可谓一目了然，而在分类上，二者皆以社会科学、历史与文学为主。以"日本 平成 女性"为关键词在中国知网进行检索后同样发现，这些成果基本集中在文学与社会学领域。

（一）日本文学领域关于平成日本女性的研究情况

就笔者目前掌握的资料而言，日本文学领域关于平成女性的研究呈现出以下两种特点：

其一为不一而足地在平成文学史中强调女性文学的繁盛，如浦田宪治以文艺记者的视角概述平成日本文坛三十年发展状况，专设第四章"女性的时代"、第十二章"新世代的女性作家"论及平成时代日本女性文学。2019 年新潮社以"平成名小说"为主题介绍了平成时代三十五部小说，云集了十七位活跃在平成时代小说领域的女性作家，占全书几近一半，这些女性作家几乎全部为芥川奖获奖者。[①]此外，矢野利裕、佐佐木敦、菅野昭正、川本三郎、三浦雅士、高桥源一郎、

---

① 浦田憲治:『未完の平成文学史：文芸記者が見た文壇 30 年』，早川書房，2015 年；

川上弘美など:『平成の名小説』，新潮社，2019 年。

齐藤美奈子等文艺评论家也不约而同地特别指出平成时代女性文学的发展面貌，言及平成女性文学以细腻的感受、敏锐的视角与多样的笔调刻画出同时代的女性，以文学之"言"传达她们的"心声"，描绘出她们眼中的日本社会以及身处平成日本的"她们"。其中，齐藤美奈子直言"平成是'下坡的三十年'，只有女性文学在走'上坡'"，进而担负起反映社会现实与女性自我的双重功能。①

其二为关于平成时代女性作家作品的个案性研究成果较多，尤其体现在对于芥川奖获奖女性作品的研究方面。这一点从日本代表性文艺期刊《昂》《文学界》《新潮》《群像》等中便可窥知一二，其中既有获奖时的评委评语，还有相关合评，《朝日新闻》上也多有书评。这些评论透过小说中女性人物的言行举止，不仅点明女性作家的创作思想，而且关联当代女性的现实状态。以芥川奖评委的评语为例，笔者将其中与平成女性相关的认知表述整理如表1。通过整理可以发现，这些评论大多涉及女性形象与时代特征、社会问题或现象、价值认知等，不单为深入理解小说提供了启发，还为思考平成时代女性自我与日本社会提供了启示。

---

① 菅野昭正，川本三郎，三浦雅士：『「平成文学」とは何か——1990 年代の文学と社会から』，『新潮』2002 年第 99 卷第 1 号，第 238～273 页；

矢野利裕：『新感覚派とプロレタリア文学の現代：平成文学史序説』，『すばる』2017 年第 39 卷第 2 号，第 153~163 页；

佐々木敦：『私的平成文学クロニクル』，『すばる』2019 年第 41 卷第 5 号，第157~175 页；

高橋源一郎，斎藤美奈子：『平成の文学を振り返る』2019 年第 41 卷第 5 号，第134~156 页。

表 1 平成时代（1989—2019）日本芥川奖获奖女性作品
评委选评中的相关表述

时间	获奖女性作品	评委	与女性相关的认知表述
1989 年	《镇上的猫婆婆》	田久保英夫	小说聚焦幼时便被再婚定居美国的母亲送回东京大森外祖母与姨妈身边的姑娘，透过这一"女系家族"描绘出血缘与亲情关系的微妙光影
1990 年	《妊娠日历》	日野启三	女性生孩子绝非生物学意义上理所当然的事，小说将女性怀孕、分娩这一被视为自然普通过程中的不安定呈现出来
1991 年	《负水》	大江健三郎	女主人公的生活方式表面看现代开放，内心实则传统哀伤
1991 年	《至高圣所》	田久保英夫	女学生们冷淡的生活及由此而生的内心痛楚，特别是意识到原本自认为稳定的家庭血缘关系开始动摇后产生的孤独不安，正代表现代社会人们的内心苦闷
1992 年	《入赘的狗女婿》	大江健三郎	女主人公与社会格格不入却又自由独立，重叠着现实社会中的女性身影
		黑井千次	小说女主人公让人联想到现代人的婚姻、生育与家庭，进而产生难以名状的奇特感受
1996 年	《踏蛇》	日野启三	小说女主人公呈现出现代日本女性深层意识中的抗争性
		黑井千次	女主人公对传统女性"蛇妈妈"的诱惑曾有过犹豫动摇，但最终选择反抗，坚持自我
1996 年	《家庭电影》	河野多惠子	女主人公已解体的原生家庭具有现实隐含意义，反映出的是当前社会家庭的一种"病态"

续表

时间	获奖女性作品	评委	与女性相关的认知表述
		宫本辉	小说中女主人公的家庭连接着现代家庭的孤独与违和
		田久保英夫	女主人公渴望从日常中抽身,向往从容自由、与日常世界隔绝的生活,尝试后又受伤痛苦,女性往往会有所共鸣
2002 年	《咸味兜风》	黑井千次	女主人公顽强生存的低姿态令人印象深刻
		河野多惠子	小说女主人公可以说是现实社会众多女性的典型代表
		村上龙	女主人公身上带有对现实屈服与无奈的色彩
2003 年	《裂舌》	宫本辉	年轻的女性作者,以小说传达出青春世界的哀伤
		村上龙	女主人公靠身体环与刺青谋求存在感,毫无自信,而这正是现实社会众多普通女孩的写照
		山田咏美	作者通过小说来表现现代年轻人的自我
		高树信子	小说应是作者以自身为原型创作而成,描绘出看似怪异但真实存在的现代年轻人世界
2003 年	《欠踹的背影》	池泽夏树	女主人公的一系列行为不仅展示出学校空间"异物排除"的排斥机制,而且反映出她自身一边意识到自我的个体性,一边又渴求同他人联系的内部心理
		河野多惠子	小说充满着现代日本高中生的实感

时间	获奖女性作品	评委	与女性相关的认知表述
		高树信子	作者通过女主人公——高中生长谷川的形象表明对于自我与他者关系的理解
2005 年	《在海浪上等待》	宫本辉	作者将自身常年在工作职场中锤炼而成的感触变为文字
		黑井千次	小说以女性综合职员的形象与男女平等工作的环境，反映出当代女性对这一社会现象带来的意义与可能性的追求
		池泽夏树	男女之间并非只有恋爱关系抑或二元对立关系，还可以是平等互信的关系
2006 年	《一个人的好天气》	石原慎太郎	生活在大城市的年轻女性内心的孤独与虚无跃然纸上
		高树信子	小说描写出当代年轻女性的孤独感，极具现实性、日常性与时代性。女主人公二十几岁，恋爱总是失败，其母因工作去到中国，并且再次谈起恋爱，还有可能再婚，女主人公在东京投奔的远房亲戚——七十多岁的吟子也谈起了恋爱。三个世代的女性呈现出不同的婚恋观
		黑井千次	女主人公对自身经历的事情总抱有失败的预感
		宫本辉	二十几岁的女性却始终有一种压抑的情感，而这种基调与现实社会相一致
		河野多惠子	女主人公身上有着孤独感与空虚感
2007 年	《乳与卵》	黑井千次	通过描写三位女性三天两夜间的故事，将现代女性的身心状态呈现了出来

续表

时间	获奖女性作品	评委	与女性相关的认知表述
		山田咏美	小说将女性内在不断调和的情感描写了出来
2008 年	《绿萝之舟》	宫本辉	写实性地描绘出当代女性困窘艰难而又小心谨慎的生活样态
		山田咏美	小说中所写的情景对于日本女性而言可以说是司空见惯，让人们也感受到现实性
		川上弘美	作者所写的不仅是她熟知的，也是现实存在的
		黑井千次	作品生动再现出三十岁左右女性结婚、离婚、工作、家庭实态
		高树信子	这些女性人物演绎了关西女性匍匐于地挣扎生存的生活实态与艰辛中不失幽默、哀伤中不失希望的生活气息
		池泽夏树	小说中几位女性人物的不同际遇与日本社会密切相关
2010 年	《少女的告密》	小川洋子	女主人公由迎合少女群体到质疑并想要挣脱"少女""非少女"的他者标签，再到意识自由真实自我的过程，极具校园少女世界的现实性
		池泽夏树	主人公原是一位没什么自信、自我意识淡薄的女学生。"少女"原本没有明确定义。民族、阶层、性别等本不应局限在生物学意义上，但由于外部力量加以肤浅界定，才有了奥斯维辛集中营（我们的校园、职场也存在小型奥斯维辛、小型巴勒斯坦）

时间	获奖女性作品	评委	与女性相关的认知表述
		黑井千次	以"女生占压倒性优势"的京都外国语大学为舞台，……以德语演讲比赛为背景，描写出在校园小集团中越来越古怪奇特的青少年女性群体，结尾女主人公在演讲比赛现场一再追问自身身份的部分，不仅突出了作者的写作意图，而且引发对于当今日本校园青少年问题的思考
2013 年	《指甲与眼睛》	小川洋子	三岁小女孩的"我"与成年女性的"你"相重叠
		岛田雅彦	"我"越来越理解"你"，越来越像"你"。作为女性，"你"的现在就是"我"的将来
		堀江敏幸	"我"在叙述"你"时，也相当于在做"我"的自传
2013 年	《穴》	山田咏美	女主人公的丈夫在家时也总在看手机，夫妇的生活场景以及间或的冷淡对话，将现代夫妻的生活实态淋漓尽致地呈现了出来
2015 年	《异类婚姻谭》	小川洋子	小说中女主人公的丈夫令人不快，而对这样的丈夫照单全收的妻子更是令人不爽
		山田咏美	小说中女主人公三三与丈夫之间的种种细节应当让不少已婚者后背发凉吧
2016 年	《便利店人》	岛田雅彦	作者以女性的视角将性别问题、婚姻问题等融进小说
		小川洋子	女主人公既没有轻易改变自己，也没有固执地坚持自己，而是在一系列事件后选择从心所欲。

续表

时间	获奖女性作品	评委	与女性相关的认知表述
2017 年	《我将独自前行》	山田咏美	七十四岁女主人公桃子强劲中带着莫名的哀伤
		宫本辉	七十四岁女主人公内心充满思辨性，对自己为时不多的未来有着一种乐观积极性
		高树信子	女主人公桃子在与父母、与孩子抗争后，自我发现的意识日渐清晰，并最终悟道"我将一个人活着，终将一个人死去"，是位充满魅力的老妇人
		岛田雅彦	小说描写出老年女主人公自我追寻的过程，将与之相关的语言、家庭、时间、回忆、故乡等等一并展示出来

资料来源：根据 1989 年—2019 年平成时代芥川奖获奖女性作品评委选评整理制作而成。获奖作品的评委选评主要出自文艺春秋社出版的《芥川奖全集》(『芥川賞全集』，文藝春秋) 及文艺期刊《文艺春秋》(『文芸春秋』)。

(二) 日本社会学领域关于平成日本女性的研究情况

整体来看，日本社会学领域对平成时代女性的研究，可以从内容与方法两个方面进行总结。

在研究内容方面，作为日本女性学的代表性人物之一，上野千鹤子从马克思主义女性主义视域出发，聚焦日本女性的再生产劳动 (家务劳动、育儿、养老看护等) 与社会就业形态，将父权制与资本主义合谋下的女性境遇分为三个阶段，并将 20 世纪 80 年代以后日本女性"家庭主妇 + 雇用劳动者"的双重角色归为父权制与资本主义第二次合谋下的产物。上野教授还以"女性的生存作战"为主题剖析新自由

主义给日本女性带来的变化，揭示出其中的性差实质。此外，她还以
社会学的视野为老龄化社会背景下女性"一个人的老后"，包括对老
去的心情、晚年开销、居住问题、人际、照护以及身后事等相关事宜
提供了指南式的意见与参考。[①]另一位代表性人物落合惠美子围绕日
本家庭的变化展开对女性的讨论。落合教授不仅指出近代家庭的动
摇与女性的变化、经济高速成长时期家庭中的母亲与妻子的特征，而
且讨论了 21 世纪日本家庭的可能性，其中包括夫妻不同姓、老年生活
与被冠以"女缘"之名的女性联合等。[②]

在研究方法方面，另一位女性研究代表性人物水田宗子通过文学
作品来探究女性自我与表现，指出"女性文学不仅在自我表现的广泛
领域诞生了许多优秀作品，而且通过作品提供了解读社会文化结构的
文本"。在这一方面，上野千鹤子还提出"文学社会学化"主张，并
运用于女性学研究实践。落合惠美子同样也将小说文本作为分析素材。

（三）中国文学领域关于平成日本女性的研究情况

关于平成日本女性研究，中国方面也已积累了相当成果，这些成
果基本集中在文学与社会学领域。文学领域可归纳为以下两个方面：

一是探讨其文学总体特征，如肖霞指出 20 世纪 80、90 年代以来
的女性文学作品具有鲜明的后现代色彩，不仅反映现代女性作家的价
值取向与生活态度，还折射出当代女性的真实生活方式。叶琳从平成
时代女性作家的艺术手法、语言文体、主题思想等方面也指出平成时

---

① 上野千鶴子：『家父長制と資本制：マルクス主義フェミニズムの地平』，岩波
書店，1990 年；

上野千鶴子：『おひとりさまの老後』，文藝春秋，2011 年；

上野千鶴子：『女たちのサバイバル作戦』，文春新書，2013 年。

② 落合惠美子：『21 世紀家族へ：家族の戦後体制の見かた・超えかた』，有斐
閣，2004 年。

代日本女性文学的后现代特征。①

　　二是关于女性作家与作品的研究，此类研究成果较多。值得注意的是，这些研究或集中或零星地都论及芥川奖获奖女性作家与作品。如李星分析了《一个人的好天气》中青年女主人公知寿亲情、爱情、情感、心灵四个方面的孤独，并指出"作品反映出日本现代'飞特族'（自由职业者）身上显现出的较普遍存在的心理问题，即丧失了崇高理想后精神上的隐形疾病——'孤独'与'虚无'。"姜天喜以《拒绝的背影》为分析文本，指出现代青少年群体校园生活中的孤独、暴力与绝望。李伟萍则以后现代主义视野对《裂舌》中日本当代青少年的反叛与迷失进行了讨论。王晶等则通过芥川奖获奖青春文学考察了日本80后女性作家的自我成长与救赎，以及平成日本青少年在"无缘社会"中的疼痛与挣扎困境。凌昊考察了《少女的告密》中一众性格迥异的少女群像，关注到校园生活中斑驳陆离、虚虚实实的"她者"世界，分析了女性的自我觉醒与成长问题。② 再如赵昉从中日对比的视角

---

　　① 肖霞：《"家"的隐喻——论日本现代女性文学的后现代性》，《中华女子学院学报》2015年第6期，第61~69页；

　　叶琳：《论平成时代日本后现代女性主义文学的繁荣与变化》，《东北亚外语研究》2020年第1期，第3~8页。

　　② 李星：《浅析〈一个人的好天气〉中的"孤独"与"虚无"》，《北京理工大学（社会科学版）》2008年第6期，第88~90页；

　　姜天喜：《孤独、暴力与绝望——论绵矢莉莎〈拒绝的背影〉》，《国外理论动态》2009年第1期，第98~101页；

　　李伟萍：《反叛与迷失——后现代主义视野中的〈裂舌〉》，《当代文坛》2006年第2期，第134~135页；

　　王晶，杨鹏宇，张珊：《日本80后女作家的自我成长与救赎》，《日本研究》2016年第4期，第89~96页；

　　邢以丹：《"无缘社会"里的疼痛与挣扎——日本"80后"女作家揭示的现代性困境》，《长春大学学报》2017年第1期，第72~76页；

　　凌昊：《悖离·妥协·成长："她者"视阈下〈少女的告密〉中女性关系书写》，《妇女研究论丛》2019年第2期，第116~122页。

分析了《妊娠日历》中女性独特的身体生育性体验。林进对《入赘的狗女婿》中现代文明批判进行了考察，并阐释其中对男权制社会颠覆的寓意。此外，林进还分析了《在海浪上等待》中现代社会人与人之间的异化关系。冯常荣考察了《咸味兜风》中主人公"咸"味的情感体验，并从中呈现日本当代社会女性作为相对边缘群体的孤寂。叶琳从象征意义的角度对《乳与卵》中人物形象蕴含的情感意义、文化意义等进行了探讨。高璐璐认为《绿萝之舟》中的女主人公代表日本社会的"穷忙族"，折射出日本当代社会的贫困问题。陈婷婷讨论了《异类婚姻谭》中女主人公的婚姻状态与夫妻关系。杨洪俊则从生态女性主义角度对《便利店人》中体现的父权文化与"村落"社会对现代女性的压制进行了深入分析。此外，有不少研究者从芥川奖获奖女性作品来分析平成中年女性在婚恋、生育以及职场等方面的表现与认知。[①] 限于篇幅，在此不一一列举。又如叶琳在分析《一个人的晴天》

① 赵昉：《同一经验的两种言说——关于〈妊娠日历〉与〈太阳出世〉的解读》，《许昌学院学报》2008 年第 4 期，第 67~69 页；

林进：《当代日本女作家丝山秋子的〈在海浪上等待〉》，《日本研究》2008 年第 1 期，第 85~88 页；

林进：《论〈入赘的狗女婿〉的现代文明批判》，《社会科学战线》2013 年第 1 期，第 271~272 页；

高璐璐：《从〈绿萝之舟〉看日本社会当代贫困》，《嘉应学院学报（哲学社会科学）》2013 年第 7 期，第 77~81 页；

冯常荣：《女性视角下边缘人的孤寂呓语——论大道珠贵的小说》，《文艺争鸣》2015 年第 1 期，第 195~195 页；

叶琳：《论川上未映子〈乳与卵〉的象征意义》，《湖南科技大学学报（社会科学版）》2016 年第 3 期，第 37~42 页；

陈婷婷：《现代"说话"的吊诡之美——评 2016 年芥川奖获奖作品〈异类婚姻谭〉》，《外国文学动态研究》2016 年第 4 期，第 56~64 页；

杨洪俊：《"正常"何谓的追问——〈便利店人〉的生态女性主义释读》，《外国文学》2020 年第 1 期，第 137~147 页。

时不仅分析了青年女主人公的成长经历，而且指出其中老年女主人公的形象特征。苏永怡则关注到青年女主人公"恋物"的治愈与另一位主人公——老年女性密不可分。高阳则阐述了《我将独自前行》中老年女性主人公对于生活、人生的理解与态度。[①]

整体来看，这些研究基本是对某一部或者某几部芥川奖获奖女性小说展开讨论与分析，较为分散。与之相比，前文提到的王玉英在其所著的《现实书写与身份追寻：新世纪日本芥川奖获奖女作家及其作品研究》中，以新世纪以来日本芥川奖 16 部获奖女性作品为分析对象，从"我"从哪里来、"我"是谁、"我"要走向何方三个方面对这些小说的创作主题、情节脉络、叙事方式等进行分析总结，当属于新世纪以来芥川奖获奖小说的作家论与作品论研究。

（四）中国社会学领域关于平成日本女性的研究情况

与文学领域相比，社会学方面关于平成时代日本女性的研究相对较少，其中胡澎主编的《平成日本社会问题解析》中"青少年与女性篇"探讨了平成时代女性的婚姻问题，并将其与青少年的"蛰居"问题归在同一篇章，具有启发意义。[②]此外，还有针对平成时代女性的多篇论文，如孙欣在概括日本人口现状的基础上，分析了日本女性生育观变化的动因，指出女性学历与就业率提高、家庭与工作负担过重、育儿成本高与养老保障制度不断完善等是影响平成日本女性生育观的主要因素。杨春华则关注到日本内阁府 2012 年 10 月关于"男女共同

---

① 叶琳：《论〈一个人的晴天〉的叙事结构》，《当代外国文学》2014 年第 3 期，第 110~119 页；

高阳：《作为普通人的哲学——评第 158 届芥川奖获奖作品〈我将独自前行〉》，《外国文学动态研究》，2018 年第 6 期，第 40~46 页；

苏永怡：《〈一个人的好天气〉中的"恋物"及其治愈——兼谈日本当代年轻人生存现状》，《当代外国文学》2021 年第 2 期，第 91~98 页。

② 胡澎：《平成日本社会问题解析》，社会科学文献出版社，2019 年。

参画社会"的舆论调查统计数据，对其中显示出的女性"专职家庭主妇"意愿上升原因做出分析。金海兰、肖巍认为当代日本女性职业劳动困境与日本社会对待女性职业劳动的制度结构相关，指出二者之间的错位还造成日本女性精神健康困境。师艳荣则针对日本妇女遭受家庭暴力问题，从现状、原因及政府对策三个层面进行了分析论述。刘畅从"谁是日本社会的女性人生赢家"的议题出发，探讨了日本女性社会价值评价问题。依据日本社会对女性评价的历史与现状，指出日本社会对成功女性的评价模式为"家庭角色（妻子、母亲）+ α"，其中家庭角色是首要评价条件。沈洁围绕"高龄女性贫困"问题，对日本社会家务劳动再分配政策进行总结，其中包括性别分工政策反思，无酬家务劳动模式理论批判，以及创建男女机会平等法体系、进行社会保障制度改革的政策探索等。①

三、关于平成日本女性研究的评析

综上可知，关于平成时代日本女性的既有研究，文学领域侧重分析小说文本反映的女性生活际遇与社会处境，多涉及女性的自我认知，

---

① 孙欣:《从当代日本"少子化"现象析女性生育观变化动因》,《社会》2003年第 4 期，第 55~56 页；

师艳荣:《关于日本妇女遭受家庭暴力的思考》,《日本问题研究》2008 年第 3 期，第 55~59 页；

杨春华:《日本女性回归家庭意愿上升的社会学分析——基于社会性别差异的视角》,《南开学报（哲学社会科学版）》2015 年第 4 期，第 149~158 页；

金海兰、肖巍:《浅析当代日本女性职业劳动的困境》,《中华女子学院学报》2016 年第 5 期，第 85~91 页；

刘畅:《女性社会价值评价与性别问题——以"谁是日本社会的女性人生赢家"为例》,《日本问题研究》2016 年第 5 期，第 41~47 页；

沈洁:《家务劳动再分配的政策探索——日本"高龄女性贫困"问题的反思》,《妇女研究论丛》2021 年第 1 期，第 70~79 页。

而社会学领域则注重以某种与女性相关的社会问题、现象为中心，从外部社会状况、政策制度与女性内在自我认知等方面进行分析。可见，女性自我认知是核心要素，与女性相关社会问题、现象有着密切关联，是女性相关政策制定必须考虑的关键点。然而，综合目前关于平成时代日本女性的研究，可以发现：

首先，从研究视角上来看，关于平成时代日本女性自我与相关社会问题、社会现象之间关联的综合性探讨较为少见。平成时代诸多社会问题与女性相关，女性自我认知作为内因，是观照平成日本社会问题、现象等的重要视角。已有研究中社会学领域基本上以与女性相关的问题、现象、制度、政策为焦点，而文学领域主要以某一部、某几部小说中的女性自我形象为主题进行讨论。这些研究主要探讨了日本女性的外部社会存在以及内在自我意识问题，但对于二者之间的关系缺乏综合性分析。

其次，从研究对象上来看，未能涵盖女性的整个生命周期。不同世代女性相关社会问题有所不同，自我认知也有差异，而既有研究多聚焦在某一世代女性尤其是中年女性身上，缺乏对其他不同年龄层次女性的研究。文学领域与社会学领域对于平成日本女性的研究基本关注某一世代女性，并且对中年世代女性婚姻家庭、职场就业中的自我形象与相关问题等的研究成果所占比重较大，但是未能形成对老中青三个世代研究的有机整合，缺乏一种系统性的分析框架。

再者，从研究时段上来看，以平成时代为背景对日本女性的集中性探讨甚少。在笔者整理先行研究过程中，发现就平成日本女性的研究成果相对其他历史时段较少。并且已有研究中社会学领域对于平成时代日本女性相关问题、现象等的分析比较分散，而文学领域的研究同样比较碎片化、零散化。鉴于平成时代于2019年刚结束，既有研究中对这一完整时段内问题与现象的讨论相对较少，这也为本书研究平成时代日本女性问题留下了余地。

最后，从研究方法上来看，已有社会学领域的女性研究往往将文学文本作为分析素材，并提出"文学社会学化"的主张，这一点突出体现在日本社会学领域对于本国女性的研究方面，中国社会学领域对这种方法的运用比较少。而文学领域的女性研究虽然也开始引入社会学科的研究方法，但仍以对文本主题思想、创作手法等的分析为主。

本书在先行研究基础上，尝试以平成时代芥川奖获奖女性作品中的老中青三代女性形象为主要素材，探析平成日本女性自我认知特征、成因及影响，以期预判平成日本社会诸多问题的走向，对与女性相关社会问题的思考提供些许参考。与已有研究相比，本书从女性自我认知视角来探讨其与平成时代日本主要社会问题、现象之间的关联，在方法上循着"文学社会学化"的女性研究趋势，尽可能综合运用社会科学相关知识，在定量与定性分析基础上，对平成时代日本女性自我认知特点进行剖析，以期对平成时代日本女性相关研究提供些许启示。

第三节　研究思路与基本框架

鉴于平成时代 2019 年刚落幕，专门针对这一时期女性的研究尚属新的课题，而平成时代出现的诸多社会问题又与女性有着密切联系，因此对平成时代日本女性的自我形象与自我认知做系统性与整合性考察具有必要性。日本学界在社会学领域引入文学素材的研究方法，以及中国学界丰富的研究积累为本研究的开展提供了可能性。本研究在先学基础上，利用平成时代芥川奖获奖女性作品，将其与社会现实相结合，希望能对平成时代日本青少年、老年及中年女性的自我认知特征获得较为清晰的认识；通过女性视角，在自我认知层面对平成日本社会青少年、老年及女性问题有所揭示，对相关政策有所启示。本研究围绕"平成时代日本女性自我认知"展开，本节将在界定"自我认知"相关概念基础上，说明文章研究思路与框架设计。

一、"自我认知"相关概念解释

"自我认知"，简单而言就是自己对自己的认知，即"我是谁"的问题。其中，"自我"是核心，是认知的对象，自我认知围绕"自我"展开，因此有必要明确"自我"的内容与含义。迄今为止的社会科学对于"自我"多有深入探讨，如哲学、心理学、心理人类学、社会心理学等。

（一）哲学中关于"自我"的讨论

人类对于"自我"的思考与认知由来已久，从苏格拉底"认识你自己"到尼采的"成为你自己"是先哲对于自我的哲学追问。与之相关的"自我意识"概念首见于笛卡尔的"我思故我在"。在《第一哲学沉思集》中，"自我"在笛卡尔看来就是"一个思维的东西"，就是"精神、心灵、智慧、理性"。可以清楚地看到，笛卡尔强调的是"自我"的内在主观性。而康德在《纯粹理性批判》中以简洁明了的短句指出"'我思'必须能够伴随我的一切表象"，在此基础上，"将理性认知的先验自我同时定义为按照自身法则行事因而自由自律的实践自我"。[①]康德在这里虽然主张"自我"的外部表现性，但其对于"自我"的认知并未"冲破自我意识的反思循环的意识牢笼"。[②]马克思在历史唯物主义实践性基础上明确指出"一个有生命的、自然的、具备并赋有对象性的即物质的本质力量的存在物，既拥有它的本质的、现实的、自然的对象，而它的自我外化又设定一个现实的、却以外在性的形式表

---

① 陈志丹:《自我意识理论的困境与出路：从康德到马克思》，《湖北社会科学》2020 年第 7 期，第 20~28 页。

② 陈志丹:《自我意识理论的困境与出路：从康德到马克思》，《湖北社会科学》2020 年第 7 期，第 20~28 页。

现出来因而不属于它的本质的、极其强大的对象世界"。① 这就意味着自我与社会存在具有统一性，人的自我是在现实的人及其物质生活过程中得到解释与反映的，并非是一种纯粹形而上的东西。依照马克思主义的观点，自我不仅包括个体内在的自我意识，还包括外在的自我表现，并且受到外部社会存在的影响与制约，它们之间互为表里，紧密联系（如下图 1 所示）。

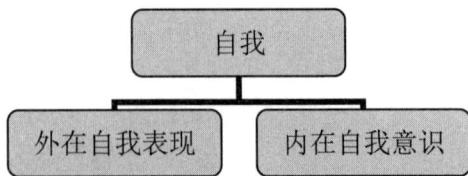

图 1 根据马克思主义哲学理论中关于"自我"的阐述制作而成

（二）心理学中关于"自我"的界定

"自我"还是心理学、精神分析学的重要概念。在心理学领域，1890 年美国心理学家威廉·詹姆斯在其著作《心理学原理》中明确提出自我意识，奠定了现代"自我"研究的心理学基础。詹姆斯将"自我"区分为"认知客体"的"经验自我"与"认知主体"的"纯粹自我"。他认为"自我"就是人类能够指称他人与周围世界，并能从这些实体中生发出感觉与态度，从而形成回应的能力。② 并在此基础上将认知客体的自我分为物质自我、社会自我与精神自我三个部分。其中物质自我指由身体、生理、仪表等要素组成的血肉之躯以及与维持身体相关的人的生理需要、衣食住行和持有的其他物质等。社会自我包括人在社会生活中的名誉地位，在人际关系中的价值作用等。精神

① 陈志丹:《自我意识理论的困境与出路：从康德到马克思》,《湖北社会科学》2020 年第 7 期，第 20~28 页。

② 董轩:《"自我"概念的符号互动主义溯源与评述》,《社会科学论坛》2008 年第 11 期，第 35~37 页。

自我则指个体的智慧、道德、心理素质、个性气质、情感等。认知主体便是从人与物质、自我与他人、人与价值信仰的互动中进行个体的自我认知的（如下图2所示）。

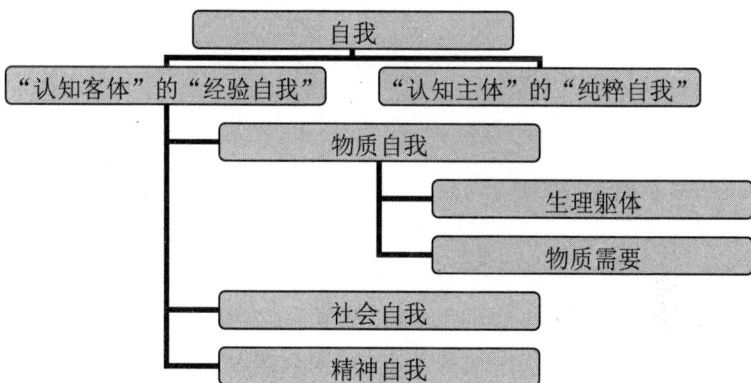

```
                      自我
"认知客体"的"经验自我"        "认知主体"的"纯粹自我"
                    物质自我
                              生理躯体
                              物质需要
                    社会自我
                    精神自我
```

图2 根据威廉·詹姆斯关于"自我"的心理学原理制作而成

（三）精神分析学中关于"自我"的生理属性

精神分析学创始人西格蒙德·弗洛伊德将"自我"作为人格的三个构成要素之一，即本我、自我与超我。本我是人的原欲，强调生物本能；超我代表社会规制与文化约束；自我是唯一与现实保持接触的部分。在弗洛伊德自我人格理论延长线上的还有"后弗洛伊德派"的爱利克·埃里克森与被称为"法国的弗洛伊德"的雅克·拉康，其中埃里克森沿用了弗洛伊德的"自我"术语，但将自我分为三个相互联系的部分，并提出"自我同一性"概念。埃里克森的"自我"包括身体自我，即与一个人身体相联系的经验与体验；理想自我，即一个与理想状态相比较而希望拥有的形象；自我同一性则是一种发展结构：有时指对身体部分的自觉意识；有时指对个人性格持续稳定性的无意识追求；有时指对某一群体理想或特征的认同。[1]拉康在弗洛伊德的

---

① 卢勤:《是继承，还是反叛——埃里克森与弗洛伊德人格心理观的比较研究》,《西南民族学院学报（哲学社会科学版）》2001年第11期，第166~169页。

基础上，提出实在界、想象界和象征界的自我认知三界理论，运用认同机制建构自我，指出"我即他人"，意指自我是一个持续不断对他者认同的过程。① 三界中的实在界主张的是个体原始的，前象征界的状态。可以看到，精神分析学中的"自我"建立在身体自我的基础上，但并不固步于此，而是谋求与外部的同一或认同。

（四）社会心理学中关于"自我"的社会属性

在社会心理学领域，查尔斯·霍顿·库利发展了詹姆斯对自我概念的界定，提出"镜中自我"理论，强调个体的自我与自我意识是与他人互动的产物，他人犹如一面镜子，人的自我从他人对自己的看法与反应态度中产生。② 美国社会心理学家乔治·赫伯特·米德在其符号互动主义理论中认为，"自我，作为成为它自身的对象的自我，本质上是一种社会结构，并且产生于社会经验。当一个自我产生之后，从某种意义说它为自身提供了它的社会经验，因而我们可以想象一个完全独立的自我，但是无法想象一个产生于社会经验之外的自我"③。他在论述"主我"和"客我"关系时还指出"自我是某种不断发展的东西；它不是与生俱来的东西，而是在社会经验过程和社会活动过程中出现的。也就是说，它在既定的个体那里是作为他与这种作为整体的过程，以及与这种过程所包含的其他个体的关系的结果而发展的"④。不难看出，社会心理学层面的自我是在社会关系中进行界定的，看重的是自我的社会属性。

---

① 郭婵丽：《自我的发生——从弗洛伊德到拉康》，《华南师范大学学报（社会科学版）》2016 年第 6 期，第 74~78 页。

② 孙承健：《电影、社会与观众》，中国电影出版社，2018 年，第 65 页。

③ 乔治·H. 米德：《心灵、自我与社会》，赵月瑟译，上海译文出版社，2005 年，第 110 页。

④ 乔治·H. 米德：《心灵、自我与社会》，赵月瑟译，上海译文出版社，2005 年，第 146 页。

"自我"这一概念自近代传入日本后，日本学界在本国社会文化基础上对日本人的"自我"进行了阐释。其中，日本精神分析领域的代表性人物古泽平作、土居健郎、木村敏等人指出，"日本人对人关系中的一种源于母子一体化的对他人的依赖心理，反映的是一种相互依赖的自我认知模式"[1]。日本社会心理学家南博认为日本人的自我中，外在的"客我"意识特别强，即过于在意他人看法，这一意识影响了自我构造的整体。由于外在的客我意识太强，内在的主我受到压制，形成了否定性自我。[2] 原京都大学社会心理学教授滨口惠俊指出，"对于日本人来说，'自分'并不在自身内部寻求存在的依据，所以'我是谁''你是谁'等问题并非由自身决定，而是由'我'与'你'之间即人与人之间的关系决定"[3]。这些观点强调日本人是在与他者的关系中界定"自我"，侧重于"自我"的社会属性。

（五）心理人类学中关于"自我"的精神属性

此外，在心理人类学领域，威特·巴诺在《心理人类学：文化与人格研究》中指出自我与人格的密切关联，是"个人的内在力量与一致的态度、价值和知觉范式等复合体相关联的持久系统"[4]。杰里·伯格在《人格心理学》中阐述道，"关于自我概念的不同观点也意味着来自两种文化类型的人对于自我满足和感觉良好概念的看法有所不同。典型的个人主义文化中的人想到他们独特的价值和个人成就时就会感

---

① 尚会鹏：《论日本人自我认知的文化特点》，《日本学刊》2007 年第 2 期，第 95~108 页。

② 南博：《日本人的心理 日本的自我》，刘延州译，社会科学文献出版社，2014 版，第 186 页。

③ 尚会鹏：《论日本人自我认知的文化特点》，《日本学刊》2007 年第 2 期，第 95~108 页。

④ 威特·巴诺：《心理人类学：文化与人格研究》，黎明文化事业公司，1979 年，第 8~9 页。

觉良好，相反，集体主义文化中的人的自我满足感来自于他们感知到自己与他人的关系。在这种文化中，当找到归属感、感到自己承担了适当的岗位的时候，人们的感觉会良好。在集体主义文化中融入社会和完成自己分内的事是骄傲的源泉，而在个体主义文化中个人成就和独立性最被看中"①。由此可见，自我概念与自我的价值取向及主观感知等休戚相关，并且受文化因素的深刻影响，这些一并成为自我的深层次构成。

综合来看，"自我"不仅是内在的自我意识，还包括外在自我表现，既涉及个体的主观认知，同时又是作为客体的认知对象。从以上社会科学关于"自我"的分析可知，作为整体的"自我"由生理躯体、物质对象、人际关系、价值信仰等方面有机构成。心理学家威廉·詹姆斯将血肉之躯与维持生命的物质需要一并合为自我的物质属性，主张其与社会属性、精神属性一并构成整体自我。精神分析学则从自我的生理属性出发，将自我分为不同阶段与层次。社会心理学强调的是自我的社会属性，而心理人类学注重的是自我的精神属性。

需要特别指出的是，在马克思主义看来，个人价值包括自我价值与社会价值，前者主要指个体自我生活与实践活动中对自身物质与精神需求的满足，后者则表现为个体自我对社会需求与期待的满足以及对社会进步的贡献。其中的物质、社会与精神既是个体与社会相互作用的基本层面，又是个体进行自我认知的主要内容，还是考量个体自身价值的三大基准。参照这些有关"自我"的理论体系，为尽可能涵盖"自我"的不同方面，本书以物质自我、社会自我、精神自我的维度模型，其中物质自我采用詹姆斯的界定，即包含自我的生理躯体与物质需要，对平成时代日本老中青三代女性的自我形象与自我认知展开讨论与研究。

---

① 杰里·伯格：《人格心理学》，中国轻工业出版社，2004年，第250页。

二、研究思路与框架设计

回溯平成三十年间，日本经济低迷化、政治保守化、社会转型化等成为典型特征，因而这三十年还被冠以"失去的三十年"之称。在这样的背景下，诸多社会问题、社会现象应运而生，在不同世代日本女性身上衍化为不同形式的表现，譬如少子老龄化日趋加剧，女性贫困日益凸显，晚婚不婚蔚然成风，"飞特族""茧居族""穷忙族"不断涌现，等等。这些无不与女性相关，让人不禁对平成时代日本女性产生兴趣，同时也成为本研究的出发点。

女性相关问题不但受外在社会发展状况影响，还与其内在自我认知相关，并且外在因素往往通过内在因素起作用。因此，在涉及与女性相关的社会问题时，女性自我认知是不容忽视的着眼点。关于自我认知，其内涵包括对于物质自我、社会自我与精神自我的认知。与之相对应，外延则表现为物质维度的自我形象、社会维度的自我形象以及精神维度的自我形象。一直以来，文学中的女性人物形象是社会学、历史学、文化学等社会科学领域研究女性的重要素材。进入平成时代以来，日本女性文学异军突起、高歌猛进，成为继平安朝时期、近代明治时期之后，20 世纪 80 年代女性文学第三次高潮的重要组成部分。"女性创作之活跃前所未有，在表现女性独特的生理、心理、性意识、家庭、伦理等诸多方面，发挥了男性作家无法替代的重要作用。"[1] 这些女性作品塑造出众多经典女性形象，为探究平成时代女性相关问题与女性自我认知提供了切入点。其中，日本最重要的文学奖——芥川奖在平成三十年间女性获奖作品共计 28 部，不仅在芥川奖获奖史上，在日本女性文学史上也属罕见。这些作品中的女性人物更是浓缩着现实社会中不同世代的女性形象，构成平成时代日本女性"图鉴"。与此

---

[1] 许金龙：《中日女作家新作大系·日本方阵》，林薇、杨欧译，中国文联出版社，2001 年，第 8 页。

同时，这些获奖作品以女性视角，书写当代日本女性的琐粹日常、所遇困境，呈示"她们"对于自身身体、物质生活、人际状态、价值取向等不同方面的自我认知。基于以上三个"点"，本研究聚焦平成日本女性，通过考察平成时代芥川奖 28 部获奖女性作品中女性人物的自我形象，探析平成不同世代日本女性自我认知特征，以期对平成时代日本女性的理解有所深入，对与女性相关社会问题的思考有所裨益。依循这一思路，本书共分三大部分、六大章展开论述。每个部分大体结构如下：

第一章为导论部分。首先阐释本书的选题背景与意义，指出平成时代诸多社会问题、现象与女性相关的时代背景下，研究平成日本女性自我认知的现实意义。其次概述战后中日两国关于日本女性，特别是平成日本女性的研究成果。通过梳理，可以发现这些先行研究以文学与社会学的视野分析日本女性的过去与现在、成长与问题等等，为研究日本女性及其相关问题提供了坚实基础与方法启示，但同时关于平成日本女性的研究相对零散与单一，缺少整体性与综合性的归纳分析，为进一步探究留下了空白与可能。在此基础上，对"自我认知"的核心，即"自我"不同维度的属性予以说明与界定，并且阐明本书的研究思路、结构设计与研究方法等，说明创新点与不足之处。

第二章至第五章为正文部分。围绕"平成时代日本女性自我认知"，本书按照世代将研究对象分为青少年女性、中年女性与老年女性，依照"自我认知"的物质维度、社会维度与精神维度，对平成时代芥川奖获奖女性作品中相关女性人物（参见表 2）的自我形象进行观照，以期归纳出平成时代不同世代日本女性的自我认知特征。

其中，第二章为青少年女性部分。在物质维度分为两个方面予以讨论，首先是身体方面，通过《裂舌》《欠踹的背影》等获奖作品中青少年女性身体上的行为表征，结合社会现实生活中青少年的自我表现，分析青少年群体身体自我的认知特征；其次是生活方面，以《乳与卵》《绿萝之舟》等获奖作品中青少年女性困窘的生活状态为例，探析这种社会现状对她们的心理认知带来的负面影响。在社会维度从青少年女性的三大人际关系出发展开论述。家庭层面以《镇上的猫婆婆》《至高圣所》等为例，呈示青少年女性主人公们疏离的家庭关系给她们带来的心理创伤；校园层面通过《欠踹的背影》《少女的告密》等女性人物在个体自我与集体他者之间徘徊挣扎的形象，透视她们成长过程中矛盾的内在认知；恋爱层面则选取《一个人的好天气》中经历多次失败恋爱的女主人公为典型形象，揭示当前日本青少年女性的恋爱实态与心态。通过三大人际关系中的女性自我形象归纳出她们孤独寂寥的社会自我认知。精神维度则通过正反两方面的对比，呈现青少年女性深层次的情感需求。即选取四位 80 后女性作家的获奖作品《裂舌》《欠踹的背影》《一个人的好天气》《贵子永远》，通过分析对比女性主人公为主的青少年群体情感缺失中的自我迷失形象、情感包容下的自我成长形象，挖掘青少年自我认知中"爱"的情感向度。

第三章为中年女性部分。首先重点探讨平成时代中年女性对于自我身体生育性的认知，这一方面不仅在平成之初芥川奖获奖女性作品《妊娠日历》等中有集中体现，在之后出场的中年女性自我形象上也多有反映。中年女性群体所持有的两种迥异的生育观在社会统计数据上也同样得到折射。然后通过《咸味兜风》《家庭电影》《绿萝之舟》等等一系列获奖女性作品中的中年女性人物，分析她们在婚恋与就业两大社会关系层面，自我的不同表现与态度，进而剖析其对于自我家务劳动者与生产劳动者两种角色的选择，以及面对的父权制与资本主义的双重束缚。最后以《在海浪上等待》《绿萝之舟》等为主要分析文本，解读其中包含的女性对于异性平等、同性友爱关系的理想愿望与情感诉求，进而阐释她们在精神维度抱有的"爱"的价值取向。

第四章为老年女性部分。战后出生的"团块世代"，在平成时代纷纷进入暮年。其中老龄女性人口占较大比例，她们的自我形象不仅具有老年女性的特殊性，在一些方面还具有老年人的普遍性。首先在物质维度，通过梳理《镇上的猫婆婆》至《我将独自前行》等获奖作品中老年女性对于物质生活状况，以及肉体衰老状态的认知与应对，可以看到她们物质自我认知中的消极面与积极面。其次在社会维度，以《ab 珊瑚》《我将独自前行》等的老年女性人生经历为线索，分析她们由大家庭至核心家庭再到独居家庭变迁中的个体自我形象。此外，平成日本社会老年女性越来越多地进入职场，这一社会现象在《镇上的猫婆婆》《家庭电影》《春之庭院》《穴》等中多有体现。结合官方统计数据与舆论调查，归纳老年女性就业行业、就业形态、就业动因等方面的特征不难看出，尽管由家庭到就业的身份角色有所改变，但她们的社会自我认知中仍体现出家庭角色身份优先于其他身份的特点。在精神维度，以《我将独自前行》《一个人的好天气》中呈现的老年女性与生活和解的智者形象、与他者关爱的长者形象为例，解读她们对于精神自我的认知理解，即"爱"的心理追求。

在第二章至第四章的基础上，第五章尝试概括并分析平成时代日本女性自我认知的代际特征、成因及其影响。从整体上来看，她们的自我认知具有代际性异同，不同之处在于自我物质维度与社会维度失衡甚至冲突形成的青少年女性"极我化"、中年女性"自我化"、老年女性"去我化"特点；相同之处则是她们精神维度上"爱"的情感价值向度。平成各世代女性自我认知特征与日本经济发展状况、社会结构转型、思想潮流与意识观念变迁有着密切关系，与此同时，平成日本女性的自我认知对日本社会发展又有着不可忽视的影响。

第六章为结论部分。对本书研究的主要内容，即平成时代芥川奖获奖女性作品中反映的女性自我认知特点进行概述，在此基础上提出平成日本女性自我认知特点研究的启示与展望。

表 2 平成时代（1989—2019）日本芥川奖获奖女性作品
及所涉主要日本女性形象

获奖年份及获奖作品	青少年女性形象	中年女性形象	老年女性形象
1989 年《镇上的猫婆婆》	惠理子	姨妈	外婆、邻居猫婆婆
1990 年《妊娠日历》		姐姐	
1991 年《负水》		我	
1991 年《至高圣所》	青山沙月、渡边真穗		
1992 年《入赘的狗女婿》		北村美津子	
1994 年《跨越时间的联合企业》			
1996 年《踏蛇》		佐洋	西子
1996 年《家庭电影》	妹妹羊子	姐姐林素美	母亲
1999 年《夏天的约定》			
2002 年《咸味兜风》		美惠	
2003 年《裂舌》	路易		
2003 年《欠蹒的背影》	长谷川初实		
2005 年《在海浪上等待》		及川	
2006 年《一个人的好天气》	三田知寿	母亲	荻野吟子
2007 年《乳与卵》	女儿绿子	母亲卷子、小姨夏子	
2008 年《浸着时光的早晨》			

续表

获奖年份及获奖作品	青少年女性形象	中年女性形象	老年女性形象
2008 年《绿萝之舟》	惠奈	长濑、律子、美香、和乃	长濑母亲
2010 年《少女的告密》	美佳子	母亲	
2010 年《贵子永远》	贵子、永远子		
2012 年《冥土巡游》		奈津子	
2012 年《ab 珊瑚》	幼女"她"		
2013 年《指甲与眼睛》	三岁的"我"	父亲的情人麻衣、母亲	
2013 年《穴》		麻阳	麻阳婆婆
2014 年《春之庭院》		森尾太太	巳房客
2015 年《异类婚姻谭》		三三	北江
2016 年《便利店人》		古仓惠子	
2017 年《我将独自前行》			桃子
2017 年《百年泥》			

综上，本研究以 2019 年刚落幕的平成时代为背景，关注平成时代日本社会老中青三代女性的自我形象与自我认知，通过平成日本芥川奖获奖女性作品中的女性群像透视青少年、中年及老年女性相关问题、现象与内心世界，以期概括平成时代日本女性自我认知的特点。

在以上思路框架下，拟采用以下研究方法：

第一，通过文本细读的方法，对 1989—2019 年获得芥川奖的 28 部女性作品进行精读，立足文本离析其中的女性群像，将其作为分析平成时代不同世代女性自我认知特点的文本素材。

第二，将定量分析与定性分析相结合。文学文本的研究离不开作品主题内容与人物形象的解读，以定性分析为主。素有"国民纯文学

大奖"之称的芥川奖在继承日本传统"私小说"风格的基础上，日益
具有时代性与社会性特征。其中，女性作家更是倾向于以自己的日常
生活为原型，以自身的敏锐感性捕捉当代日本社会，以社会问题、现
象为题材进行创作，塑造了大量的女性形象。结合这一特点，考虑到
日本内阁府等的重要社会调查数据采用分年龄、分性别方式，本书
尝试将定量分析与定性分析相结合，考察平成日本女性如何定位自身、
如何认知自我。

第三，在坚持马克思主义唯物辩证法基础上，综合运用社会学、
女性学、心理学及心理文化学等的理论工具与方法。受日本女性主义
社会学研究方法的启发，尝试将文学文本分析与社会问题考察相结合，
以日本平成时代芥川奖获奖女性作品为素材，从女性视角出发，对日
本平成时代与女性相关的社会问题进行观照，进而呈现日本女性在
平成日本社会的自我形象，挖掘女性自我内心世界与外部现实世界的
关系。

第四节 创新点与不足之处

本研究的创新点：

第一，从研究时段上来讲，日本平成时代于 2019 年刚落幕，关
于日本平成时代的研究成果相对其他历史时段较少，其中关于平成日
本女性的综合性研究又少。从断代史角度来看，对平成时代日本女性
自我认知进行系统研究具有一定的开拓意义。

第二，从研究对象上来讲，既有研究基本关注某一世代的女性
相关问题，尤其是中年女性对于生育、婚姻与就业等的观念与认知，
但缺少对老中青三代的整体性研究。对女性自我认知进行整体性探讨，
将有助于对平成日本女性相关社会问题取得进一步认识。

第三，从方法上来讲，本书综合运用社会学、女性学、心理学及
心理文化学等理论工具，循着"文学社会学化"的研究趋势，尝试以

平成芥川奖获奖女性作品为主要分析文本，间或参考日本内阁府等的调查统计数据，围绕平成日本女性自我认知问题展开定量与定性相结合的研究。

第四，从研究结论上来讲，本书在对平成时代芥川奖获奖女性作品中女性人物自我形象分析的基础上，指出平成日本社会老中青三代女性自我认知中不同维度的特点以及代际特点等，对思考平成日本相关社会问题具有一定的启示作用。

本研究的不足之处：

首先，以平成时代芥川奖获奖女性作品中的女性群像为素材，对平成日本女性自我认知展开讨论，需要在传统的文学文本分析基础上，融入社会学、女性学、心理学等的理论方法，以获得更为深入性的认识。本书虽力争运用相关学科知识以阐释清楚，但仍存在力有未逮之处，将在今后的研究中做进一步的补充与完善。

其次，本书以平成时代芥川奖获奖女性作品为主要文本进行定性分析，在此基础上，以内阁府等的调查统计数据进行定量分析。在数据的选取上更好地与文本相契合，也是本研究今后努力的方向。

第二章　平成时代日本青少年女性自我认知特点

　　作为人生之初的重要章节，青少年理应充满活力与色彩；作为社会发展的生力军，青少年本应充满理想与希望。在业已画上句号的平成三十年间，日本社会的青年男女身处其中，成为这一时代的亲历者与见证者，同时也被贴上"垮掉的世代""失落的世代""丧的世代"等负面标签。为何会获得这样的他者评价？这一时期的日本年轻人呈现出什么样的自我形象？有着什么样的自我认知？对此，除却冰冷的社会学统计数据外，文学作品中的人物形象还给出了生动的例证。

　　1935年成立的芥川奖不仅历史跨度大，而且具有广泛的社会影响力，被视为日本最重要的文学大奖。以兼具艺术性与思想性而著称的这一奖项还以文学的形式反映并记录着战后日本社会文化状况。进入平成时代以来，芥川奖呈现出女性作家异军突起、女性作品屡屡获奖的景象。这些获奖女性作品呈现出同世代女性的生活境遇与内心感知，其中的女性人物群可以说是平成日本女性自我形象与自我认知的镜像展现。纵观这一时期的芥川奖获奖女性作品，不难发现年轻女性作家呈现出当仁不让之势，掀起青春文学的浪潮。其中1983年出生的金原瞳、青山七惠、1984年出生的绵矢莉莎等更是成为当时的焦点人物，不仅获奖年龄刷新了芥川奖获奖者最年少记录，获奖作品更是创下了史上销售记录。除此之外，平成时代芥川奖获奖作品中青少年女性形象不仅在数量上较之前有所突破，在角色特征上也日益突出，将之称为"现象级"也不为过。在这一系列的获奖作品中，女性作家与作品中的人物间或重合间或分身，间或主体参与间或客观审视，以多种形式展现出这一时期青少年女性生活图景与自我形象。而这些女性作家与女性人物的自我成长历程，不失为平成时代日本青少年相关问题及其自我认知的镜像记录。

根据日本自平成 8 年至平成 30 年间发布的《青少年白皮书》显示，日本社会对于青少年的年龄界定基本维持在 25 岁或 35 岁之前。另据 goo 国语辞书对于"若年層（じゃくねんそう）"的解说，意指年轻人，在统计学上经常指 15~24 岁或者 15~34 岁的青少年。鉴于本文的重要概念"自我"并非单指生理属性，还包括社会层面，因此这里涉及的青少年范畴并不单纯依据生理年龄，还将其重要社会关系（如婚姻、亲子等）纳入考虑因素。综合以上，平成三十年间作为青少年女性作家摘得当年芥川奖桂冠的代表性人物当属以下四位，分别为金原瞳（20 岁，2003 年《裂舌》；括号内的标注年龄为作者获奖时年龄，年代为作品的获奖年份，下同）、绵矢莉莎（19 岁，2003 年《欠踹的背影》）、青山七惠（23 岁，2006 年《一个人的好天气》）、朝吹真理子（26 岁，2010 年《贵子永远》）。此外，获奖女性作品中主要青少年女性人物包括有《镇上的猫婆婆》（1989 年）中的"惠理子"、《妊娠日历》（1990 年）中还在上大学的"我"、《至高圣所》（1991 年）中的大学生"青山沙月"与"渡边真穗"、《裂舌》（2003 年）中的"路易"、《欠踹的背影》（2003 年）中的高中生"长谷川"、《一个人的好天气》（2006 年）中的"知寿"、《乳与卵》（2007 年）中的小学生"绿子"、《少女的告密》（2010 年）中京都某外国语大学的学生"美佳子"等。本章主要通过这些作品中的青少年女性群像，结合相关统计数据与社会典型事件，尝试勾勒平成时代日本社会青少年的生存实态与自我形象，进而分析其在物质维度、社会维度与精神维度的自我认知特点。

第一节　青少年女性物质维度的自我形象与自我认知

新世纪初，两位年轻女性作家一同摘取第 130 届芥川奖桂冠，年仅 19、20 岁的两位新人获奖，被视为"少女文学"大爆发。其中，新锐青春作家金原瞳以处女作《裂舌》在 2002 年获日本昂文学奖之后，又在 2003 年获芥川奖。《裂舌》中的主人公及作者本人甚至被看作当代日本青少年世界的一种代表形象，杂志版销量曾创下 200 万册的记录，单行本发行逾 50 万册，被称为日本版的"少年维特之烦恼"。正如题目"裂舌"所示，小说以日本青少年中流行的"身体改造"为选题，围绕三位青年主人公（女主角路易、小混混阿玛、朋克青年阿柴），描绘出一幅令人惊悚咂舌的身体改造景象。与之并肩摘得芥川奖的是同为青春少女的绵矢莉莎，获奖作为《欠踹的背影》[①]，获奖当年发行量突破 127 万册。作者本人指出，"踢"代表着女主人公长谷川，而"背"则是男主人公蜷川的象征。[②] 实际上我们透过两位青少年主人公踢与被踢、踹与欠踹的关系还可以看到当代日本青少年的自我面影。这两部作品作为"现象级"青春文学作品，其中青年主人公的形象成为焦点话题，引发人们对青年一代的关注与思考。此外，2007 年川上未映子凭借小说《乳与卵》摘得第 138 届芥川奖，作品中的三位女性人物分属不同年龄层，其中处于青春期的绿子以日记自白的方式吐露出自己与母亲卷子的生存状况以及情感纠葛，而绿子的小姨夏子则以一种既理解同情又苦于无计可施的叙事口吻道出姐姐与外甥女的生活实态。可以说，卷子与绿子母女的窘境正是平成日本社会众多单亲母子家庭的鲜活写照。而在 2008 年第 140 届芥川奖获奖作

---

①　日文版题目为"蹴りたい背中"，现有《欠踹的背影》《想踢他的背》《拒绝的背影》等译文版本。

②　綿矢りさ：『著者インタビュー　綿矢りさ「蹴りたい背中」』,『文學界』2003年第 57 卷第 11 号，第 277~279 頁。

《绿萝之舟》中，作者津村记久子以自身为原型塑造的主人公长濑及其母亲的生活，同样体现出单亲家庭困窘生活的连锁性与代际传递性。

一、"厌世性""内向性"的身体形象：以《裂舌》《欠踹的背影》为例

身体作为人的重要组成部分，不仅具有生理属性，还被赋予社会文化内涵。在传统社会文化语境中，身体被置于次于精神的地位，受到忽视甚至不齿，在这一点上，东方日本社会也不例外。现代女性主义从女性视角出发，对于身体做出新的阐释，揭示出身体受外部社会支配与规训的真相，其中以西蒙娜德·波伏娃的"生理性别"（sex）与"社会性别"（gender）学说最为典型。进入后现代社会以来，身体作为自我与外部社会的重要媒介越发受到重视，是意识的体现，还是表达自我与应对社会的重要途径与方式，这些在青少年群体身上表现尤甚。日本社会自 20 世纪 80 年代以来，"新人类""族"现象层出不穷，他们的身体形象引起社会的广泛关注，在文学作品中也留下了鲜明踪迹。

2003 年芥川奖获奖女性作品《裂舌》被视为近年来日本青少年文学的代表。获奖当年不论是作者金原瞳本人，还是小说中的青年男女形象都引起一片哗然。1983 年出生的金原瞳获奖时仅二十来岁，两只耳朵戴了六只耳环，曾想过去纹身，最终未成行，经常化着淡妆，抽着烟，被称为"叛逆的美少女作家"。她在接受媒体采访时言明自己创作该小说的动机是想通过流行的"身体改造"现象来呈现包括自己在内的年轻人的心理，因此在构思小说时，尽可能多地在网络上搜集社会事件作为素材，在创作过程中也尽其所能地客观描绘了年轻一代卖淫、酗酒、施虐受虐等的身体现象。

《裂舌》（2003 年）故事围绕三位青年男女主人公展开，贯穿着大量与身体有关的形象描写。19 岁的女主人公路易一头金发，嗜酒如命，没有稳定工作，主要靠在酒店做临时招待女郎维持生计。一次偶

然的机会在夜店结识了阿玛，并被其像蛇舌一样改造而成的裂舌所吸引。这一改造过程先是在舌头上打孔，带上舌环，然后以一定顺序逐渐增加舌环型号，最后当舌面的痛扩张至一定程度后，便将剩下的舌尖部分切开。原本只是热衷于在耳朵上穿不同型号大小环的她迷上了这种身体改造，并最终把舌头也一割为二。此外，她还在后背纹上了龙与麒麟图样的刺青。有不少评论指出发生在路易身上的身体改造景象"惊世骇俗"，但在现实社会的青少年生活圈中，此种现象并非罕见。据媒体报道，在新千年之初日本年轻群体中流行一种名为"身体膨胀"的身体改造行为，也就是通过向皮下注射生理盐水而使皮肤凹凸不平。这种自虐般的行为虽然让人难以理解，但在日本夜店里疯狂的年轻人中越来越流行。

　　围绕着身体，《裂舌》（2003 年）中除了令人不寒而栗的"身体改造"与目不忍睹的纹身刺青，还有让人瞠目的施虐受虐性爱游戏、暴力死亡事件以及隐含其中的少女"援交"现象。路易在认识阿玛前，经常出入的场所有两个，一个是夜店，另一个是打工作陪酒招待的酒店。路易在这两个场所以不同形象示人，前者是"右耳上带着两只 0G 尺寸的耳环，左耳上是 0G、2G、4G 三只粗细不同的耳环"，一头金发的后现代型叛逆少女；后者则装扮为一身红色的漂亮和服，令酒店客人们纷纷递出名片的传统型可爱纯洁女孩。这两种形象不禁让人联想到现代日本社会青少年女性群体中存在的两种奇特现象。前者可以说是画着烟熏妆，穿着奇装异服的都市街头日本青年的升级版，他们按照自己的想象或者喜好装扮身体，以张扬个体自我，这一现象被社会视为"亚文化"的一种体现。而后者则影射出日本社会青少年女性的"援交"行为。"援交"全称为"援助交际"，是指男性用金钱"援助"年轻女性，女性反之用肉体"援助"男性。其源于 20 世纪 80、90 年代的"情人契约"，由于泡沫经济崩溃后经济的不景气，青少年群体中出现各种各样的问题，不少年轻女性为满足自身的金钱与物质欲望，成为"援交"主体。英国 BBC 电视台 2017 年曾播出纪录片《日本：用来出卖的少年情色》指出日本社会"少女援交"现象的普遍性。据日本内阁府平成 15 年、16 年版《青少年白皮书》统计数据显示，青少年性行为最大的动机目的便是获得"娱乐享受所需金钱"。 这一点在小说女主人公路易身上也有所反映。路易坦诚自己"欲求颇多"，对于"渴求得发疯的衣服呀皮包呀什么的"，"总是渴望即刻占有"，从事带有肉体交易色彩的陪酒女招待也是为了轻松获得金钱。可见，身体要么被她们视为不屑社会"俗套"、彰显自我个性的方式，要么成为她们满足自身欲望的手段。对此，有读者指出《裂舌》（2003 年）"是日本小说史上最差劲的作品，简直就是为变态少女立传。说句不中听的，我宁愿看那些以夜总会'性服务者'为主人公的小说，最起码，那是一种深刻的社会现象"。 也有评论批判援交者称，"哪怕她们把头发染色，或鼻子和舌头上穿金属环，我倒会觉得好过一点"。毋庸置疑，无论前者还是后者，正如有评论一针见血所指出的，路易等青少年女性的身体形象"深刻传达了生于现世的女子的心情。充分展现了处于后现代文化中的'新日本人'的反叛、孤独和迷失的生存状态"。

以身体为媒介，女主人公路易与小混混阿玛、朋克青年阿柴构成三角畸恋关系，其中还伴有暴力、犯罪、死亡事件。路易在夜店初次见到裂舌纹身的阿玛并被吸引后，便在互相不知彼此真实姓名与年龄的情况下与其同居。阿玛租住在满是不锈钢家具的小房间，"左眉扎着三个 4G 的针形饰环，下嘴唇也一样扎着三个"，"后背上刺着飞龙

---

① 日本内阁府：『子供・若者白書』，详见：https://www8.cao.go.jp/youth/whitepaper/h16gaiyou/pdf/1-5.pdf，访问时间为 2021 年 3 月 10 日。

② 明珠：《金原瞳：引领少女写作风潮》，2004 年 5 月 14 日，《新京报》。

③ 安德鲁・戈登：《现代日本史 从德川时代到 21 世纪》，李朝津译，中信出版集团，2017 年，第 517 页。

④ 李伟萍：《反叛与迷失 后现代主义视野中的＜裂舌＞》，《当代文坛》2006 年第 2 期，第 134~135 页。

纹身"，"头发染得红红的，两边剪得短短的，形状看上去就像一个大大的鸡冠"。这样的形象走在大马路上，周边行人纷纷避而远之，但阿玛本人却不以为意。一次在与其他小混混们的厮打中，阿玛将对方一成员打死，但并未露出怯色，反而向担忧他的路易说"自己只要有了杀人的念头就非杀不可，难以自控"。对于阿玛最后的结局，小说以隐晦的方式暗示阿柴将其杀死在荒郊野外。阿柴是位典型朋克风青年，开着一家名为"Desire"（欲望）的纹身刺青店铺。阿柴本人的身躯也如同一块画布，上面有麒麟等图案的刺青，并且面部无处不挂着闪亮的银环。阿柴在给他人纹身刺青时，自诩是神赋予他的特权。在经阿玛介绍认识路易后，想将其据为己有，在给路易纹身时，与其具有了施虐与受虐的性爱关系。最后还在暗中将阿玛置于死地。文本中种种青少年身体形象不仅给人以视觉冲击，留下光怪陆离的印象，还具有着镜像功能，映照出现实社会中青少年群体的种种问题行为。平成年间日本内阁府《青少年白皮书》在"青少年安全与问题行为"中将"犯罪、吸毒、暴力、自杀"等列入其中进行连续性调查统计。以犯罪为例，据日本警视厅 2002 年调查报告显示，日本青少年犯罪人数同比 2001 年增加 2.3%，青少年犯罪人数比较 2001 年上升 0.7%，人数达 14 万 1775 人，是过去三年最高峰。[1] 而上个世纪的 1997 年兵库县神户市发生的 14 岁初中生连续杀害小学生的"酒鬼蔷薇圣斗"事件在日本轰动一时，相关青少年问题引起社会的广泛重视，"透明的存在"成为当年的新语与流行语，"可怕的十四岁""自残的十七岁"更是作为热点话题引发关注。综上可见，不论是小说世界，还是现实社会事件，这些青少年身上往往具有自我中心主义特征，而身体成为他们叛逆甚至反社会的外在符号与物化表现。

与《裂舌》（2003 年）中光怪陆离的青少年世界不同，同年摘得

---

[1]　日本内阁府：『子供・若者白書』，详见：https://www8.cao.go.jp/youth//white-paper/h15hakusho/pdf/1-5.pdf，访问时间为 2021 年 3 月 10 日。

芥川奖桂冠的《欠踹的背影》（2003 年）虽然也以当代青少年为原型，刻画出的却是他／她们闭锁无聊的身心状态。后者作为 19 岁新生代少女作家绵矢莉莎的夺冠作，其中的女主人公长谷川的身上有着作者自身的影子，她身边一众年轻人的言行举止可以说是同世代人的一种缩影。

女主人公长谷川升入高中两个月，发现同班同学依旧热衷于三五成群地聚在一起，组成所谓"志同道合"的小团体，而她自己对此已心生厌倦，不想像初中时一样继续迎合别人。为此，长谷川课间总是一个人，在校用餐时也尽可能寻找安静的地方，参加的社团选择了一个人也可以练习的跑步社团。然而，也正因如此，长谷川在需要自由组合进行理科实验时，变成教室里"多余的人"，在同班同学纷纷结伴参加活动而自己却因一时忘记又无人提醒时，成为"被遗忘的人"，在社团中其他成员热火朝天讨论时，自己也常常只是个"旁听者"，当看到社团教练与成员有说有笑的场面时，也会怀疑自己"独行侠"般的行为是否恰当。对此，尽管长谷川表面不以为然，然而时不时地内心会感到无所适从。在长谷川的身上凝结着青春期女生的矛盾与纠结，一方面是对自我与自由的本能追求，另一方面是对依存于他者与团体优缺点的理性认知。

与长谷川在个体与小团体之间的犹疑纠结不同，以长谷川初中时的好友绢代为代表的一众人总是沉浸在小团体中。他们并不像长谷川一样认为小团体是对个体的消解，反倒觉得待在小团体中才会安心。他们干什么都以群为单位，为使自己不被排斥总是选择从众，与长谷川等的"形单影只"形成鲜明对比。他们的这种小团体式生存方式并非以某种明确目标为动因，而仅是为了消遣无聊与嬉戏打闹，有时还会对疏远的长谷川等人表现出不友好。小说中虽然没有出现激烈的冲突场景，但人物之间的微妙关系却影射出日本校园中的"いじめ"（校园暴力、欺负等）问题。正如学习院大学教授中条省平所指出的，可以将主人公长谷川定位为"在班级内身处近似于'いじめ'状态下，被边缘化的女高中生"[①]。"いじめ"问题是指给对方造成精神或身体上苦痛的行为，既包括排挤、孤立等看似温和的方式，还包括暴力、犯罪等的极端方式。自 20 世纪 80 年代以来，校园欺凌成为日本青少年群体的严重社会问题之一，三十多年来日本发生了多起中小学生因遭受欺凌而自杀的事件。据日本文部科学省 2019 年发布的调查统计显示，全国共发生超 61.2 万起校园欺凌事件，比前一年多约 6.8 万起，82.6% 的受访者表示，截至 2019 年 3 月，他们至少发现一起校园欺凌事件。[②] 这一问题不仅通过媒体报道与官方统计，引发了社会的广泛关注，而且在文学作品中也多有反映与体现。同为芥川奖获奖作品的《少女的告密》(2010 年) 以京都女子大学为背景，以主人公美佳子等少女的经历描绘出小团体对个体的包容与侵犯。将这些青少年形象及其行为模式并置在一起可以发现，主体自我的消解者，同时也是对他者自我的侵犯者，是当代校园少男少女的一大类型。

小说中另一主要人物蜷川代表着当代日本青少年的又一种存在方式。蜷川是长谷川班级里与众不同的一位男生，"眼睛被长刘海遮着"，隐约透出"神情防备的瞳孔"，总是一副"缩起肩膀避人"的样子[③]，对周遭同学们的一切均不感兴趣，即便上课也只是沉浸在时尚杂志的世界中。蜷川不仅在班里属于异质存在，在家里还具有"御宅族"[④] 性质。这一点首先直接体现在作为身体延展的居住空间及其空间活动上。日

---

①　中条省平:『「居心地の悪さ」を鋭敏に』,『文芸春秋』2004 年第 82 卷第 6 号，第 125~126 頁。

②　新华社:《日本校园欺凌事件数量再创新高》，详见：https://baijiahao.baidu.com/s?id=1681309257224185740&wfr=spider&for=pc，访问时间为 2021 年 10 月 2 日。

③　绵矢莉莎:《好想踢你的背》，周丹译，世界知识出版，2006 年，第 4 页。

④　"御宅族"形象最先出现在日本漫画家中森名夫 1983 年的作品中，典型特征是对动漫作品极度痴迷，几近废寝忘食、走火入魔程度。之后，这一概念的内涵日益丰富，泛指一天到晚待在家里，沉迷于个人兴趣，与社会相脱节的年轻群体。

本一户建家庭的房屋通常为两层楼，父母住在一层，而孩子的房间在二层。而蜷川的房间虽与房屋主体结构相连，但却与父母房间并不相通。房间内的状况更是给人以封闭感：窗户上的窗帘与阳台上挂满的衣服，完全遮挡住阳光，使得房间里终日昏暗阴沉。蜷川在房间内的动线也基本上围绕着一个核心，即偶像奥莉。他在房间里看的是刊登着偶像奥莉的杂志，听的是收音机中播放的偶像奥莉参加的节目，精致而细腻收藏的是关于偶像奥莉的相关资料。其次从长谷川对其的态度转变过程也有所反衬。作为班里同样的边缘人物，长谷川起初好奇于蜷川的淡定自处，而蜷川在听说她曾偶遇过自己的偶像奥莉后，也追问起长谷川来。然而随着二人的不断接触，长谷川渐渐发现蜷川深陷追星世界，已然失去了自我，由此不禁"想踢"他，无意识中觉得他"欠踹"。对此，曾为不良少年，觉悟后进入教育领域的义家弘介评价长谷川与蜷川时也指出，"被踢的是我的后背，同时，内心还留下了希望的印记"①。显然，在义家弘介看来，自我封闭萎缩的蜷川应该被踢，而自我意识逐渐觉醒的长谷川给人以希望。"蜷川"的这一形象投射在现实日本社会，便是日益增多的"内向性""御宅族"。所谓"内向性"是指个体逐渐退缩到个人的生活与感觉中，而不再对精神、价值、真理、终极关怀等问题感兴趣。这一特征在"御宅族"身上有着突出体现。据 2015 年日本厚生劳动省的调查统计，15 岁至 39 岁的年轻人群体中，约有 54 万人属于御宅族，越来越成为青少年群体的一大社会问题。他们对外界与他者奉行"三无主义"，即无欲望、无关心、无责任，只是如蜷川般蜷缩在自己沉迷的东西上，对周遭一切无感，与社会相脱节，成为新型"内向世代"。可以说，小说通过"蜷川"这一人物形象，呈现出"御宅族"的身体自我及行为模式特征，而长谷川对其态度的转变，一方面是一种自省，另一方面也是对"蜷

① 義家弘介：『蹴られた背中と希望のピアス』，『文芸春秋』2004 年第 82 卷第 6 号，第 120~121 頁。

川"们的警醒。

福柯的"身体理论"指出，"身体是个人与社会、与自然、与世界发生关系的最重要的中介场域，是连接个人自我同整个社会的必要环节"①。身体及其行为不仅涉及个体的生存状态、道德体验，还反映着个体的生存环境、生存态度。《裂舌》（2003 年）与《欠端的背影》（2003 年）这两篇被称为平成青春文学"现象级"的作品，以青少年女性的视角，聚焦青少年身体形象及行为形态，揭示出与这个时代青少年群体相关的几种社会问题与现象，可以说代表性地呈现了不同类型年轻人的自我生存状态。他们中既有带着厌世情绪的身体改造与暴力犯罪等，如路易等人；也有在个体与群体关系中体现出内向性的行为倾向，如长谷川与蜷川等。对此，相关评论人士还从时代特征与人物特征等方面不一而足地指出其现实性。如时年 73 岁的政治评论家早坂茂三指出，《欠端的背影》（2003 年）虽以高中生微妙的人际关系为主题，但在其看来，出场人物非常任性，高中生闭锁无聊的日常故事缺少热血激情，高中生之间的关系仅仅是"村八分"的现代延续。与此同时，早坂称除却众多的年轻购买者，为人父母的中年男女云集购买的现象着实令自己大吃一惊，回过神来，不禁愕然现代年轻人"可怕的十四岁""自残的十七岁"问题之严峻。② 再如时任文化厅文化部长的寺胁研结合自身关于现代日本年轻人的所见所感指出，不论是在舌头上穿上圆环将舌头改造为蛇舌或者在身体上刻上刺青的年轻人，还是难以融进高中生活踟蹰迷茫的年轻人都有着同质性。不论是在学校内还是在学校外，年轻人在与社会的龃龉违和中产生的焦虑不安日益加深。与令人瞠目的金原瞳的作品相对比，看似温和的绵矢莉莎的小说中实际上潜藏着更为慌乱迷失的内心世界，并提出与其一

① 高宣扬：《当代法国思想五十年》，中国人民大学出版社，2005 年，第 274 页。
② 早坂茂三：『文学とは思えない』，『文芸春秋』2004 年第 82 卷第 6 号，第 121~122 頁。

直强调自身对于年青一代的刻板印象，将其卷入既有的体制装置，不如审视成年大人们自身及其僵化落伍的体制。[①] 又如新闻评论员草野满代以"有趣"直率地表达出自己对于两部作品的感想。评价《裂舌》（2003 年）中醉心于身体改造的主人公路易给人以"不可思议的透明感"，令人想起"既嫌恶单调轻薄的世界，又挣扎着在其中探求'生'"的青春时代。而《欠踹的背影》（2003 年）中刚进入高中的长谷川"既不想当零余者，又讨厌将自己湮没在集体中"，"既对蜷川抱有好感，又有着一种嫌恶"。这种看似矛盾模棱两可的心境被草野评价为"令人怀念而又让人怜悯"，被其视为是一种长大成人礼。[②] 时任参议院议员、国际政治学者舛添要一更是尖锐指出两部作品所反映的时代特征。一是网络信息化对年轻人生活的深刻影响；二是泡沫经济崩坏后年轻人就业形态的多样化；三是青年一代所呈现出的厌世性与脱社会化。[③] 由此可见，"厌世性""内向性"可以说是平成日本青少年身体自我及行为形态的一大特征。

二、"连锁贫困"的生活状态：以《乳与卵》《绿萝之舟》为例

作为亚洲地区发达国家的日本，"女性贫困化"现象却日益蔓延，尤其在平成经济下滑的情况下，女性贫困越发显著。尽管贫困问题并不仅限于女性，然而在以男性为中心的日本社会，女性往往处于"格差社会"的最底层，呈现出"贫困女性化"特点。2017 年日本 NHK

---

① 寺脇研:『若者と向き合わない大人たち』,『文芸春秋』2004 年第 82 卷第 6 号，第 126~127 頁。

② 草野満代:『金原さんに謝りたい』,『文芸春秋』2004 年第 82 卷第 6 号，第 127~128 頁。

③ 舛添要一:『時代の風と日本語の本質』,『文芸春秋』2004 年第 82 卷第 6 号，第 128~129 頁。

特别节目组制作而成的纪实性合集《看不见明天——越来越严重的年轻女性之贫困》，聚焦日本社会年轻女性，揭示女性与儿童贫困、单亲母子家庭贫困以及贫困的代际传递等社会问题。其中单亲母子"贫困代际传递"成为青少年女性贫困的一大源头，占据女性贫困的较大比例。文学是对现实生活的观照与再现，作品中的人物是对生活的高度凝练与细致诠释。平成时代芥川奖获奖女性作品中众多的贫困单亲母女形象并非是某一作家的隔空想象，而是对当代日本社会真实现象的折射反映。日本《女性ひろば》刊物于2010~2011年以"格差与贫困的文学"为主题介绍了一系列相关文学作品，2007年芥川奖获奖作《乳与卵》以及2008年获奖作《绿萝之舟》位列其中。① 关于《乳与卵》（2007年）中的贫困问题，川本三郎以同时代的视角，探究其中反映出的"社会格差"。② 而《绿萝之舟》（2008年）同样被评委评价，"写实性地描写了生活在周围的大多女性困窘艰难又小心谨慎的生活样态"③，指出"问题出在导致这种生存状态的日本社会"④。

　　第138届芥川奖夺冠作《乳与卵》（2007年）出自歌手川上未映子之手。川上以此作不仅向自己挚爱的明治时期女性作家樋口一叶致敬，还以小说三位女性人物的琐细日常传达出当代日本青少年女性困窘生活的切肤之感。细读小说不难发现，作者川上及其崇敬的樋口一叶，与其笔下的三位女主人公形成互文，她们具有共同的物质生活特征，

---

① 宮本阿伎:『格差と貧困の文学　現代篇』,『女性のひろば』2011年第383号, 第118～119頁; 第387号, 第126~127頁。

② 川本三郎:『同時代を生きる視点　いま格差社会の片隅で——川上未映子「乳と卵」、桜庭一樹「私の男」』,『調査情報』2008年第482号, 第92~95頁。

③ 宮本輝:『芥川賞選評　機微のうねり』,『文芸春秋』2009年第87巻第3号, 第332頁。

④ 池澤夏樹:『芥川賞選評　機微のうねり』,『文芸春秋』2009年第87巻第3号, 第337頁。

即窘迫。川上自幼家境清贫，为了支援弟弟上学，一度做过酒吧侍应、书店店员等兼职，之后才成为歌手。她所喜爱的作家樋口一叶出身于下级官吏家庭，其父晚年弃官从商，破产后贫病死去，樋口不得不肩负起一家生计，终因辛劳过度，25 岁在贫病交加中去世。川上自身的经历加上文学偶像的影响，使其创作对象不自觉地聚焦于青少年女性的生活。《乳与卵》（2008 年）便是围绕三位女性三天三夜的点滴日常展开，进而呈现出她们的过往，并且让人对她们的未来也倍感兴趣。卷子是大阪京桥市中一家小酒吧的陪酒女郎，离异后独自抚养女儿绿子，40 来岁的她为了工作准备去东京做隆胸手术，而小学六年级的女儿对此既难以理解又无可奈何，拒绝与母亲说话而选择笔谈。夏子是卷子的妹妹，绿子的小姨，独自一人租住在东京简易单身公寓中，对于姐姐与外甥女的生活无比同情却因自顾不暇而难伸援手。由这样的"女性三角"中可以"稳定"地透视出当代相当一部分日本女性生活的真实困境。

在单亲母女家庭中成长起来的绿子，对于自己与母亲的生活困境有着敏感的认识。绿子认为自己与母亲闹别扭的根本原因在于"钱"，直接原因则是母亲的工作。她在日记中写道，"说起我们的口角，其实在钱成为导火索之前，不如说先是妈妈的工作引爆的"[1]。母亲卷子在离婚后为了生计，从事超市的杂务、工厂的短工、收银员兼捆包工等差事，因为薪水少而难以为继，又当起了陪酒女郎。对此，用卷子自己的话来说，"总得吃饭吧"。在妹妹夏子看来，卷子尽管每天早出晚归疲于奔命，但风俗店陪酒女郎的工作"单纯估算下来，即便一天不休，最多也不超二十五万日元"[2]。即使这样的工作，"年老色衰"的卷

---

[1] 川上未映子:『乳と卵』,『文學界』2007 年第 61 卷第 12 号，第 126~165 頁；第 148 頁。

[2] 川上未映子:『乳と卵』,『文學界』2007 年第 61 卷第 12 号，第 126~165 頁；第 131 頁。

子都随时面临着失去的风险。而这样的工作在被绿子的同学偶然得知后，一方面正值青春期的绿子自尊心受到伤害，另一方面作为女儿的绿子深感母亲的艰辛，并且认为母亲之所以如此辛苦是因为生了自己。对于母亲辛苦工作但收入微薄的现实，绿子认为母亲"手上缺点真本事"，自己今后得注意"手上必须得会点真功夫"，但自幼目睹母亲与小姨状态的她又下意识觉得即便自己长大工作，也"不一定能过上像样的生活"。于绿子而言，母亲无疑成为女性贫困的原型镜像，自己一方面决心挣扎摆脱，另一方面又常感无力，不禁陷入矛盾困惑。

单亲母女物质生活困窘状态在第 140 届芥川奖获奖作《绿萝之舟》（2008 年）中也有着鲜明体现。作者津村记久子的成长经历更是现实版表现。津村自幼跟随离异母亲寄住在外婆家，青少年时期为补贴家用，常常挤出时间摆摊卖小东西，原本以为只要足够努力便能改变现状，但现实生活令其越来越清楚出生与阶层的改变绝非易事。津村还将自身投射于小说主人公长濑，通过长濑的过去与现在揭示单亲母女的窘境。长濑母亲在其还是小学生时，选择离异独自抚养长濑，母女二人先是挤住在娘家，之后辗转多处，最后定住在一处 50 年房龄的偏僻老宅。"下雨漏雨，刮风漏风"难以避免，停电、网速慢如同常态。母亲想要搬离，却只能停留于收集房屋租赁广告阶段，大学毕业工作的长濑想要修葺，也不得不面对现实，正如她自己所说，"相对于她的收入来说，这个目标实在太遥远了，遥远得有些荒谬，甚至无法想象"①。由此不难看出，长濑母女二人一路走来生活之艰难。

单亲母女的生活状况俨然是当代日本社会不可忽视的一大现实问题，成为众多女性作家关注的热点。除川上未映子的《乳与卵》（2007 年）、津村记久子的《绿萝之舟》（2008 年）外，青山七惠 2006 年芥川奖获奖作《一个人的好天气》中的三田知寿同样成长在单亲离异家

① 津村記久子:『ポトスライムの舟』,『群像』2008 年第 63 卷第 11 号，第 6~50 页；第 11、14 页。

庭，她高中毕业便四处打工，执意去东京只为"多挣点钱。到了来年春天，没准能存上一百万"①。在赤染晶子 2010 年获奖作《少女的告密》中，主人公美佳子与母亲住在"狭窄胡同里""有些年头的京町屋"，"家中暗暗的"与"冰箱空空如也""是常态"②，二人的生活也笼罩着单亲母女家庭的困窘阴影。可见，单亲母女组合是小说文本中的"常客"，而这与现实社会状况有着密切关联。根据厚生劳动省《2011 年单亲母子家庭调查报告》，日本单亲母子家庭约 123 万户。这些家庭中未与亲属共同居住者约 76 万户，从其就业状况来看，单亲母亲从事非正式就业者占 52.1%，从其家庭年平均收入来看，仅为 223 万日元。不仅如此，因离婚商定好抚养费的家庭仅为 38%，而能领取到抚养费者更少，仅 20%。③ 日本厚生劳动省每隔三年针对国内个人可支配收入低于一定水平、处于贫困状态人群的比例展开一次调查，据 2012 年发布的统计数据显示，根据 OECD(经济开发合作组织) 的标准，日本 17 岁以下的未成年人中，16.3% 的人处于贫困状态，对比 3 年前的调查结果增加了 0.6 个百分点，是 1985 年开始此项调查以来的最高水平。④ 对此，厚生劳动省分析称，由于母子单亲家庭与非正式劳动者的增加，未成年人所在家庭的收入在不断减少是重要原因。

综上，单亲母女生活常常陷入困境，"单亲妈妈"们在抚养子女

---

① 青山七惠:《一个人的好天气》，竺家荣译，上海译文出版社，2007 年，第 23 页。

② 赤染晶子:『乙女の密告』，『新潮』2010 年第 107 卷第 6 号，第 128~163 頁：第 136 頁。

③ NHK 特别节目录制组:《女性贫困》，李颖译，上海译文出版社，2017 年，第 160 页。

④ 日本厚生労働省:『国民生活基礎調査の概況』，2014 年 7 月 15 日，详见：https://www.mhlw.go.jp/toukei/saikin/hw/k-tyosa/k-tyosa13/dl/03.pdf，访问时间为 2021 年 5 月 17 日。

的过程中,从事的工作不稳定且低收入,甚至低俗廉价;而单亲家庭中成长起来的青少年群体也难以摆脱贫困的代际连锁,物质自我经常处于拮据状态。透过这些单亲母女家庭"连锁贫困"的日常生活表象,不难想象她们内心感知的无奈与消极。

三、青少年女性物质自我的主要认知特征:叛逆消极

"自我同一性"是青少年心理学的一个重要概念,指的是个体在自我发展的过程中,对自身有充分的认知,能够把与自己相关的各方面结合起来,形成稳定统合、协调一致的自我。青少年在面对"我是谁"的问题时,既有自我同一性的确立,即个体将自身动力、能力、目标和历史等进行组织,纳入一个连贯一致的自我形象中;还有自我同一性扩散、混乱的危机,这样的个体或者选择逃避,或者对未来不抱希望,又或者可能夸张叛逆,以个体自我为中心。

女性作家小说中各类相似或相异的人物形象,都可以视之为自我观照的镜像,正如精神分析女性主义者佳迪娜所言,"女性作家经常利用自身的文本,尤其是那些描写女性主角的文本,作为自我界定的一种过程"[①]。实际上,这些人物形象不仅代表着女性的自我,还浓缩着同世代群体的自我,成为我们思考相应世代社会问题与自我认知的重要参照。依照"自我同一性"理论,对平成芥川奖获奖女性作品中的青少年群体进行检视,可以发现年轻的"她"与"他"尽管在自我形象表现上有所差异,却一并反映出当代青少年相关的社会问题与自我认知问题,表明他们面临共同的自我同一性扩散、混乱危机。以其中的青少年女性自我形象为中心,可将其物质维度体现出的自我认知极端情形归为以下两种。

一种为"自我同一性过剩",指的是自我中心或过于自我的状态。

---

① 林幸谦:《女性主体的祭奠:张爱玲女性主义批评Ⅱ》,广西师范大学出版社,2003年,第95页。

青少年心理学家埃里克森将其称之为"狂热主义"，是一种沉浸于自我，强调自身需求与欲望而无视他者的疯狂叛逆状态。《裂舌》（2003年）中的路易可以说是这种状态的典型代表，她对于身体抱有的是一种"物化"态度，将身体作为改造对象，从中获得生存感，再或者将身体作为赚钱工具与手段，从事带有出卖肉体色彩的临时工作，身体俨然被其"他者化"，不仅如此，她还意识到自身的强烈物欲，并竭力寻求满足。"物以类聚，人以群分"，路易的男友不但"物化"自身身体，还"客体化"他者，暴力杀人后也不以为然，称自己只要产生杀人念头便不可遏制。另一位与路易纠葛在一起的阿柴更是有着极强的控制欲，自诩拥有神授权利，为占有路易，不仅直接施虐于路易，更是暗中践踏阿玛的生命。可以看出，以路易为核心的三位疯狂夸张的年轻人相互映衬，烘托出的是他们自我认知中的叛逆特征。

另一种为"自我同一性缺乏"，是与"自我同一性过剩"相反的自我极化状态，通常表现为消极否定、自闭无力等，自我同一性处于缺失状态，埃里克森将其称之为"拒偿"。这种不良状态在《欠踹的背影》（2003年）中长谷川的身上得到显著体现。刚升入高中的长谷川否定了初中时代的自己，对过去的自己自评为是消解于小团体的自我，而对远离小团体的当前自己又倍感无所依赖。"推己及人"，她还将这种自我否定性认知投射在周围同学身上，既不屑于班级里的小团体与校内社团，又意识到同班同学"御宅男"蜷川封闭在追星世界中，迷失自我的认知状态。此外，《乳与卵》（2007年）中的卷子不仅苦恼于自己的出生、性别以及生活状态，对自己的未来也毫无信心可言。而《绿萝之舟》（2008年）中长濑对于过往"不堪回首"与对于未来"不敢期许"的姿态交叠出她青春成长过程中自我认知的消极面。可以说，这些青少年互为分身，他们自我同一性的负面特征成为平成日本青少年的自我认知的一大特写。

值得注意的是，这些青少年在物质维度自我认知的同一性扩散、混乱危机并非"泾渭分明"，在与青少年相关的社会问题中展露出的有自我同一性过剩，有自我同一性缺乏，还有的是二者并存。以《裂舌》（2003 年）中的路易为例，在她身上既有同一性过剩，如前文所述；又有同一性缺乏，亦如她渴望寻求藏身的"阴影"，又如她时常冒出的死亡念头，无疑都带有自我否定色彩。可以说，这一作品之所以引起社会轰动，不仅在于其中描绘出"光怪陆离"的青少年世界，更在于其中蕴含着年轻一代自我认知的叛逆消极。这种以青少年女性为载体，对现实青少年自我的反映既是之前平成获奖女性作品的传承，又在之后平成获奖女性作品中得到延续。而女性作家的连续获奖一方面与她们对现实社会的逼真反映有关，能够引发人们的共鸣，另一方面还促使人们正视与重视青少年女性乃至整个青少年群体相关问题，思考其中反映出的青少年自我认知。

第二节　青少年女性社会维度的自我形象与自我认知

作为个体成长的重要社会性场所，家庭与学校无疑对于自我人格的形成具有重要意义。家庭、学校，再加上恋爱还是青少年自我同一性心理发展过程中的重要阶段。青年期心理学家爱利克·埃里克森的"自我心理学"理论不仅考虑到"自我"自然生理因素，还强调社会文化条件，认为人的一生是一个生命周期，经历着生物的、心理的、社会的事件，自我按照顺序分阶段地向前发展，而每个阶段都有特定而又普遍性的心理任务需要完成。其中，青年期尤其受到埃里克森的重视，被视作个体从童年期走向成年期的过渡性阶段，是为自我人生与生活做准备的关键时期。当每个阶段相应的心理任务成功完成，个体便得以逐渐形成积极的自我人格品质，建立起自我同一性，获得安全感、自主性等等；相反，则形成消极的自我人格品质，导致自我同一性混乱，其中较为明显的一大特征是亲密感的悬置与孤独感的凸显。以埃里克森的这一理论，对平成时代芥川奖获奖女性作品及其中的青少年女性形象予以分析，可以发现"她们"在家庭、学校生活与恋爱经历、心理感知中常常弥散着孤独寂寥感。

这种孤独寂寥感外化为行为表征，凝缩在一个个具有特殊行为特征的人物身上。诸如平成初年的获奖作品《镇上的猫婆婆》中主人公惠理子在青少年时期一度患上失语症。1991年的获奖作品《至高圣所》中两位女主人公一位嗜睡，一位失眠。2006年的获奖作品《一个人的好天气》中主人公知寿自幼便爱小偷小摸，行为具有恋物癖属性。2007年的获奖作品《乳与卵》中绿子曾拒绝开口说话。2013年获奖作品《指甲与眼睛》中的"我"更是养成用牙齿啃咬指甲的癖好。这些行为能指具有共通的隐喻所指，暗示出她们成长过程中亲密关系的缺失与匮乏。这些青少年女性形象如"幕布"一般将平成日本青少年社会自我认知中的孤独感以可见的形式表现出来。

这种孤独寂寥感还经由青少年女性形象得到直接的认知表达。1989年获奖作品《镇上的猫婆婆》中主人公惠理子因年幼、年少缺少父爱、母爱而蓄积的孤独感，在遭遇抚养她长大的外祖母、姨妈相继去世后得到宣泄，哀叹自己"由于外祖母与姨妈的相继去世，……尽管身边有丈夫与儿子陪伴，但却陷入到一种'生涯孤独'的状态，即便是看着丈夫，也难以抚平内心的孤寂"①。1991年获奖作品《至高圣所》中的主人公青山沙月在最后言明，"我共感于孑然立在冰天雪地中的真穗、酷暑炎热广场中的真穗、安静嗜睡着的真穗。这种感觉宛如一直以来潜藏在我体内的某种接收器一直在不断接受着来自真穗的微弱电波。更为确切地说的话，是孤独。这种孤独并非是失去亲人的孤独，而是一种更为深切的孤独，一种在痛彻感悟前难以言明且拒绝承认的孤独"②。在2003年获奖作品《欠端的背影》中，主人公长谷川一出场便道明，自己内心的"孤寂发出鸣叫声，犹如高亢清澈的

① 滝沢美恵子：『芥川賞全集第15卷　ネコババのいる町で』，文藝春秋，2002年，第8頁。

② 松村栄子：『芥川賞全集第16卷　至高聖所』，文藝春秋，2002年，第59頁。

铃声，刺痛了耳膜，让心纠结起来。即便用手指将讲义撕成长条状，撕得又细又长，用纸张刺耳的撕裂声来掩盖孤独的声音，不让周遭听到这样的鸣叫声，却更彰显了郁闷寂寥。黑色实验桌上，撕得像寿面般细长的纸屑又向上累高了一层。越堆越高的纸屑山，成为孤独时间的凝缩"①。2006年获奖作品《一个人的好天气》中关于主人公三田知寿"寂寞""悲伤""空虚"感知的场景多达六处。回想自己从小便没有父亲陪伴，面对母亲因工作而要长期去中国时，她的"寂寞"溢于言表；独自一人在东京打零工，又经历了两次恋爱受挫，她的"孤独"更是贯穿在一举一动与所思所想中。

这种孤独寂寞的社会自我认知特征不仅有着行为表征与感知表达，还呼应着疏离的原生家庭、淡漠的校园生活、失败的恋爱经历中"她们"的社会自我形象。

一、疏离的原生家庭：以《镇上的猫婆婆》等为例

《镇上的猫婆婆》是平成元年芥川奖获奖作品，小说以女主人公惠理子的成长经历作为中心线索，贯穿起她与家庭的多帧场景。惠理子以自叙方式展现了身边亲友给予她的伤痛与温暖：母亲如待物品般，根据自己需要或送走或接回惠理子；父亲没有参与惠理子的成长，即便再婚后见到她时，顾忌更多的是她的出现对现在家庭的影响；与之相反，外祖母与姨妈于无声之中给予惠理子照顾、陪伴以及呵护；邻居猫婆婆虽然与外祖母性格不合不常往来，但待惠理子如同自家孩子般。正是在这样的人际关系中，惠理子孤独的自我形象凸显出来，无论是童年时的失语，还是青少年时期的少言寡语，以及成年后的孤独感知都有着内在的一致性，更是与其疏离的原生家庭息息相关。

家庭是社会的基本组成单位，也是个体成长的初始集团，可以说家庭对个体的社会自我形象、自我认知具有重要意义。小说中的惠理

---

① 绵矢莉莎：《欠踹的背影》，涂愫芸译，上海译文出版社，2011年，第1页。

子便是典型代表，她的社会自我具有两大特点，一是疏离的原生家庭，二是孤独的内心感受，两者互为表里。惠理子的孤独感首先与支离破碎的原生家庭、缺位的父亲与母亲角色密切相关。在父亲—母亲—孩子构成的家庭三角关系中，父母本应是孩子最可信赖与依靠的人，但对于惠理子而言，母亲仅是生活在大洋彼岸的别人的妈妈，而父亲也只是匆匆一面便不再联系的"陌生人"。通过惠理子及其原生家庭，让人看到了"血缘与亲情关系的微妙阴影"[1]。

　　惠理子3岁时便被母亲从美国洛杉矶送回至日本，开始了与外祖母、姨妈一起的"女系"生活，中间虽然返回美国与母亲重聚一起，但终因难以适应而在两个月后再次被送回日本。美国洛杉矶与日本大森之间物理空间上的转换不仅给年幼的惠理子带来的是语言上的障碍与困惑，两度被动地被母亲送回日本更是让她遭受到情感的创伤。母亲因再婚生育而将惠理子交托空乘人员，由其帮忙带至日本机场。对于惠理子，母亲仅交代"姨妈会在机场接你"[2]，简单教其用日语如何叫"外祖母""姨妈"。但对于3岁惠理子即将与母亲分离，在异地生活而产生的内心不安，母亲并未给予安抚，对于年幼女儿不通日语而可能遇到的交流问题，她也未露丝毫担忧。当在时隔两天后的通话上听到惠理子用英语反复恳求"想回洛杉矶，想回到妈妈身边"时，母亲仅冷淡回应道"要听话"[3]；时隔两年，母亲突然希望5岁的惠理子回到自己身边，而当发现女儿不再能够用英语进行通畅交流时，不求

　　① 田久保英夫:『芥川賞選評』,『文芸春秋』1990 年第 68 卷第 4 号，第 403~404 頁。
　　② 滝沢美恵子:『芥川賞全集第 15 卷　ネコババのいる町で』,文藝春秋，2002 年，第 9 頁。
　　③ 滝沢美恵子:『芥川賞全集第 15 卷　ネコババのいる町で』,文藝春秋，2002 年，第 15 頁。

原因而自顾得出"惠理子不在时，自己的家庭和睦融洽"①的结论。重聚不到两个月，母亲再次将惠理子一个人送回至日本大森外祖母与姨妈身边，而这次惠理子遇到的不是不通日语的问题，而是彻底的"失语"问题，此后，"母亲"对于惠理子而言，仅仅是电话那头的声音与大洋彼岸寄过来的填色绘画，以及长大后结婚时寄给的绿松石耳环。

　　在惠理子的人生中，母爱是缺失的，父亲更是"不在场"的。"父亲"的形象在年幼的惠理子脑海中仅仅是"有着蓝色眼睛""穿着粉色衣服、身材高大"②的美国继父，这位继父的印象也因其与惠理子接触短暂且语言不通而变得渐渐模糊。直到中学，"父亲"不仅在惠理子的日常生活中是缺位的存在，在外祖母与姨妈的话语中也是缺失的符号。偶然间从母亲寄来的信件中得知生父在名古屋，惠理子便开始在脑中想象父亲的样子，在心中反复默记父亲的住址，有意识地攒钱准备去名古屋的路费，看似不经意地向邻居打听自己的父亲。而当高中生的惠理子乘车来到父亲的住所前，被父亲的现任妻子问及身份与来由时，宛如再次回到幼时失语的状态。当见到父亲时也几近沉默，心情像坐过山车般时起时落：听到父亲介绍自己为"之前一位认识的人的女儿"，紧接着又在父亲家中见到同父异母的弟弟，此时的惠理子感到的是"震惊与混乱"③；听到父亲对自己说"一眼就认出来"时，惠理子内心"雀跃又欢喜"④；听出父亲"来这里干什么呢"中暗含着

---

①　滝沢美恵子：『芥川賞全集第15巻　ネコババのいる町で』，文藝春秋，2002年，第16頁。

②　滝沢美恵子：『芥川賞全集第15巻　ネコババのいる町で』，文藝春秋，2002年，第16頁。

③　滝沢美恵子：『芥川賞全集第15巻　ネコババのいる町で』，文藝春秋，2002年，第37頁。

④　滝沢美恵子：『芥川賞全集第15巻　ネコババのいる町で』，文藝春秋，2002年，第38頁。

的"回去吧"话外音时，惠理子顿时食欲全无，身体倏然变僵。拜访归来，惠理子已然不再对父亲抱有憧憬与想象，剩下的只有疲惫与恍然，对于父亲塞给的装着大笔钱的信封，她全然不放在心上，只是意识到这是第一次也是最后一次与生父相见，而父亲与自己寻求的"父亲"相去甚远：惠理子深切感受到生父没有"邻居猫咪姊姊的丈夫那般温暖和蔼"①，更是切身领悟到"如果不能生活在一起，即便是生父也毫无意义"②。

种种经历透露出惠理子内心对于母爱与父爱的渴望，但屡屡挫折让其产生了对于母爱与父爱的绝望。值得注意的是，惠理子的三次"失语"状态及感受戏剧性地外化了其受到的情感创伤，显影出其对爱的渴求与不得之间的裂缝。与此同时，作者将三次"失语"以倒叙的方式予以呈现，主人公将与外祖母、姨妈的死别称之为"生涯孤独"，在小说开始部分便将这种感受鲜明地表达出来。让人惊讶的是，惠理子在强调自身的"孤独"时，强调指出即便父母在世，仍然难以抚平外祖母、姨妈离世所带来的"孤独"，不禁让人对其成长经历与家庭环境产生好奇。母亲形同抛弃般地将自己送至外祖母与姨妈身边导致其第一次"失语"，初次探访父亲时被问及来由却只能"失语"以对。显然，这两次"失语"皆源于"爱"的缺失，而弥补这种缺失的是外祖母与姨妈的"爱"。正如评论指出，"主人公幼年时的失语经历以及前后经纬、来龙去脉本应让人伤感，但读作品时却意外地有一种幸福感"③。从这一层面而言，在世的父母未能给予惠理子"爱"，而提

---

① 滝沢美恵子：『芥川賞全集第15巻　ネコババのいる町で』，文藝春秋，2002年，第34頁。

② 滝沢美恵子：『芥川賞全集第15巻　ネコババのいる町で』，文藝春秋，2002年，第50頁。

③ 日野啓三：『芥川賞全集第15巻　芥川賞選評』，文藝春秋，2002年，第381頁。

供给她"爱"的环境的外祖母与姨妈相继离世，能让其获得"娇宠"心理与"被爱"需求满足的亲密关系层支离破碎，剩下的也只能是"生涯孤独"。

无独有偶，时隔两年获得芥川奖的《至高圣所》（1991 年）中的两位青少年女主人公同样有着亲情疏离下的孤独伤痕。主人公青山沙月生长在一个外人看来幸福美满的家庭：有稳定工作的父亲、以家庭为中心的母亲、既漂亮又会弹钢琴的姐姐、虽平凡但温顺的青山。青山自己也一直对如此稳定的家庭环境感到满足，对父母将生活重心放置在姐姐身上感到理所应当。"爸妈都因为爱姐姐而感到满足"[①]，青山也以姐姐的事情为重，"觉得姐姐应该去上音乐学院。出于家庭开支考虑，加上没有特别想去的大学，我打算放弃升学。这样姐姐一旦有成为钢琴家的机会，我就可以全面予以支持"[②]。在青山的内心世界，认同姐姐作为家庭凝聚的核心，渴望保持这种稳定的家庭结构。但姐姐音乐学院考试落榜后直接放弃与钢琴相关的一切可能，与此同时，出离家庭从事起疗养院的工作，姐姐的出走让青山感到的是姐姐与自己心灵的不通、对自己情感的背叛。紧接着，姐姐怀孕却只有自己不知更是让青山感到被家人的疏离。青山上大学前在家住的房间被母亲用来放置缝纫机、熨斗架等，父亲在看到回家的青山时也只是例行公事般问道"交朋友了吗""要好好学习"[③]，回到家的青山仿佛被当作"局外人"，内心的孤独感最终外化为失眠症。而家成为她失眠症开始的地方，结合其对青金石以及大理石石柱等"一切都有着鲜明轮廓与安定结晶结构的东西"的喜好，不难看出"破坏这种稳定性的却是自

① 松村栄子:『芥川賞全集第 16 巻　至高聖所』，文藝春秋，2002 年，第 25 頁。
② 松村栄子:『芥川賞全集第 16 巻　至高聖所』，文藝春秋，2002 年，第 24 頁。
③ 松村栄子:『芥川賞全集第 16 巻　至高聖所』，文藝春秋，2002 年，第 54 頁。

认为最稳定的家庭血缘关系"①，而她自我感知上的孤独与亲情的疏离更是正相关。

与青山的失眠形成鲜明对比的是真穗的嗜睡。作为舍友，真穗在二人初次见面时仅简短寒暄，之后便连睡三天。在之后的相处中，真穗言语上的不友好令青山对其退避三舍，参与社团活动的过度忙碌让青山与其保持距离，周末雷打不动的梳妆打扮、例行般回家使青山迷惑不解。这一系列异常的举动最初带给青山的是反感，但当渐渐知晓真穗的经历后，青山对真穗产生的不仅是同情，更是一种共鸣。幼时丧父、大学入学时丧母击碎、真穗对亲情的渴望，对继父感恩与讨好杂糅在一起的复杂言行呈现其维系家庭的努力。如果说孑然立于飞雪天、疾走在烈日下校园广场上的真穗呈现的是外形上的孤独，创作古希腊神话医神神殿中梦治疗的相关话剧时的废寝忘食与话剧上演未能实现时的再度昏睡、无奈放弃传递出的则是其情感上的孤独。

家庭的意义不只是物理空间上的房屋，更重要的是家庭成员及其相互关系。"家是一种理念，它展现了空间、场所和情感之间紧密的相互关系"②，家庭的这种意义与功能对于青少年的自我认知与健康心理尤为重要。但梳理平成时代芥川奖获奖女性作品中的家庭场景，可以发现青少年的原生家庭状况中，其乐融融的家庭氛围寥寥无几，婚姻的不幸、亲情的疏离、生活的不和谐等触目可及。原本处于敏感期的青少年身处这样的家庭环境，内心的孤独寂寥感知便是情理之中。纵观平成时代芥川奖获奖女性作品中的青少年女性形象，不难发现，疏离的家庭关系是她们社会自我孤独认知的一大要因。比如《负水》（1991 年）中的"我"从青少年时期便过起了与父亲的单亲生活，母

---

① 田久保英夫:『芥川賞全集第 16 卷　芥川賞選評』, 文藝春秋, 2002 年, 第 318 頁。

② Warf, Barney, Encyclopedia of Geography, London: Sage Publications, 2006, p439.

亲早年抛弃了家庭，与和自己年纪相差悬殊的男性生活在一起。"我"周旋在男人中间，看似纷扰的背后是对稳定情感的怀疑，妖娆盛装反衬出孤寂的内心。黑井千次一语中的指出，"正是因为有出走的母亲、古怪的父亲以及父亲居住的古旧家宅做背景，在男性住所与父亲住所间来去的女主人公的不安定感才更加鲜明，她在自己营造出的喧嚣深处隐藏着的孤寂也更加突出"①。又如《家庭电影》（1996 年）中主人公素美的原生家庭同样支离破碎，"赛马上瘾、挥霍无度，还有暴力倾向的父亲，与男人来往密切，一心争夺房产的不像样的母亲，……彼此只有憎恨和生理上的厌恶的兄弟姐妹"，"在不认识的老人面前，素美却表露出真实自我，内心感到莫名的安定"，"在素美的孤独中，隐藏着家庭真正的解体与崩溃"②。再如《咸味兜风》（2002 年）的年轻主人公美惠与六十多岁九十九的交往过程给人以"寂寞的幽默感"③，如果说其中的"寂寞"标示出她的自我感知，那么这种"黑色幽默"背后更多的是对其成长家庭的揭示：自幼母亲病故，父亲嗜酒如命又负债累累，哥哥无所作为却又挥霍成性。在这样的家庭中长大的美惠高中一毕业便进入小镇上的鱼糕厂，成年后又背井离乡地打零工。如此这般，美惠的自我形象中带有孤独色彩也就不足为奇了。平成时代女性作家不约而同地关注"家这一概念所涉及的场所、附属物以及同异化之间的认知感，因为这种认知感与人的自我认知是紧密地联系在

①　黒井千次:『芥川賞選評』,『文芸春秋』1991 年第 69 卷第 10 号，第 412~413 頁。

②　西村博子:『「家族シネマ」——崩壊家族、当事者からの発言』,江種満子,牛上理恵編『20 世紀のベストセラーを読み解く女性・読者・社会の 100 年』,学芸書林,2001 年,第 106 頁。

③　高樹のぶ子:『二作を評価』,『文芸春秋』2003 年第 81 卷第 3 号，第 358~359 頁。

一起的"①。《负水》（1991 年）中的"我"在小说结尾处感慨自己"笑容可掬，却又令人畏惧，因为我的微笑包含着冷漠与坚忍"。《一个人的好天气》（2006 年）中的知寿时常偷拿身边认识的人的小东西，希冀通过这些"收藏"来稳定自己与亲密的人的关系，"拿起其中任何一件摆弄，都会感到安心"②。不仅如此，她还"想把自己的不快乐归咎于离异的父母，又觉得跟他们什么也说不清，怕烦"，"觉得自己没有爸爸，很可怜，一度想当不良少女"③，与母亲之间"没有笑得出来的故事和共同关心的话题"④，在来到东京看到与母亲年龄相仿的中年妇女时，"突然觉得寂寞起来"，感慨自己"总是时而沉浸在怀念中，转瞬就会觉得不安"⑤。这种复杂的心境中既有对与母亲相伴的留恋，又有没有家人与之维系的孤独。

综合平成时代芥川奖获奖女性作品中的青少年女性形象来看，疏离的原生家庭不仅是她们社会自我形象的一大构成，还是她们社会自我认知中孤独寂寞特征的重要原因。

二、淡漠的校园生活：以《欠踹的背影》等为例

平成时代的芥川奖不仅呈现"女性言说"的趋势，其中还散发着青春的孤独呓语。2003 年第 130 届芥川奖获奖作品将这两大特征推

---

① Blunt, A, Cultural Geography in Practice, London and New York: Oxford UP, 2003, p73.

② 青山七惠:《一个人的好天气》，竺家荣译，上海译文出版社，2007 年，第27 页。

③ 青山七惠:《一个人的好天气》，竺家荣译，上海译文出版社，2007 年，第17 页。

④ 青山七惠:《一个人的好天气》，竺家荣译，上海译文出版社，2007 年，第62 页。

⑤ 青山七惠:《一个人的好天气》，竺家荣译，上海译文出版社，2007 年，第5 页。

向高潮，作品本身与作者其人皆备受瞩目，获奖当年杂志本与单行本销售量累计达 250 万部。其中，绵矢莉莎更是以 19 岁的年龄刷新芥川奖史上获奖最年少记录，被誉为"文学新星"的绵矢莉莎以自己的高中生活为原型，在获奖作《欠踹的背影》中描绘出"日本现代高中生的封闭生活"，揭示出"现代高中生对自己毫无自信，必须加入某个圈子才能找到归属感，否则就会感到孤独无援"[①] 的内心状态。

　　小说以告别初中、初入高中的女生长谷川的所见所闻、所思所想为线索，突出表现了当代日本青少年在校园生活中所面临的小集团与个体自我之间的选择以及矛盾心理。小说开门见山地指出女主人公长谷川内心的孤独之态，紧接着以她的观照视角对校园青年男女的自我形象进行精描细画。这些青少年男女置身于共同的校园环境中，尽管他们有着不同的行为模式，形成长谷川对于自己独来独往的"自画像"，还有关于学校同学看似抱团实则淡漠，又或者沉溺于追星的"他画像"，但却都呈示出孤独的自我镜像。

　　长谷川的人际交往圈被限定在封闭的高中校园，而她孤独的内心世界中上演的是个体自我与集团他者之间的"拉锯战"。刚刚成为高中生的长谷川将自己的初中时代总结为"无意义"[②]，并将这种没有意义归结于没有自我地迎合他者，将自我湮没于他者的校园生活。与此同时，置身于具有强烈集团性特征的校园生活中，长谷川"努力抹消自己的存在，却又害怕确认自己的存在彻底被抹消"[③]。这种矛盾纠结的内心外化为校园生活中长谷川展现出的双面性——看似"强势"实则"虚势"。当老师要求五个人一组做实验时，长谷川起初只是冷眼旁观"理

---

　　① 　姜填喜：《孤独、暴力与绝望——论绵矢莉莎 < 拒绝的背影 >》，《国外理论动态》2009 年第 1 期，第 98~101 页。

　　② 　绵矢莉莎：《欠踹的背影》，涂愫芸译，上海译文出版社，2011 年，第 14 页。

　　③ 　绵矢莉莎：《欠踹的背影》，涂愫芸译，上海译文出版社，2011 年，第 78 页。

科教室陷入不寻常的编组紧张中"①，而当自己落单时"不得不悲惨地举起手来"向老师示意，被编入女生三人组后坐在了剩下的"颤颤巍巍"的椅子上时自嘲"多余的东西本来就该配给多余的人"②，实验结束回到自己座位时只觉得"烦躁，做什么事都不顺心"③。当初中时的好友绢代邀请她加入小团体时，长谷川不是果断拒绝表示不屑就是乖戾避开看似个性。此外，将绢代涂着白色眼影的眼皮贬为"小鸟般的白眼"，染为褐色的头发则被她称为"畏畏缩缩染"④，但当班级外出远足时，她却深感因为身边有绢代的陪伴而能够安心睡觉。由此可以看出，对于与班级同学的关系，用长谷川自己的内心独白来概括的话，是一种"假装是我自己选择了孤独"⑤，表面上对集体嗤之以鼻，内心又无法彻底与其脱离。对于与田径社团的关系，听到头上混杂着白发的教练被社团成员称为"很好说话的人"时，认为他"被大家驯服"，觉得他"很悲哀"，但当看到教练与成员其乐融融的场面时，又会"对自己的生存方式越来越没有自信"⑥。长谷川刻意回避与社员们的互动，甚至正是基于此才选择了可以单人进行的长跑田径，但目睹着大家商议暑假计划而唯独自己游离在外时，却感到"某种说不出的不安"⑦。社团学姐指出的"你的眼睛总是闪烁着锐利的光芒，却什么也看不见"⑧，更是一语道出了长谷川"强势"下的"虚势"。可以看出，长谷川的"强势"建立在对集团他者的贬低与轻视基础上，而非个体自我内心真正

① 绵矢莉莎:《欠踹的背影》，涂愫芸译，上海译文出版社，2011年，第2页。
② 绵矢莉莎:《欠踹的背影》，涂愫芸译，上海译文出版社，2011年，第3页。
③ 绵矢莉莎:《欠踹的背影》，涂愫芸译，上海译文出版社，2011年，第8页。
④ 绵矢莉莎:《欠踹的背影》，涂愫芸译，上海译文出版社，2011年，第11页。
⑤ 绵矢莉莎:《欠踹的背影》，涂愫芸译，上海译文出版社，2011年，第65页。
⑥ 绵矢莉莎:《欠踹的背影》，涂愫芸译，上海译文出版社，2011年，第39页。
⑦ 绵矢莉莎:《欠踹的背影》，涂愫芸译，上海译文出版社，2011年，第82页。
⑧ 绵矢莉莎:《欠踹的背影》，涂愫芸译，上海译文出版社，2011年，第84页。

的强大，正如川上晶子所指出的，长谷川的"虚张声势并非是主体自我的真强大，而仅仅是客体自我的'伪强大'"①，正是基于此，长谷川陷入对集团无意识依恋与有意识疏远的二元悖反怪圈。

除却长谷川贯穿全文的孤独，其他高中生的孤独也散布在小说当中。当绢代听到长谷川因孤单不经意间流露的"难免有种凄凉的感觉"时，频频点头表示"我知道、我知道"；对长谷川给出的建议也只是"不想跟小团体有太深入的往来，还是可以跟他们在一起啊"②。此外，绢代所在小团体成员看似形影不离、欢笑不断，但在长谷川看来，"他们身上还是罩着一层薄膜，那是用笑容及盘根错节的视线，一点一点拉开来的薄膜"③。换言之，身处集团中的成员之间看似快乐的表象下，却有着薄膜般的分隔层。对此，日本评论家矢幡洋尖锐指出，"小说描写了备感孤独的日本高中生的生活。作者通过主人公长谷川，从外视角彻底地暴露了一味迎合他人、埋没自我的快乐族的虚伪性及其潜在的空虚性"④。如果说长谷川的孤独是对集团无意识依恋与有意识疏远之间的罅隙产物，那么身处集团高中生的各种夸张举止（大笑、绰号、滔滔不绝等）便是遮蔽孤独的"狂欢"与"展演"。这样的集团并非是友情的凝结体，而是个体牺牲自我后的松散结合体，是个体为避免孤独而自发营造的表象共同体。

蜷川是小说文本中的另一位主要人物，他是班级中特别的存在，既不像长谷川那样纠结矛盾，又与班上其他同学保持距离，在他身上体现出的是"御宅族"的特点。他原本对课程内容与周围同学毫无兴

①　井上晶子:『綿矢りさ「蹴りたい背中」——蹴ることで認識する存在意義』,『日本女子大学国語国文学会』2012 年第 40 卷，第 27~31 頁。

②　绵矢莉莎:《欠踹的背影》，涂愫芸译，上海译文出版社，2011 年，第 13 页。

③　绵矢莉莎:《欠踹的背影》，涂愫芸译，上海译文出版社，2011 年，第 88 页。

④　矢幡洋:『ヒストリオニクスの時代 「蹴りたい背中」にみる若者世代の集団文化(「芥川賞」現象を斬る)』,『中央公論』2004 年第 119 卷第 6 号，第 198~203 頁。

趣可言，与他们也无任何语言上的交流与肢体上的接触，只是沉浸在自己的追星世界中。如果不是偶然间得知长谷川见过他的偶像，蜷川的这种状态可能还将一直持续。对于蜷川而言，学校生活似乎是多余的；而对于班上其他同学而言，蜷川同样也是"零余者"。当蜷川在学校时，班上其他同学也不理会他，即便生病缺席，却被同学恶意推测为故意逃学。可以看到，蜷川的校园生活与同学之间的打闹无关，更谈不上关心，有的只是彼此间的冷淡与无视。当然，蜷川在这样的校园生活中呈现出的孤独也就不难想象了。

实际上，作为新世纪之初的这一获奖作品，不单是刚刚迈入大学校园的 19 岁绵矢莉莎对于自己高中时代的回顾①，还可以看作是当前日本青少年校园生活与自我形象的浓缩。不仅如此，青少年的校园自我表现在时隔七年之后的获奖作品《少女的告密》（2010 年）中得到了文学再现。如果说《欠踹的背影》（2003 年）是以青少年女性的视角来观照同世代群体的校园镜像，那么《少女的告密》（2010 年）则是通过校园少女之间的关系来折射青少年群体的自我形象。

《少女的告密》（2010 年）以京都外国语大学为舞台，聚焦德语《安妮日记》演讲研习组，讲述了"少女"世界的纷繁复杂。首先，主人公美佳子一来由于喜爱安妮，二是因为同学贵代总是维护自己，才被动地跟着她加入了演讲研习组。紧接着，进入研习组的美佳子又被动地卷入女孩们的竞争中，原本清纯、尊重事实的她在面对自己钦佩的丽子学姐被传言为"不是女孩了"时，在如维护可能会引火烧身与以沉默来明哲保身中选择了后者；作为分属不同组的成员，美佳子与贵代在一起时也尽量避人耳目，将好友与队友的天平无奈地倾向于后者。其次，演讲研习组成员在被分为"紫罗兰组"与"黑玫瑰组"两个小组后，少女们表面上是小团体，但她们实际上不仅"对各自派系

---

① 綿矢りさ：『著者インタビュー 綿矢りさ「蹴りたい背中」』，『文学界』2003年第 57 卷第 11 号，第 277~279 頁。

中另类的存在逐渐变得敏感起来"①，对于对方小团体中的成员还诉诸流言。关于黑玫瑰组组长丽子学姐"不是女孩了"的传言如空穴来风，但敌对组紫罗兰组组长百合子却对此嗤笑不已，紧接着女孩们纷纷加入到流言的谈论与扩散中并乐此不疲。与丽子学姐同组的贵代在流言甚嚣尘上时，更是以退出丽子学姐发起的自主训练的实际行动对流言表示出认同。当丽子学姐无奈退出后，美佳子又被推至流言的风口浪尖。由此，这群少女演绎出当代校园生活中个体与个体之间的淡漠，以及群体表象下的隔阂。

值得注意的是，学校作为青少年主要的物理性活动空间，还是青少年基本人际状态中重要的社会性场域。但回溯平成时代芥川奖获奖女性作品中的青少年人物群像，不难发现他们之间少有亲密的友情，自我形象大多带有消极色彩。除《欠踹的背影》（2003 年）与《少女的告密》（2010 年）外，平成初获奖作品《至高圣所》（1991 年）以新型都市学园为舞台，分别展现了青山沙月与渡边真穗的舍友关系、沙月与千秋、叶子的同学关系、沙月及真穗与各自所属社团成员关系等。在这些密切接触的关系中弥散着一种"清澈的孤独"②，反衬出"冷淡的生活与内心的痛楚"③。不仅如此，这一点在对比之前的获奖作时同样得到鲜明体现。以青春小说摘得芥川奖的高树信子，在其芥川奖获奖作《拥抱光明的朋友》（1984 年）中描写了高中生之间纯粹的友情。而高树作为芥川奖评委时，直言读完《欠踹的背影》后"感慨颇多"

① 小川洋子：『芥川賞選評　人形とストップウオッチ』,『文芸春秋』2019 年第 88 卷第 11 号，第 372~374 頁。

② 黒井千次：『芥川賞全集第 16 巻　芥川賞選評』，文藝春秋，2002 年，第 319 頁。

③ 田久保英夫：『芥川賞全集第 16 巻　芥川賞選評』，文藝春秋，2002 年，第 318 頁。

指出"小说传达出一种对人与人之间关系的理解"①。这一点具体到文本中便是校园青春男女之间的关联与隔阂。高树在评价《少女的告密》（2010 年）时则言及少女们的世界"让人感到一种违和"②。

翁贝托·埃科的符号学理论主张把符号学视为一种文化研究的逻辑学，认为"全部文化必须作为一种符号学现象进行研究；文化的所有方面都可以作为符号学活动的内容而加以研究"③。"符号与特定的文化——意识形态内涵相关联，每个时代的每种艺术形式的符号结构，解释了当时科学或文化'观察现实'的方式。"④ 实际上，《欠端的背影》（2003 年）等中的这些青少年校园形象正是以文学的方式反映出当代青少年文化内涵，甚至可以说是代表平成时代日本青少年校园文化的符号。

众所周知，日本社会具有鲜明的集团主义文化特征，不少评论认为，这种集团意识助力战后日本经济的复苏以及高速发展。然而，正如日本社会学家作田启一所指出的，这并不意味着日本社会不存在个人主义，只是不同时期倾向侧重有所不同而已。⑤ 受西方个人主义影响，加之平成时代日本社会泡沫经济与泡沫崩溃带来的经济起落，日本社会新一代青少年质疑既有的价值体系，且自我意识显著增强，这样在集团主义备受强调与重视的学校环境中，青少年群体在自我意识

---

① 高樹のぶ子：『芥川賞選評　期待と感慨』，『文芸春秋』2004 年第 82 卷第 4 号，第 319 页。

② 高樹のぶ子：『芥川賞選評　重層小説二編』，『文芸春秋』2010 年第 88 卷第 11 号，第 380~382 页。

③ 转引自王伟均，于晓峰：《记忆之殇与重塑之旅——论＜洛安娜女王的神秘火焰＞中埃科的符号叙事》，《当代外国文学》2016 年第 4 期，第 85~92 页。

④ 马凌：《诠释、过度诠释与逻各斯——略论〈玫瑰之名〉的深层主题》，《外国文学评论》2003 年第 1 期，第 34~40 页。

⑤ 作田启一：《个人主义与集体主义再认识——西方文化与日本传统》，吴晓林译，《国外社会科学》1987 年第 9 期，第 22~29 页。

与集团主义的冲突中，就形成了不同的行为表征：既有在小团体中的自我消解，如《欠踹的背影》（2003 年）中沉浸在与小团体成员们的无聊话题中的绢代，再如《少女的告密》（2010 年）中进入研习组之初小心翼翼、战战兢兢的美佳子；又有借助团体遮蔽而对他者的排斥与侵犯，如《少女的告密》（2010 年）中的百合子与贵代等人；与之相应的还有或主动或被动地疏离于团体之外的相关现象，《欠踹的背影》（2003 年）与《少女的告密》（2010 年）或明或暗地有校园欺凌的影子，而前者中的蜷川则重叠着"不登校""御宅"等青少年的身影。

综合来看，尽管《至高圣所》（1991 年）、《欠踹的背影》（2003 年）与《少女的告密》（2010 年）三篇获奖作品分属平成不同时期，反映出的青少年相关问题各有侧重，且程度亦不同，但这些青少年自我形象都传递出一种"孤独"，而作为背景的校园生活又都透着一种淡漠。可以说，这种共性为观照平成青少年提供了一面文学"镜像"。

三、失败的恋爱经历：以《一个人的好天气》等为例

《一个人的好天气》是青山七惠 2006 年的芥川奖获奖作品，评选时赢得评委的一致称赞，连一向以批判为噱头的石原慎太郎以及以苛刻著称的村上龙也给予了肯定，这一现象实属罕见。据《朝日新闻》统计报道，小说在获奖后连续四周荣登十大畅销书榜单。作品主题并不复杂，故事情节也较为简单，而朴素的文风与出色的心理描写诠释了青春期的感伤孤独，被称为新世纪的"青春自白小说"。"作者以安静的笔触描写了寄宿在远方亲戚年过七十老太太家的二十几岁的自由职业女孩'我'，从春天开始一年间的生活。"① 主人公三田知寿在四季更替中的经历不仅呈现出一位普通女孩的日常，还映现着众多年轻人的模样，引发了他们的共鸣。

---

① 黑井千次：『芥川賞選評 自然体の勝利』，『文芸春秋』2007 年第 85 卷第 4号，第 361~362 頁。

三田知寿在日常生活中有个不经意的反常行为，她自己称其为"毛病"，便是从小爱拿自己身边人的小东西。[①] 有评论将其归为"恋物癖"，指出"小东西""小物件"实质上代表的是"欲望对象"，欲望主体通过"偷拿"来弥补欲望对象的缺失。[②] 也就是说，这一癖好实际上暗示着知寿的人际关系的消极状态，其中既包括原生家庭成长环境，还有个人情感经历。而在知寿的"收藏"中，最多的便是男友的小物件，如男友洋平的头发，再如男友藤田的烟、手帕、汗巾等。可以说这些小东西表明了知寿在恋爱过程中的患得患失，以及与恋人关系的若即若离，当然还有恋爱结果的不欢而散。

知寿的第一段恋爱谈得无果而终。两年半的交往中，"一般泡在屋子里，从没讨论过任何问题，也没吵过一次像样的架。说得好听一点，彼此的存在犹如空气。但实际上，我们互相都感觉对方是可有可无的，这跟空气有本质的区别"[③]。两个人之间并没有真正的情感交流，甚至时常令知寿怀疑"是因为惰性才长久在一起"[④]。显然，这样的恋爱给予知寿的是一种麻木。失恋的知寿看着"人们不停地走过面前"，但却"没有人朝向自己"，感到"他们看起来就像一张铅笔画，要乘着微风飘然而去似的。这张看似平常的纸片却不知不觉中划破了皮肤"[⑤]。确然，没有情感的恋爱如同没有色彩的"铅笔画"，将被掩盖的孤独

---

① 青山七惠：《一个人的好天气》，竺家荣译，上海译文出版社，2017 年，第27 页。

② 苏永怡：《〈一个人的好天气〉中的"恋物"及其治愈——兼谈日本当代年轻人生存现状》，《当代外国文学》2021 年第 2 期，第 91~98 页。

③ 青山七惠：《一个人的好天气》，竺家荣译，上海译文出版社，2007 年，第12 页。

④ 青山七惠：《一个人的好天气》，竺家荣译，上海译文出版社，2007 年，第29 页。

⑤ 青山七惠：《一个人的好天气》，竺家荣译，上海译文出版社，2007 年，第30 页。

"划破"出来。处于恋爱空白期的知寿即便走在大街上,也会感到"身体仿佛被净化""仿佛只有自己变成了透明体"①。俨然,这种肉体皮囊的空荡反衬出的是情感缺失带来的伶俜。

知寿的第二段恋爱谈得同样不顺利。男友藤田外表帅气言行冷淡,对待知寿的态度也渐趋冷漠。聊天时总与知寿有分歧,让知寿感觉到"某种异样的东西";外出游玩时并不顾及知寿;与知寿在一起时,"没什么激动表情",眼神中带着"不耐烦"。②知寿的感情得不到回应,由最初的"似乎也挺幸福的"变得"可怜起自己来"。③如果说第一段恋爱是逃避孤独到暴露孤独的过程,第二段恋爱则是恐惧孤独到习惯孤独的无奈。知寿在与藤田分手后,虽然明确意识到自己"不喜欢孤独一人",内心希望身边的人"可别走啊",但在痛苦挣扎后醒悟"人与人之间的缘分都那么不可靠",既然"做不到将其他人和自己紧紧连接在一起",那么"不如尝试一个人生活"。④

显而易见,知寿的恋爱是失败的,带给她的是孤独感的强化。而她的恋爱关系还映现出当代日本社会年轻人违和的恋爱状态,这一点在知寿的两任男友身上得到集中体现。男友阳平在与知寿两年半的恋爱中,不约会,不送礼物,不讨论任何问题,也没吵过架,与她在一起时也只顾着打游戏,而当知寿最后一次去找他时,甚至发现他与另一个女孩待在一起。知寿与男友藤田的恋爱,与她的上一段恋爱并无实

---

① 青山七惠:《一个人的好天气》,竺家荣译,上海译文出版社,2007年,第44页。

② 青山七惠:《一个人的好天气》,竺家荣译,上海译文出版社,2007年,第82~87页。

③ 青山七惠:《一个人的好天气》,竺家荣译,上海译文出版社,2007年,第76、99页。

④ 青山七惠:《一个人的好天气》,竺家荣译,上海译文出版社,2007年,第99~108页。

质性差异，用知寿自己的话来讲，就是"进入又一个轮回"。对于藤田而言，知寿同样是可有可无的存在。一般认为，18—25 岁属于成年早期，发展任务是获得亲密感以避免孤独感，体验爱情的实现。[①] 恋爱作为一种亲密关系，理应充盈着依恋情感，但知寿的恋爱却总是令人扫兴。贝尔曼和施佩林指出，"依恋是个体一种稳定的倾向，靠近其主观认为能提供其满足生理、心理安全的特定对象，维持和寻求接近的实质努力，而这稳定的倾向是由依恋内部工作模式所调节，这些基于个人在其人际世界中的认知—情感—动机的模型中"[②]。而在与知寿的恋爱关系中，阳平与藤田对她没有"恋"，更没有"爱"，有的只是以自我为中心，兴起时便谈个恋爱，感到麻烦时便决然分手。

这种恋爱经历与恋爱状态在芥川奖获奖小说《至高圣所》（1991年）中也有体现。其中两位女主人公的恋爱同样让人失望。青山沙月与男友嶋君的关系看似稳定实则模棱两可，"没有分手但也不想频繁见面"，"谈不上分手也谈不上没分"[③]。而渡边真穗喜欢清水的理由则是"诚实的样子"给人一种"安心与安定"[④]，但不幸的是，她的喜欢被清水无情拒绝，原本希冀通过恋爱获得慰藉的真穗内心的孤独感加深，最终再次陷入嗜睡症状。尽管《至高圣所》（1991年）中关于恋爱场景的描述较为简洁，而评论也多关注家庭环境对于年轻主人公的认知影响，但细读文本可以发现主人公在恋爱中体验到的不安感与

---

① 刘卫兵、王丽娟：《冲突与反思中的青少年：当代青少年发展问题研究》，人民出版社，2012 年，第 279 页。

② 刘卫兵、王丽娟：《冲突与反思中的青少年：当代青少年发展问题研究》，人民出版社，2012 年，第 276 页。

③ 松村栄子：『芥川賞全集第 16 巻　至高聖所』，文藝春秋，2002 年，第 44 頁。

④ 松村栄子：『芥川賞全集第 16 巻　至高聖所』，文藝春秋，2002 年，第 49 頁。

挫败感却与《一个人的好天气》（2006 年）并无二致。

此外，当代年轻人的恋爱世界与恋爱认知在平成时代芥川奖获奖女性作品中多有涉及。如《裂舌》（2003 年）中路易与阿玛、阿柴的三角畸恋，再有《一个人的好天气》（2006 年）中知寿在两次恋爱失败后，开始了与已婚男性的"不伦之恋"，而《贵子永远》（2010 年）中的主人公贵子以及《指甲与眼睛》（2013 年）中的"你"的恋爱对象同样已有家室。这些女主人公对于自己的恋爱并不抱有期许，还有些青少年对于恋爱则持有一种拒绝的态度。如《乳与卵》（2007 年）的绿子在日记中吐露自己不婚不恋的心声，而《便利店人》（2016 年）的作者村田沙耶香明确表示，从年轻时便难以想象自己恋爱与结婚，而她笔下的主人公古仓惠子一直以来对恋爱与结婚有着疑惑，缺乏主观上的兴趣。这些获奖作品并未对主人公们恋爱相关的现象予以评判，但值得一提的是，这些人物形象大多具有"孤独""寂寥""空虚"等特点，而文本中恋爱经历、状态、认知等的叙述描写凸显出他们的孤独感，由此不禁引发我们思考现实社会青少年群体恋爱相关现象、问题背后蕴含的自我认知特征。

四、青少年女性社会自我的一大认知特征：孤独寂寥

就平成时代芥川奖而言，年轻女性作家折桂成为一大特色，而青少年群体成为她们关注的一大焦点。获奖作品中以女主人公为中心的青少年人物群像从个体的角度来看，势必承载着作者的青春期与创作思想；从社会语境的角度来看，她们折射出平成时代日本青少年社会自我的一大认知特征，即孤独寂寥。在一定程度上可以说，了解了这些年轻女性及其身边同龄人的社会自我形象，当我们重新思考平成时代少男少女的自我认知时，就会发现获奖作品中对于青少年社会自我形象与自我认知的描写并非夸张杜撰，而是以文学的方式对实实在在社会问题的反映。

平成青少年社会自我认知中的孤独感得到文学评论界的公认。这

一点从芥川奖评委们对于获奖文本的解读与评价可以知晓。关于文本中年轻人物以及现实社会青少年群体的自我形象，评价言及最多的便是他们在主要人际关系中凸显出的"孤独感"。

平成之初首篇以青少年为描写主体的获奖小说当属《至高圣所》（1991年）。黑井千次在评论时指出作者在学校的社会空间中还穿插着出场人物的家庭关系，清晰地描绘出青少年群体"清澈的孤独感"。[①] 关于其中的主人公，田久保英夫感慨青山沙月的"孤独痛楚代表着现代社会众多年轻人的内心苦痛"[②]，而吉行淳之介则指明渡边真穗"以嗜睡来替代哭泣，压抑着内心的孤独"[③]。论及平成时代青春文学的代表，新世纪初获奖作品《欠踹的背影》（2003年）不可或缺。关于这一小说，古井由吉特别注意到其中关于蜷川眼神的三次细致描写，并且将其和害怕落单加入小团体的出场高中生们成天傻笑的面部表情并置一起，提示人们比对现实世界青少年人群的空虚寂寥。[④] 石原慎太郎不无批判地指出"出场的年轻人物都有背向周围世界，在孤独、冷漠与无为中生活的特点"[⑤]。山田咏美称小说将现代高中生内心的孤独焦躁语言化。[⑥] 河野多惠子则言明这种孤独焦躁感让人有一种当前日

---

① 黒井千次：『芥川賞全集第16巻 芥川賞選評』，文藝春秋，2002年，第319頁。

② 田久保英夫：『芥川賞全集第16巻 芥川賞選評』，文藝春秋，2002年，第318頁。

③ 吉行淳之介：『芥川賞全集第16巻 芥川賞選評』，文藝春秋，2002年，第317頁。

④ 古井由吉：『芥川賞選評 がらんどうの背中』，『文芸春秋』2004年第82巻第4号，第314~315頁。

⑤ 石原慎太郎：『芥川賞選評 現代における青春の形』，『文芸春秋』2004年第82巻第4号，第315頁。

⑥ 山田詠美：『芥川賞選評』，『文芸春秋』2004年第82巻第4号，第315頁。

本社会高中生的通感。[①]此外，《一个人的好天气》（2006 年）被称为"青春物语""青春自白小说"，在选评时以细腻感受与现实写照受到评委们的一致肯定。石原慎太郎关注到年轻女主人公的孤独与虚无，点明这一认知特征外化为"习于偷别人的小东西"，并且与她的恋情告吹有联系。并指出这一认知特征在大城市中具有典型性。[②]高树信子直言小说描写出"年轻女性的孤独感"，还是对当下女性恋爱的反映。[③]宫本辉认为主人公身上有一种压抑的孤独与哀伤，而这种基调并非游离于现实社会。[④]河野多惠子称主人公被孤独感与欲求不满感支配，作者通过主人公将当前年轻人的感受很好地表达了出来。[⑤]综合来看，关于平成时代青少年社会自我孤独特征的认知并非一家之言，在此不做一一赘述。倘若说小说文本对于平成时代青少年主要社会人际关系以及社会自我形象做出了生动阐释，那么这些评论则从他者视角对年轻群体的社会自我认知特征给出了进一步注释。可见，在社会自我认知维度，孤独、空虚、寂寥已成为平成青少年的一大"通病"。

　　平成青少年社会自我认知中的孤独感在对现实状况的调查数据中也有所反映。《青少年白皮书》作为日本内阁府的重要调查报告之一，自 1956 年刊行以来，旨在了解掌握青少年成长发展状况，便于实施推进青少年培养援助政策。据白皮书显示，相比战后恢复期与高速发

---

①　河野多惠子：『芥川賞選評　二受賞作について』，『文芸春秋』2004 年第 82 卷第 4 号，第 318 页。

②　石原慎太郎：『芥川賞選評　大都会のソリテユード』，『文芸春秋』2007 年第 85 卷第 4 号，第 359 页。

③　高樹のぶ子：『芥川賞選評　"作意を隠す力"』，『文芸春秋』2007 年第 85 卷第 4 号，第 360~361 页。

④　宮本輝：『芥川賞選評　けだるい生命力』，『文芸春秋』2007 年第 85 卷第 4 号，第 363 页。

⑤　河野多惠子：『芥川賞選評　よい小説の書き方』，『文芸春秋』2007 年第 85 卷第 4 号，第 363 页。

展期青少年的社会表现与问题，进入平成以来，日本青少年在社会维度的自我认知方面呈现出烦恼、不安、孤独等动向。1996 年的白皮书在回顾"30 年间青少年健全育成状况与青少年成长环境变化"时指出，"非行、欺凌、自杀等问题依然存在，并日益深刻化，其中隐藏的不满、焦虑、孤独等令人担忧"①。

据 1999 年内阁府的关于"日本青少年意识"调查结果显示，日本青少年呈现出社会性低下与人际关系稀薄化倾向。② 家庭与学校作为日本青少年的主要活动场域，在青少年的心理建构与自我认知中起着重要作用。然而，就家庭领域而言，1998 年版《青少年白皮书》指出，青少年"与家人一起用餐、加深家庭成员之间的沟通和相互理解、学习用餐举止的机会在减少"③。2017 年版《青少年白皮书》关于"青少年的人际关系"特集则显示，独自在个人房间时才有存在感的年轻人人数比例高达 89.0%，超过家庭的 79.8% 与学校的 49.2%。④ 在学校领域，据文部科学省 1998 年版《教育白皮书》显示，在对小学 6 年级、中学 3 年级与高中 3 年级的 2600 名学生调查中，约 80% 的青少年回答"感到焦躁不安和生气"，其中，20% 的人回答"经常性感到焦躁不安"，而回答"基本没有焦躁感"的仅有 10%。对于"什么场景下会感

---

① 内阁府:『平成 8 年度版　青少年白書の概要　青少年健全育成の 30 年の経緯と青少年をめぐる環境の変化』, 详见: https://www8.cao.go.jp/youth/whitepaper/h8hakusho/haku_01.htm, 访问时间为 2021 年 5 月 20 日。

② 内阁府:『平成 11 年版　子供・若者白書 (概要版)』, 详见: https://www8.cao.go.jp/youth/whitepaper/h11hakusho/haku11_1.html#a2, 访问时间为 2021 年 5 月 22 日。

③ 启迪:《当代日本青少年的现状与特征浅析》,《当代青年研究》2001 年第 3 期, 第 40~44 页。

④ 内阁府:『平成 29 年版　子供・若者白書 (概要版)』, 平成 29 年 6 月, 详见: https://www8.cao.go.jp/youth/whitepaper/h29gaiyou/pdf/b1_00.pdf, 访问时间为 2021 年 5 月 22 日。

到焦躁不安"的提问，小学生、中学生以及高中生回答"朋友关系不顺畅"的情况均占 50% 以上。[①] 另据北海道大学研究小组 2010 年对中小学生的调查显示，被诊断患有抑郁症的学生占 3.1%，躁郁症占 1.1%；小学四年级为 1.6%，五年级为 2.1%，六年级为 4.2%，初中一年级则高达 10.7%。[②] 这种焦躁抑郁往往与孤独如影相随，正如美国芝加哥大学神经学家约翰·卡奇奥波所指出的，"孤独并不是抑郁的结果，而是抑郁的原因"。此外，日本放送协会（NHK）2018 年通过 LINE 向 1000 名 13—19 岁的年轻人发起的关于孤独感的问卷调查结果显示，约 16% 的人表示"经常会感到孤独、无依无靠"，"偶尔有孤独感"的人数也超过 37%。对于"什么时候会感到孤独"的多选项，选择"在学校时"的人数最多，达 45%，其次为"在家时"的 38%。[③] 平成日本青少年的这种社会自我感知在与同为发达资本主义国家的美国、英国、德国、法国、瑞典、韩国相比时也较为突出。日本内阁府于 2014 年发布的"日本与其他国家年轻人意识对比调查"（2013 年版）显示，76.9% 的日本年轻人时常感到孤独无力，在参与调查国的年轻人中，日本年轻人感到烦闷抑郁的比例最高，高达 77.9%。在家庭关系中感到充实与满足的人数为最低，其他国家均在 70% 以上，仅日本为 67.3%，在与友人的关系中感到满足与安心的人数比例同样为最低的 64.1%，此外，职场人际关系的顺畅与否也是影响年轻人不安感

---

①　文部科学省：『教育白書』，详见：https://warp.ndl.go.jp/info:ndljp/pid/11293659/www.mext.go.jp/b_menu/hakusho/html/hpad199801/hpad199801_2_027.html#fb1.2.1，访问时间为 2021 年 5 月 22 日。

②　尚会鹏：《日本社会的"个人化"——心理文化视角的考察》，《日本学刊》2010 年第 2 期，第 82~95 页。

③　人民网 - 日本频道：《日本调查：十多岁的年轻人即使和朋友在一起也会感到孤独》，详见：http://japan.people.com.cn/n1/2018/1226/c35421-30488704.html，访问时间为 2021 年 5 月 22 日。

的重要因素①。所以,在这样的人际关系中,平成日本社会年轻人自我认知的孤独感也就不足为奇。

综合来看,孤独俨然成为平成日本社会年轻人的"流行病",表明获奖小说文本中反映出的"孤独"并非女性作家与女性主人公主观性的"无病呻吟",而是平成青少年世代自我认知的一种典型症候。正如有观点所指出的,小说文本世界"不仅可以有效地记载、呈现、表征以及预示人类的生活,也往往具有某种生命功能和历史文化功能"②。也就是说,小说一方面反映着时代与现实,另一方面还给人以某种人生启迪与认知启示。通过平成芥川奖获奖女性作品中的青少年形象,能够管窥这一时代年轻一代在物质维度与社会维度的自我认知特征。与此同时,他们还代表性地传递出平成青少年在精神维度的价值取向与情感需求。

第三节　青少年女性精神维度的自我形象与自我认知

在个体的成长过程中,情感需求是基本需求,还是深层次需求。从一定意义上而言,情感需求的满足与否关切着个体自我的实现程度。这在青少年身上体现尤甚,青少年的成长离不开物质性需求与社会性需求,更需要精神与情感需求的回应。从这一点来看,平成时代的女性青春文学一方面呈现出这一时代青少年叛逆与孤独的消极问题,另一方面也刻画出青少年自我成长过程中挣扎与超越的积极探寻。在这种成长转变过程中,情感的缺席与在位成为关键性因素。

以平成时代芥川奖获奖女性作品为例,最为典型的便是四位80

---

① 内閣府:『平成26年版　子供・若者白書(概要版)　特集　今を生きる若者の意識～国際比較から見えてくるもの～』,详见:https://www8.cao.go.jp/youth/whitepaper/h26gaiyou/index.html,访问时间为2021年5月23日。

② 王晓路:《文学研究与文化史的诸种问题》,四川大学出版社,2020年,第6页。

后女性作家塑造的青少年女性形象。这四位新锐作家为绵矢莉莎、金原瞳、青山七惠与朝吹真理子，分别在 19 岁、20 岁、23 岁、26 岁荣膺芥川奖，她们以其青春女性视角和叙事方式刻画出的青少年女主人公与同伴可以说是平成一代青少年的代表。从横向上来看，这四篇获奖小说的青少年群像中既有与周遭同龄人格格不入的高中生长谷川、"御宅族"蜷川（绵矢莉莎《欠踹的背影》），又有通过身体改造寻求存在感，看似颓废放纵的另类青年路易及其身边朋友（金原瞳《裂舌》），还有高中毕业后不想升学只想去东京打工，成为"飞特族"的三田知寿（青山七惠《一个人的好天气》），再有相差七岁没有血缘关系的贵子与永远子时隔二十五年再聚时对年少的回忆，二人既有往昔假期于贵子家叶山别墅中共同度过的快乐时光，也有青少年时期各自不幸的际遇，其中永远子的自我是不安的，与其原生家庭中母亲对婚姻的不满不无关系；而贵子的自我则带有一种忧郁，更是与母亲早早病逝相关联（朝吹真理子《贵子永远》）。从纵向上来看，这些青少年女性主人公都在经历了自我的迷茫后获得了成长，而这种转变都离不开"爱"的情感疗愈。有学者指出，"文学作品中几乎所有的女性形象都象征着被抽象成原则的女性的本质"[①]。实际上，这些青少年女性作品中的人物形象不仅象征着同世代的女性，"她们"的指涉迁移还超越了性别范畴，昭示出年轻群体的某些共性特征，蕴含着青少年群体精神世界中的情感需求。

一、情感缺失中的自我迷茫形象：以《裂舌》《欠踹的背影》为例

"青春"是人生中的重要阶段，个体在这一阶段既有成长，也面临诸多问题。青少年的成长是物质生活、社会关系与精神情感等共同

---

① 水田宗子著，叶渭渠主编：《女性的自我与表现》，中国文联出版社，2000 年，第 8 页。

作用的结果。相应地，青少年有关的问题也总是与其中某些因素关联，尤其心理情感因素不容忽视。对此，埃里克森的青少年同一性理论鲜明地指出，在人的生命周期中，每个阶段都有相应的心理任务完成，如此才可形成有活力的健康的统一的自我人格，相反，则会导致自我同一性危机。至成年时期需要完成的心理任务逐次为基本信任感、自主性、主动性等，这样才能达到同一性与亲密感的形成。① 日本社会进入平成以来，青少年在"青春"这一人生主题面前有诸多表现。青少年的这些表现成为平成文学关注的热点之一。最为典型的便是 2003 年同时获奖的金原瞳的《裂舌》与绵矢莉莎的《欠踹的背影》。有评论指出，这两篇作品"如同对于青春这一相同命题的回答，这一命题可能就是（青春期）空虚或者说无意义、慵懒，而给出的两个答案都很详细"② 具体而言，新生代的两位青春女性作家凭借文学文本，塑造了具有典型性特点的青少年形象：《裂舌》（2003 年）中的路易空虚又叛逆，《欠踹的背影》（2003 年）中的长谷川内心充满了矛盾，而蜷川则颓废封闭。参照埃里克森的自我同一性理论，可以说这种迷茫的自我形象与他们心理上的情感缺失不无关系。

这些青春形象从两个方面表现了这一点。首先，他们接触的人际环境给人以冷漠、虚伪、隔阂之感，这从反面烘托出情感缺失中的自我迷茫形象。在《裂舌》（2003 年）中的路易眼中，外部世界冷漠不友善，即便身处闹市只是感到"嫌恶"③，被他人撞到时获得的却是"没

---

① 埃里克·H.埃里克森:《同一性 青少年与危机》，孙名之译，中央编译出版社，2015 年，第 62~66 页。

② 古井由吉:『芥川賞選評　がらんどうの背中』，『文芸春秋』2004 年第 82 卷第 6 号，第 314~315 頁。

③ 金原ひとみ:『蛇にピアス』，『すばる』2003 年第 25 卷第 11 号，第 14~58 頁；第 31 頁。

事人似的表情"①。路易渴望逃离成人世界，将自己变成"影子"。不仅如此，他者（成人）世界在她看来还具有虚伪性与操控性。在作为女招待打工的宴会上，路易不得不打扮成穿着和服的温柔可爱模样，常常被所谓的社会精英分子递上名片。路易一方面为自己变装后便能轻易得到钱而暗自窃喜，另一方面又下定决心改造身体完毕后便放弃这份工作。在《欠踹的背影》（2003年）中长谷川四次进到蜷川的封闭房间，都带有青少年自我与外部成人世界的冲突色彩。首次进入是给蜷川描述自己遇到奥莉时的情形，奥莉对自己的凝视、嘲弄以及评价令其紧张不悦但又无力回击；第二次进入是在亲历学校社团教练看似温和实则带着心机掌控社团成员后；第三次进入时被蜷川母亲以没礼貌教育一番；第四次进入则是在看完奥莉现场表演，目睹蜷川对奥莉的满腔热忱遭到冷淡漠视。从某种意义上而言，人际网络上的这种安排暗示出外部成人世界对于青少年的压制、虚伪与冷漠。当青少年的自我意识开始形成，与外部"他者"世界接触时，却发觉自己已然被嵌入成形的、被规划好了的世界，这个世界是成人的"他者"世界。于是，一方是被"他者"视为玩偶的"自我"，在无形中被其客体化；另一方是不甘心被规训与宰制的"自我"，对他者没有信任感，自身又尚未形成主体性，二者罅隙中的"自我"也就不可避免地陷入同一性危机。

其次，这些青春形象在经历寻找、矛盾与挫折中，内心深处的情感起伏变化清晰可见。这种安排一方面透露出青年作者本人内心的真情实感，另一方面也寄寓了当前日本青少年成长过程中的情感需求与情感缺失的现实问题。有评论指出《裂舌》（2003年）"从时下年轻人

---

①　金原ひとみ:『蛇にピアス』,『すばる』2003年第25卷第11号，第14~58页；第31頁。

放纵的生活方式中，捕捉到了偶尔闪露出的纯粹的情感"①。的确，路易的身体改造表明了她的空虚。结识阿玛后，二人在彼此不清楚对方真实姓名与年龄的情况下，便浑浑噩噩地混在一起，这种行为不能不说是一种放纵。然而，阿玛的失踪以及死亡唤醒了路易对于"生命"与"爱"的意识。列维纳斯曾指出死亡"使得对他人的呼唤、对他人的以及他人（对我）的疗救的呼唤成为可能"②。巴特勒也指出，"悲伤首先凸显了（我与他人之间的）关系纽带的重要性，这一纽带对于我们理解人与人之间最根本的依存状态与伦理责任起着关键作用"③。路易起初与阿玛只是机械般地在一起，并不爱阿玛，只是将其当作自己的经济来源与生存依靠，对他的态度不是敷衍了事就是情绪发泄。而在阿玛失踪后，路易在不断的追寻中，知道了阿玛的名字、打工地等；在对于阿玛无故失踪、离奇死亡的悲恸中，深切感受到阿玛给予自己的爱。在阿玛的死亡面前，路易意识到"身体改造"的无意义性；在对阿玛的爱的深刻体味中，路易懂得了个体自我有了爱才有意义，身体有了生命才有意义。

《欠端的背影》（2003 年）主人公长谷川内心充满着矛盾情感。在面对学校班级与社团中的小团体时，既不愿隐去自我以迎合他人，又在成为"独行侠"时倍感不适与孤独。在观察班级内同样不合群、不入伙的蜷川时，莫名感到一种难以名状的亲切，但在发现蜷川沉溺于追星后，又对其产生了微妙而复杂的情绪，有些许鄙视不屑，又有几多同情可怜，甚至还产生了想要"端"的念头。当长谷川在偶然间得

---

① 大道珠贵、金原瞳、柴田翔:《咸味兜风》，祝子平译，上海文艺出版社，2005 年，第 3 页。

② Levinas,Emmanuel, Totality and Infinity, Trans. Alphonso Lingis, Hague: Martinus Nijhoff, 1979, p234.

③ Bulter, Judith, *Precarious Life: The Power of Mourning and Violence*, London: Verso, 2004, p22.

到老师的鼓励时，"不由得为之一动"，竟"有点想哭"，意识到自己"想得到认可，得到宽容"的情感需求。[①]当初中时代的好友娟代亲近自己时，长谷川顿生感动，而疏远时又会落寞。可以看到情感波动贯穿其中，透露出她对于情感的期待。而蜷川对偶像奥莉的喜欢源于她的温暖热情，当切身体味到现实奥莉的冷漠后，意识到媒体中的奥莉传递出的是假象，自己想象中的奥莉只是幻象，真实温暖的情感才是自身内心的真正需求。从情感的角度来看，蜷川与长谷川互为分身，二人情感的起落彰显出他们对人与人之间真诚友爱的希冀。

二、情感包容下的自我成长形象：以《一个人的好天气》《贵子永远》为例

对于《裂舌》（2003 年）中的路易，作者金原瞳直言通过这一形象"是想重新审视自身的伤痛，用以这样的方式表达不仅是她，而且是其他年轻人都能感受到的生存艰辛，并且希望借此寻找到一种坚强来庇护软弱"。路易看似夸张叛逆身体改造的"外强"下实际上是空虚内心的"中干"。关于《欠踹的背影》（2003 年）中长谷川对蜷川两次意味深长的"踹"，有人评价"恰如其分地表达了她（长谷川）当时的骄傲、失落、烦闷等情绪"[②]。可以说，这种外在的行为情感恰恰反衬出她们内在心理情感需求得不到满足的缺失状态。如果说在她们身上可以看到青少年自我迷失的情感缺失因素，那么获奖作品《一个人的好天气》（2006 年）与《贵子永远》（2010 年）展现出的则是情感包容下的自我成长形象。

《一个人的好天气》（2006 年）讲述了二十来岁少女三田知寿一年间的成长变化。其中，"变化"成为小说的明线，而主人公知寿的"成长"则是贯穿文本的暗线。首先是物理时空上的变化。故事从"春天"

---

① 绵矢莉莎：《好想踢你的背》，周丹译，世界知识出版社，2006 年，第 63 页。

② 黄杨：《青春期女孩踹的那一脚》，2011 年 12 月 23 日《京华时报》。

开始，以"迎接又一个春天"结束。故事主人公知寿在离异家庭长大，从五岁开始便一直与母亲生活。高中毕业后拒绝升学，而是萌生了去东京做"自由职业者"的想法。借着母亲去中国工作的机会，知寿并未同意一同前往，而是选择只身去东京。由地方移至东京的空间转变，成为知寿寄居在远方亲戚七十岁的荻野吟子，与其共同生活的开端。在这个东京都内京王沿线某一小车站附近的家中，知寿度过了一年的光景，在又一个春天搬离，走向人生的下一个地方。

随着时空的变化，知寿的心理认知也得到了成长。这种成长发生在她看似平常的生活，却体现在多个方面。来东京前，知寿与母亲总是拌嘴，想法也基本不一致，视母亲的关心为唠叨，对母亲唯一的感念便是抚养自己所花的费用。在与吟子一起生活的日子里，知寿与母亲的关系由原先"虽然流着相同的血，但是心却并非相连"[1]变得体谅母亲，尽可能地不让她担心。不仅如此，还操心起母亲的感情生活，母亲不由感慨道"知寿长大了"。知寿在与吟子一同生活后，一开始充满了隔阂，原本内心里"真不想和这老太婆住"，初见时一度认为"看样子这老太婆快要死了，说不定就在下周"，与吟子待在一起时总"觉得不自在"。[2]即便找到临时工作，也自顾自断定老年人难以理解而未对吟子提及；即使与男朋友阳平闹不愉快被吟子察觉，也懒得与其倾诉。在吟子的不断包容中，知寿与吟子的关系由生分变得日益亲密，刚搬进来时的各种不情愿变成分别时的恋恋不舍。知寿由自我厌弃日渐成熟自信，即便与藤田的恋爱告吹，心痛不已也在吟子的陪伴与宽慰中挺了过来。原先内心焦躁不安于"没有追我的人，净是离我而去的人"的知寿变得"想要尝试一个人生活"，并且下定决心去大胆追求

---

① 青山七惠:《一个人的好天气》，竺家荣译，上海译文出版社，2007年，第83页。

② 青山七惠:《一个人的好天气》，竺家荣译，上海译文出版社，2007年，第6、10、8页。

属于自己"一个人的好天气"。知寿的自我心理认知成长还在她的行为习惯上得到集中体现：她自知喜欢偷拿身边人的小东西，有时看着这些搜集起来的物件便陷入对原先主人的回忆，有时带着这些物件才能感到安心。当她准备离开吟子家时，不仅向吟子坦诚相告自己的不良行为，并且与这些小物件进行了"断舍离"。种种改变都昭示出知寿的成长，而"这种成长，并不是因为发生一些很重大的事情，而是在生活的琐碎中达成"①，自然离不开浸润其中的"爱"。

在知寿的成长改变中，吟子无疑起到重要作用。吟子从一开始便体现出对知寿如涓涓细流般的关爱。在日常生活中不仅帮着知寿收拾行李衣物，而且尽量等待知寿一起吃饭，还了解知寿喜欢小兔子等的细节。在遇到日常生活中偶然发生插曲时，对知寿的不愉快总是能够及时体察并给予开导，对知寿间或的小心思报以宽容的态度，对知寿偷拿小东西的毛病并不揭穿，而是静待其幡然。显而易见，促使知寿发生转变的正是吟子"润物细无声"的"爱"。

在三田知寿的身上，不仅有作者自身的影子，还可以说是当下众多日本青少年的代表。这也解释了小说连续畅销，时至今日仍广受欢迎的现象。在知寿看似云淡风轻的点滴生活中，她所经历的原生家庭的解体、恋情的连续告吹、工作的不稳定等，勾勒出青少年的生活现状。不仅如此，知寿的小动作与小情绪又映射出青少年精神情感世界中的缺失症状。吟子对于知寿而言，是心灵情感治愈师般的存在。作者在回应为何会选取"荻野吟子"这一名字时称，"她是日本最初的女医生，我和她出生在同一个镇，我非常尊敬她。我从未想过会获如此大奖，当时是以一种轻松的心态借用了她的名字"②。这种看似不经意的人物命名与吟子在知寿成长过程中所起的作用无不启示着青少年

---

① 徐珏：《青山七惠：写作，也要走过青春期》，2013 年 11 月 1 日《北京青年报》。

② 青山七惠：『流れゆく世界を見つめて』，『文学界』2007 年第 3 号，第 110 页。

自我在精神维度的情感需求。

　　如果说《一个人的好天气》（2006 年）呈现出主人公成长中接受到的跨越世代的"爱"，那么《贵子永远》（2010 年）中连接两位年轻主人公的则是流淌在时光中的"爱"。贵子与永远子曾是童年的玩伴，时隔 25 年再次相聚，二人在现实与回忆的交织中呈现了各自的成长历程。其中贵子与母亲春子在每年夏天都会来到叶山别墅居住一段时间，这一习惯一直延续至贵子 8 岁春子去世。永远子比贵子大 7 岁，是叶山别墅管理人淑子的女儿，每到暑假便会从逗子老家来叶山。就这样，二人得以结识，并且一起度过一个又一个的夏天，结下了深厚的友情，即便时光隔开了 25 年，二人再次见面依旧情如故。然而，这两个人却性格迥异，成长环境与经历也不同。永远子"从小就隐约有种不安"，这种不安的心理与其对母亲淑子以前为见意中人而时常匆忙离家的所见，以及每当彼时母亲便变得宛如陌生女人一般的所感，不能不说没有关系。永远子爱做梦，常常梦到与春子、贵子在一起度过的时光。永远子还爱回忆，遇到相关或相似的人与物，过去与春子、贵子在一起的日子便浮现眼前，永远子不单存贮着回忆，还保存着从春子那里得到的很多东西，比如与贵子一模一样的新鞋子、春子做甜醋腌菜的方法，以及春子对身边人细致的关照。弗洛伊德指出，梦是愿望的达成。[①] 而心理学还指出选择性记忆是受众选择心理表现之一，人们往往只能记忆对自己而言是重要的或对自己有利的信息，抑或自己愿意的信息。照此来看，相较于亲生母亲淑子，春子对永远子青少年时期的自我成长有着潜移默化的影响。正是得益于与春子、贵子一起待在叶山别墅的日子，永远子才得以弥补母爱的欠缺；恰是受教于春子为人处世的方式与对待生活的态度，永远子才能在自己的婚姻家庭生活琐碎中，保有着一份坚韧与最初的爱。

---

　　① 弗洛伊德：《梦的解析》，夏光明、王立信编，安徽文艺出版社，1996 年，第 31 页。

与之不同，贵子的童年可以说是喜忧参半，与母亲春子在一起的日子无疑是快乐幸福的，但春子的心脏病也一直是萦绕在贵子幼小心灵的阴影，而贵子 8 岁时春子的病逝使得幸福生活告一段落。母亲的去世加上父亲的忙碌，可以想象贵子的青少年时期应当有着诸多遗憾。这也使得成年后的贵子对婚恋并不抱有过多期待，反倒在听到恋爱对象的妻子怀孕时，最先考虑到孩子而与对方毅然分手，而工作上则选择了与孩子相关的教师职业，由此可见贵子对母亲思念之深。当时隔 25 年再次踏进叶山别墅，记忆的闸门打开，母亲的爱也奔涌而来。待在这里的两天一夜，贵子一边整理着房中的一品一物，一边重新审视母亲，才体会到母亲或许想要告诉她：母亲对女儿的爱并未因离世而消失，而女儿认真地生活便是对母亲最好的爱。离开别墅返回家中的贵子获得释然，懂得珍惜眼前生活与身边亲人才是对母亲最大的告慰。至此，可以看到母亲春子对贵子的爱、对生活的爱让贵子的自我认知得到转变，也可以想象贵子将带着这份流淌在时光中的"爱"完成自我的同一性，实现自我成长。

三、青少年女性精神自我的认知启示："爱"的情感需求

符号论美学家苏珊·朗格曾指出，"艺术品就是情感的形式或是能够将内在情感系统地呈现出来供我们认识的形式"。换言之，通过文学艺术等形式可以表现情感。朗格还进一步指出，"艺术家表现的绝不仅是他自己的真实情感，还是他认识到的人类情感"[①]。按照此观点，平成时代芥川奖获奖女性作品中的青少年女性形象传递出的是她们精神自我的认知启示，承载着的是同年龄层人群的情感需求。

心理文化学将情感配置作为个体基本人际状态的重要维度，指出个体根据关系亲疏分配与获得情感，亲情、友情、爱情等是个体

---

① 苏珊·朗格:《艺术问题》，美学译文丛书，中国社会科学出版社，1983 年，第 24、25 页。

生命中的重要情感因素。通观这些青少年人物群像，不论是身体维度上的叛逆，还是社会维度上的孤独，他们自我形象中的消极表现究其实质都与精神维度上的情感缺失有关。诸如《镇上的猫婆婆》（1989年）中惠理子在经历母亲如同抛弃般的体验后一度失语。《至高圣所》（1991年）中青山沙月的失眠直指家人的长期忽视，渡边美穗在失去母亲、恋爱失败、友情受挫时每每陷入嗜睡。《裂舌》（2003年）中路易叛逆行为的背后同样有亲情的匮乏，路易甚至不知道父母亲是否搬家，搬去哪里。《欠端的背影》（2003年）与《少女的告密》（2010年）中主人公置身的校园无不充斥着青少年之间的"玻璃"友谊。《一个人的好天气》（2006年）中恋人们漫不经心的恋爱状态与意料之中的恋爱结局加剧了三田知寿的孤独与悲观。当然，有缺失就有需求。在青少年成长过程中，情感需求的满足是一种重要的精神力量。正如《镇上的猫婆婆》中惠理子在外婆、姨妈以及邻居猫婆婆呵护关爱下再次开口说话。《乳与卵》（2007年）中绿子在母亲卷子无私的爱与姨妈夏子包容的爱中与母亲和解。又如前文论及的《一个人的好天气》（2006年）中三田知寿在吟子的情感包容中完成了人生的"成人礼"，《贵子永远》（2010年）中两位主人公贵子与永远子的成长同样离不开春子母亲"爱"的感召。

综合来看，这些女性作品与女性形象一方面再现着平成时代青少年的生存处境与生活面貌；另一方面也启示着社会对于青少年自我不应只是简单地贴标签，而应更多地关注其成长中的情感缺失与情感需求。青少年是社会的生力军，青少年的自我成长理应是一个社会的重要主题，这一主题所揭示的问题还远未穷尽，所蕴含的意义经久不衰，相信未来会有更多的创作对此予以关注。

第三章　平成时代日本中年女性
自我认知特点

随着时代发展，日本女性的社会地位得到了改善，女性的社会角色得到了重视。1985 年《男女雇用机会均等法》的出台被视为日本女性史上具有划时代意义的事件，这一时期的日本女性不再局限于私人家庭领域，走进社会公共领域的她们被称之为"均等法世代"。进入 20 世纪 90 年代，《育儿休假法》《育儿和看护休假法》《男女共同参画社会基本法》等相继颁布修订、实施生效。新世纪以来，"女性经济学"与"女性绽放光彩的社会"成为安倍政府长期执政博人眼球的主要施政标识与口号。这一系列女性相关法律政策在一定程度上赋予女性权益以保障，凸显出女性在社会发展中的重要性，但问题显然不能就此而止步。

据世界经济论坛（WEF）发布的关于全球各国男女平等程度排名的《全球性别差距报告》显示，日本不仅在发达国家中排名长居后位，在七国集团中也属垫底。该排名基于事业发展、参政议政、教育公平及健康等四个方面的多项指标，对各国女性地位进行综合排名。可以看到，自 2006 年统计以来，日本排名一再刷新"历史新低"，由 2008 年的第 98 位下降到 2010 年的第 101 位，再由 2016 年的第 111 位降至 2019 年的第 121 位。虽然战后日本女性受教育程度显著提高，健康领域取得的进步也有目共睹。与之相比，近年来涉足政界的女性人数虽有所增加，但在实际效应上却大打折扣，女性议员占比仍可视为微乎其微。据 2014 年 3 月 5 日《朝日新闻》报道，国际组织"各国议会联盟（IPU）"4 日公布的一项针对 189 个国家和地区的调查结果显示，日本国会中女性众议院议员所占比例约为 8%。① 相较于政治领域日本女性人数的"少"，女性就业人数虽然可以"多"形容，但是职场中女性所遇问题更"多"，表现在女性非正规就业人数多、女性"穷忙族"多、职场欺凌中女性受害者多等等。可以说，女性虽然获得进入职场的"均等机会"，却又陷进家庭与职场的两难困境，而这样的困境似乎成为日本女性"没有终结的日常"，也是她们必须面对的现状。

日本文艺评论家川村凑曾指出，"日本的女性文学会比较柔软地骑着一种变化，而且是在不断地变化，不断地推陈出新"②。平成时代的中年女性作家立足于社会现状与问题，通过身体写作、心理写作、个性化写作多方位地反映当下日本女性的社会处境、面临的社会问题以及内心的情感精神世界。有学者指出战后日本女性文学的兴起，到 20 世纪 80 年代中期以后，开始走上一条突出自我感受与社会真实的道路。大多数女性小说摒弃了传统的宏大叙事，描写日常平淡的生活，表现重建生活、重塑价值的愿望。③ 这些作品屡获芥川奖桂冠，不仅证明了平成时代日本女性文学的繁盛，而且其中折射出的中年女性形象及其相关问题还引发了社会的关注与女性的共鸣。

通观这一时期获奖作品中的中年女性形象，可以发现她们在生育、婚姻、就业等社会关系中承担着母亲、妻子、不稳定就业者等角色，面对着家庭与工作的双重困境。同时，在应对社会期待与自我主体之

---

① 中日经济交流网：《日本女性国会议员比例在发达国家中最低》，参见：http://cjkeizai.j.people.com.cn/n/2014/0305/c368507-24537410.html，访问时间为 2021 年 6 月 20 日。

② 川村凑：《日本现代女性与家庭》，《世界文学》2001 年第 4 期，第 254~263 页。

③ 刘立国、何志勇：《插图本日本文学史》，北京大学出版社，2008 年，第 130 页。

间的冲突时，表现出不同的自我形象，既有对男权话语体系迎合与顺从的传统型女性，又有质疑与挑战社会既有性别文化的现代型女性。本章将围绕这些中年女性形象展开分析。需要说明的是，考虑到前章在讨论青少年"连锁贫困"状态时已涉及中年女性物质维度的生活层面，本章第一节关于中年女性物质维度的自我形象与自我认知部分将集中分析中年女性身体层面的生育性形象及反映出的生育认知。

第一节　中年女性物质维度的自我形象与自我认知

1989 年平成元年，日本的总和生育率下降到日本有人口统计记录以来的最低点——1.57，由于这一数字带给日本社会的震惊毫不亚于上个世纪 70 年代的"石油危机"，因故被称为"1.57 危机"。但与成功应对能源危机不同，平成日本对于人口资源问题的处置却是收效甚微。1992 年日本经济企划厅发布了平成四年版《国民生活白皮书》，中心议题为"少子化社会的到来及其影响与对策"，但丝毫未阻挡住"少子化"的匆匆脚步。进入 90 年代后，日本总和生育率持续下降，新生人口降低，育龄女性的平均生育率由 1991 年的 1.53 一路下降至 1999 年的 1.34[①]，日本媒体惊呼"少子化已达危害国家兴衰地步"。进入新世纪，这一趋势仍未现"刹车"，据厚生劳动省人口动态统计表明，2008 年日本的人口出生率为 1.37，比 2007 年略升 0.03，但仍为世界 191 个国家中最低。2015 年日本 1.26 的出生率更是创下历史最低记录。对于"少子化"问题，日本社会常常将矛头指向女性，理所当然地认为出生率的降低是具有生育能力的女性造成。更有甚者，石原慎太郎诬言女性不生孩子就是"老巫婆"，森喜朗出言"不生孩子的女性不配有养老金"，二阶俊博发言称"不生孩子的女性是自私的"，等等，诸如此类的言论在日本社会可谓不绝于耳、层出不穷。这些言论毫不避

---

① 日本劳働省:『人口動態統計』，详见：https://www.mhlw.go.jp/toukei/list/118-1.html，访问时间为 2021 年 7 月 2 日。

讳地将生育视为女性理所应当的事情，将日本少子化问题一味归咎于日本女性，而不顾及生育对于女性自我而言包含着什么样的风险，当然更不会涉及男权社会对女性生育有着什么样的影响。

一、生育之身的两极化形象：以《妊娠日历》等为例

与之相对，20 世纪 80 年代以来，越来越多的女性作家将生育问题纳入文学书写，不同程度地表现女性自我与生育的关系，展现女性生命的独特感受及生育境况。以平成时代芥川奖获奖女性作品为例，包括小川洋子《妊娠日历》（1990 年）中的姐姐、青山七惠《一个人的好天气》（2006 年）中的母亲、川上未映子《乳与卵》（2007 年）中的母亲卷子与小姨夏子、藤野可织《指甲与眼睛》（2013 年）中的母亲与"你"、小山田浩子《穴》（2013 年）中的麻阳与同事"她"以及邻居太太、柴崎友香《春之庭院》（2014 年）中的森尾太太、本谷有希子《异类婚姻谭》（2015 年）中的三三等。

一直以来，男权制日本社会视生育为"女人的东西"，将女性的身体编码为生育符号。随着战后日本女性自我意识的成长，女性开始挣脱男权话语体系，通过对"生育"的自我言说还原自身的生存真相。1968 年大庭美奈子的芥川奖获奖作《三只蟹》，女主人公由莉在心中呐喊出的"妊娠不再是结果的象征，而是不毛与破灭的代词"道出了众多日本女性内心的苦楚。进入平成以来，生育率直线下降，少子化问题日益凸显，社会将问题矛头指向女性。对此，女性一方面声明生育带给自身的生理与心理困境，另一方面在对生育的认知上体现出两极化的自我形象。

《妊娠日历》是 1990 年芥川奖获奖作品。小说以日记的形式详细记录了"姐姐"从妊娠至生产的过程，以细腻而翔实的笔触，刻画出"生育"女性生理与心理的双重苦痛。关于这一小说的创作目的，作者小川在接受采访时坦言，"我想要在小说中创作出在现实的社会或家庭的场合，人们认为是正常或异常、正确或不正确等等价值标准被全

部推翻的新的'现实'"①。顾名思义，小说中所描绘的正是现实社会中育龄女性已经经历或者将要经历抑或是正在经历的真实。对此，时任芥川奖评委的大庭美奈子将其评价为"女性经验的自我言说"，并期待"更多反映女性自我的作品"②。高根泽纪子一再指出小说"将'妊娠'这种只有女性才能够经验的现象"，"描写了对于妊娠产生不安感觉的这篇小说，作为女性作家的新拓展，给人留下了深刻的印象"③。妊娠带给"姐姐"的首先是生物钟的紊乱，作为一名孕妇，"姐姐"变得嗜睡，"如同掉进了冰凉的沼泽地一样，静静地躺着"。其次，与慵懒疲惫长时间的睡眠一并开始的还有剧烈的妊娠反应，长达十四周的妊娠反应中，"姐姐"几乎看不得任何与食物相关的物品，甚至气味都令其感到恶心与可怕。妊娠反应将"姐姐"折磨得只剩下病态，妊娠反应结束后又是难遏制、无休止的吃，随之而来的并非是食欲满足后的快感，而是身形的变化与体重的超标，"身体好像变成一个大溃疡，正在不断扩散"，"高高隆起的肚子，身体所有部位的组合（比如：腿肚子和脸颊、手掌和耳垂、大拇指和眼皮）都失去了比例"④。再者，孕期所要面对的危机与疼痛伴随在"姐姐"周遭，经由他人传递出来。如姐夫购买回来的一系列与妊娠、孕妇相关的杂志：《战胜妊娠中毒症！》《妊娠中的出血大百科》《生产费用筹措方案》等，再如"姐姐"的公婆为祈祷平安分娩而准备的带有狗图章的白布以及从神宫祈求来的竹棒、红线团、银色小铃等，还有医生诊断提醒的"太胖会难产"，"姐姐"自身临近分娩也日渐焦灼于分娩时的阵痛。种种妊娠生育相

---

① 高根沢纪子：『小川洋子「妊娠カレンダー」論』，『上武大学経営情報学部紀要』，2003年第26巻，第162~148頁。

② 大庭美奈子：『選評　夢』，『文芸春秋』1991年第69巻第3号，第422頁。

③ 高根泽纪子：《小川洋子的文学世界》，竺家荣译，《中日女作家新作大系 日本方阵》，中国文联出版社，2001年，第359~360页。

④ 小川洋子：《妊娠日历》，竺家荣译，中国文联出版社，2001年，第36页。

关的显性问题经由"主妇作家"小川洋子之笔，被细致刻画出来，将女性生育分娩所经历的生理变化与身体风险真实地呈现出来。

不仅如此，生育还引发了女性的精神焦虑与情绪多变。《妊娠日历》（1990 年）中 M 妇产医院压抑的氛围，与其中孕产妇们内心的不安相呼应。姐妹二人小时候印象中的 M 医院，留给二人深刻印象的除了医院的配置外，便是医院诊室墙上贴着的转胎位宣传画与三楼病室的孕产妇形象。宣传画上的女人"两眼木讷地看着远方"，而孕产妇们"大多数都是表情木然"，她们都"无心打扮自己，穿着厚厚的住院服，头发扎成一束，脸色苍白"。当"姐姐"住进 M 医院生产后，"凌乱的头发""苍白的影子""悲伤的眼睛"虽令主人公难以确定是否为"姐姐"，但同时也让读者将其与现实中的孕产妇形象重叠在一起，昭示出生育女性内心的空虚与茫然。这种消极精神状态并非只是"一朝分娩"后的偶发性、个体性现象，还包括"十月怀胎"间的情绪不稳与精神低落。"姐姐"时而会因为妊娠反应而突然间哭泣，时而会执拗于某种食物，时不时地还会将自己沉浸在对阵痛的各种想象中，以及对肚子里的孩子可能出现问题的担忧中。"姐姐"还无数次地因梦到"妊娠反应、M 医院、隆起的大肚子等瞬间幻化为无"而心情格外愉快，而完全醒来后看到现实中的身体时，顿时又会变得非常忧郁。与去 M 医院相比，"姐姐"似乎更乐意去二阶堂的精神诊所，用以宽慰自己孕期脆弱的神经。综上可以看到，妊娠带给"姐姐"的并非是幸福感，而是一种难以名状的不安感。生育也远非男权话语体系中"想当然的事情""普通的事情"，伴随风险与不安的生育才是女性经验中真实的自我形象。

生育是女性特殊的生命体验与人生经历。当代日本女性笔下的女性人物形象所经历的生育事件真实反映出女性所处的生育境况，她们所持的生育态度使我们有机会深入了解女性在社会文化规制中压抑的女性意识，以及性别身份在她们的自我发现过程中烙下的印痕。这些不单体现在男女两性对生育的不同反映与态度。与此同时，来自女性内部的差异性姿态也不容忽视。

对于生育，男女两性不仅有着生理上的隔膜，更是有着认知上的悬殊。《乳与卵》是 2007 年芥川奖获奖作。小说中母亲卷子对于抛弃自己母女的"那个男人"的话懵懵懂懂却记忆尤深。对于卷子的怀孕，男人自话自说，"怀上小孩，说穿了，不是谁的错，也不是谁捣的鬼。……既不是出自谁的本意，也不是谁选择的结果，一句话，怀孕不是人为的"①。在其看来，怀孕是一件自然而然的事情，并非其主观为之。言外之意，既然非人为造成，也就与他无关。卷子对此无话可说，更是难以理解，虽然气愤，但却无计可施。无独有偶，2013 年芥川奖获奖作品《指甲与眼睛》描写了名为麻衣的年轻女性"你"、叫阳奈的三岁女儿"我"、婚外恋男性"父亲"、不明原因死去的"母亲"之间看似平静实则扭结的关系。其中，"父亲"与"你"由原先的婚内出轨变为准夫妻关系，而"我"作为"父亲"的孩子，与"你"成为准母女关系。"母亲"在世时，对于不能与"你"结婚，"父亲"以"有孩子"为理由希望得到"你"的理解，不仅如此，在"母亲"身亡后，又希望"你"承担起照顾"我"的责任，还盘算着用怀孕将你绑定，想当然地认为"只要提供环境，女性自然就可以成为妻子与母亲，这样才算名副其实的女人"，而这样的女性才是自己所需要的，是"有着正常本能的健康的女性"②。显然，在父亲的认知中，女性的本分是结婚、生子、继而相夫教子，"我死去的母亲"是这样做的，作为继任者的"你"也理应如此。而"你"之前对于生育一直抱有与己无关的态度，在身边友人纷纷成为母亲，目睹其中一位因先兆流产而住院的朋友后，意识到生育于己的不可避免性，便寻找逃避之径。一方面想着自己要坚定地拒绝生育；另一方面庆幸"父亲"已有个三岁的女儿，

---

① 川上未映子：『乳と卵』，『文學界』2007 年第 61 卷第 12 号，第 126~165 頁；第 146 頁。

② 藤野可織：『爪と目』，新潮社，2013 年，第 66 頁。

也就是"我"。可以看出，在这些女性作家对于日常生活平凡瞬间的再现中，男性与女性对于生育有着直觉反差。男性将生育视为女性的本职，而女性要么默默承受，如"卷子"们，要么有意无意地规避，如"麻衣"们。

面对生育，女性内部也因人而异产生了分歧。诸如《乳与卵》（2007 年）中卷子的妹妹夏子理性独立，独自一人在东京打拼，对于姐姐卷子到访东京只为隆胸手术表示出不解困惑，对于姐姐与外甥女母女二人的困窘寄予同情包容，同时对于自身受精怀孕抱持坚定拒绝的意识，"不管是这个月，还是下个月，下下个月……都没有受精计划"①。又如《穴》（2013 年）中麻阳温和谦逊，但对生育却"并不积极""提不起劲"，当听到同事对于生育与工作的权衡以及对于孩子的渴望时，只是做出表面上的附和，内心却是一副"对于生孩子并不积极"②的心象，当听到邻居太太摆出一副过来人的姿态聊着自己作为家庭主妇、孩子母亲的忙碌时，也只是礼貌性地露出微笑，想象自己哺育孩子的画面首先感到的是"并无兴趣，提不起劲"③。与之形成反差的是《便利店人》（2016 年）中主人公惠子视作自身与外部社会连接重要纽带的女性朋友圈，其中的由香里作为已婚新晋妈妈以一副人生赢家的姿态示人，还规劝身边女性好友尽早结婚生子；而已经结婚但尚未生子的美穗与皐月纷纷对其表示出歆羡；唯有未婚未育的惠子在无形中被置于以婚育为衡量基准的等级阶梯底端，以至于惠子在迷茫中产生了生育才是女性正常"入圈"的途径。再如《穴》（2013 年）中麻阳的同事将理想生活的希望寄托在同居对象身上，以"成为家庭主妇，生儿育女"作为自身的人生梦想。麻阳搬家后的邻居太太则一

---

① 川上未映子:『乳と卵』,『文學界』2007 年第 61 卷第 12 号，第 126~165 頁：第 153 頁。

② 小山田浩子:『穴』,新潮社，2016 年，第 19 頁。

③ 小山田浩子:『穴』,新潮社，2016 年，第 68 頁。

方面在麻阳面前将生育作为炫耀资本，另一方面又隐隐透露着因高龄产子给家人与孩子带来麻烦而感到懊悔的心声。而在《异类婚姻谭》（2015 年）中主人公三三更是由于自身婚后四年都未生育而在丈夫面前感到抬不起头。

文学是文化的产物，通过文学作品中的人物可以窥见其中浸透着的文化因子。生育是一种具有性别属性的事件，与性别观念、性别文化有着密不可分的关联。日本长期以来的性别文化具有男尊女卑、男性中心的特点。在男女二元性别秩序中，女性被界定为自然的、生育的，而男性则是文化的、生产的，在这样的性别规范体系内，遵循的是男优女劣的价值判定。这一性别观念演化为文化机制，内化为大众自觉的心理认知，直至当代日本社会仍有广泛影响。反观平成时代芥川奖获奖女性作家笔下的生育叙事可以发现，大多男性将生育作为自身支配权的显现，视为女性自然而然且理所应当的义务与责任，多数派女性也受其潜移默化的影响，无意识地被裹挟进"男主女从"的既定秩序中，放弃了选择权，失去了主体性，而少数派女性的尝试彰显出女性意识的觉醒，具有积极的文化批判意义，尽管这种努力之路充满着阻力，但却以其反抗促使人们正视女性在生育自主性上遭受的多重困境。

综上，生育作为女性生命中的独特体验，不仅包含着生理心理的痛楚，还隐含着日本社会性差陷阱。长久以来，日本女性在生育问题上承受着生理、精神压力与文化压制，难以找寻到适当的疏解渠道。在这样的重重压力下，拒绝生育也就成为情理之中。正如女性主义者贝蒂·弗里丹在《女性的奥秘》中所揭示的，"在大众消费社会中，中产阶级家庭主妇遭受无形的抑制。在新的历史时期，重新审视在现代公私二元制框架中被理所当然地视为'自然 - 私人领域'的'性爱''生殖''身体和感情'等成为焦点"[1]。进入平成时代以来，随着

---

[1]　Betty Friedan, The Faminine Mystique, New York: Norton, 1963, p.87.

女性意识的提高与经济境况的变化，越来越多的女性在生育问题上需要自由选择的权利与宽松关切的人文环境，毕竟"生，还是不生"是一个涉及女性个人权利与自由的问题。回观当代日本社会现状，尽管政府出台了一系列政策法规促进女性生育，但细思可知如若不改变传统的性别文化语境，仅在表层上下功夫恐难改变日益严重的少子化现象。有女性主义运动者指出，"女性的'少生'与'不生'的行动，正是对社会长期以来加于她们的'不公、不平'以及对她们的呼声'不理、不睬'所能做出的'无言的呐喊与反抗'"①。这一"无声呐喊"传递出的是女性在生育问题上自我认知的心声：我不是"生育的机器"，我要的是"生或不生的自由权利"。

二、育儿之身的孤独化形象：以《一个人的好天气》等为例

"母亲"在现实生活中通常是女性的又一代名词，也是文学叙事中的常见人物形象。尤其是在女性作家笔下，"母亲"往往作为一种符号表征，反映着现实生活中"母亲"的身份意涵。在平成时代芥川奖获奖女性作品中，"母亲"频频登场，无论是"母亲"的自我言说，抑或是他人眼中的"母亲"都呈现出寂寞的身影。

2006年青山七惠的获奖作《一个人的好天气》中"母亲"离婚后，和女儿知寿过着母女单亲生活。母亲竭尽所能地提供给知寿充裕的生活，用心良苦地希望知寿能够继续上大学，当听到知寿决意只身前往东京打工时，尽管无奈却设法帮女儿解决在东京的安身问题。母亲事无巨细的关爱一方面令青春期的知寿感到不耐烦，另一方面知寿也隐隐体察到母亲的不容易，明白母亲独自抚养自己长大无比艰辛。母亲因为工作原因前往中国，极力游说女儿能和自己一起，被无情拒绝后无限失望。面对青春叛逆期的女儿，母亲给予了绵绵包容，出国后一

---

① 孙欣：《从当代日本"少子化"现象析女性生育观变化动因》，《社会》2003年第4期，第54~56页。

有空闲便回日本与知寿团聚，关切着女儿的日常生活与情感世界，即便被知寿顶嘴被惹生气依然苦口婆心，当再次回国看到知寿的成长更是欣慰无比。在知寿的家庭回忆中，相较于母亲的细节点滴，对父亲的印象几乎"空白"。由此可测，伴随父母的离异，父亲的责任与关爱也一并终止，与母亲即便出国也不时地寄信、汇款、趁余暇返日探望女儿相比，工作调动至福冈后的父亲两年间无只言片语，在女儿面前"消失"得无影无踪。不言而喻，在女儿的成长道路，或者可以说是人生转折点上，参与者仅仅是母亲，而父亲则是"缺席"的存在。

行文中不止一次提及的 2007 年川上未映子的获奖作《乳与卵》将叙事焦点对准三位不同年龄层的女性主人公，以"隧道视野"的叙事策略将我们的注意力引向平成时代的女性缩影。其中，卷子身上具有单亲母亲、非正规就业者、身体改造（隆胸）意欲者的身份标签，且这些标签皆有着男权中心社会秩序的烙印。卷子作为离异妈妈，在身为女儿绿子父亲的男人面前毫无主体性可言，不论是当初成为妻子，还是之后离异，卷子都毫无话语权。即便得知自己已是准妈妈，卷子面对的却是摆出一堆谬论以撇清责任的"局外人"，在与女儿相依相伴的生活中，没有"父亲"这一"参与人"，母女二人飘摇困窘的生活中，没有"父亲"这一"庇护人"。可以想象卷子单亲母亲的生活是艰辛的，卷子的情感世界显然更是孤独的，但卷子作为母亲是无私的。生活的重担使得没有技能的卷子只能从事社会底层工作，奔波辛苦之余回家首先要做的事情是看看女儿绿子的熟睡模样。对女儿绿子与自己只笔谈不开口的举止，卷子既心疼又生气，心疼于女儿的这一变化与自己有关，生气于女儿对自己的不理解，这一矛盾的心理在酒醉后得到释放，呈现出卷子内心世界对女儿无尽的母爱。

参照平成日本社会现状可以发现，首先，相较于单亲父子家庭，单亲母子家庭数量占有绝对优势，由 1993 年的 789,900 户上升至 1998 年的 954,900 户，进入新世纪后由 2000 年的 625,904 户增加至 2005 年的 749, 048 户[①]，2010 年至 2015 年则维持在 755,000 至 756, 000 户[②]。另据日本厚生劳动省《平成 28 年全国单亲家庭调查结果报告》显示，日本单亲母子家庭约 1232, 000 户[③]。其次，单亲母子家庭分为离异单亲母子家庭、丧偶单亲母子家庭与未婚单亲母子家庭。其中离异单亲母子家庭占据较大比例，在这些家庭中，"父亲"不仅消失了身影，还缺席了责任与义务，只剩下"母亲"孤寂的身心，亦如知寿与绿子的"母亲"们。

平成时代日本"母亲"们抚育子女时的孤寂不仅体现在离异单亲母子家庭中，在"男主外、女主内"的核心家庭角色分工中同样不可避免。其中的"女主内"将女性限制在家庭私人领域，赋予其持家育子的责任与职能。不仅如此，在这一性别体制下，男性群体被建构为优于女性群体，公共领域被设定为胜于私人领域。这种二元对立模式俨然成为日本女性身心孤独的一大要因，对当前日本社会有着深刻影响。比照平成时代芥川奖获奖女性作家笔下婚姻家庭中的"母亲"们可以看到，一是"她们"任劳任怨的"母亲"形象，二是"她们"疲惫落寞的"自我"内心，两相叠加勾勒出平成日本婚姻家庭中"母亲"们育儿生活中的孤寂。

2008 年津村记久子的《绿萝之舟》围绕中心人物长濑描绘出一众女性（长濑大学时代的友人和乃、律子、美香以及长濑的工友冈田）两场域（家庭与职场）的生活场景。这些女性有着不同的性格、相异

---

① 日本厚生劳働省：『母子家庭の母の就業の支援に関する年次報告』，详见：https://www.mhlw.go.jp/toukei_hakusho/hakusho/，访问时间为 2021 年 7 月 20 日。

② 日本総務省：『平成 27 年国勢調査』，详见：http://www.stat.go.jp/data/kokusei/2015/kekka/kihon3/pdf/gaiyou.pdf，访问时间为 2021 年 7 月 20 日。

③ 日本厚生劳働省：『平成 29 年度全国ひとり親世帯等調査結果報告』，详见：https://www.mhlw.go.jp/stf/seisakunitsuite/bunya/0000188147.html，访问时间为 2021 年 7 月 20 日。

的人生选择。其中专职家庭主妇和乃看似幸福光环的背后却带有着淡淡的"自我"阴影。和乃的言行始终离不开孩子和家庭，在朋友们的眼中"明显地和她家庭的影像重合在一起"，"完全失去了自己的独立性"。① 就和乃对自身生活的表述而言，可以看到她周而复始的生活状态：平日里周转忙碌于两个孩子的抚育照料，休息日丈夫待在家中，不但没有家事上的减轻，反而是"根本没法出门"。② 与一毕业就结婚的和乃不同，律子走出大学校门后，在公司从事自己喜欢的工作，但婚后应丈夫要求，外加自身抚育孩子的考虑，便辞职成为专职主妇。但不幸的是，律子遇人不淑，丈夫只是将她当作无须支付费用的保姆、佣人般存在，只是一味要求律子付出，从不考虑其内心感受。在孩子的抚养上，不仅全然撒手，甚至变本加厉地责备律子为何要生下孩子。显而易见，在这样的丈夫面前，律子也只能忍气吞声依靠自己来抚育女儿。长濑的工友冈田同样面临丈夫"形同虚设"的处境。冈田的丈夫长期单身赴任在外地，关注的只是自己的零用钱多少，出轨反而埋怨冈田人老珠黄，对两个孩子的生活不闻不问。冈田则从事兼职工作补贴家用的同时，独自承担着两个儿子的日常起居与学习生活。细读《绿萝之舟》不难发现，文本以一年为叙事时间范畴，浓缩现下日本女性在个体自我与婚姻家庭二元制式中的困惑与困境。有评论指出，作者津村匠心独运地将主要出场人物以姓名以及身份做出划分，"姓名采用片假名形式为未婚者，反之，采用平假名与汉字组合形式为已婚者"③。而其中选择了婚姻家庭的女性无一例外地发生了自我的减损，

---

① 津村記久子:『ポトスライムの舟』,『群像』2008 年第 63 卷第 11 号, 第 6~50 頁: 第 13 頁。

② 津村記久子:『ポトスライムの舟』,『群像』2008 年第 63 卷第 11 号, 第 6~50 頁: 第 16 頁。

③ 巽孝之、安藤礼二、福永信:『創作合評』,『群像』2008 年第 63 卷第 12 号, 第 427~434 頁。

不仅如此，这些女性在家庭中的境遇传递出的是一种孤独与无奈。

言及日本的传统女性形象，妆容美丽、育儿持家、温良恭俭是其需要遵循的伦理规范与女性美德。随着时代的变迁与女性的迭代，女性的自我意识获得一定程度的觉醒与回归。正如《绿萝之舟》（2008年）中拒绝婚姻，与男友分手后选择独自创业的美香，以及在困窘生活中开启自身梦想并且积极付诸行动的长濑。但与此同时，社会对于理想女性的期待与要求却并未有实质性改变。若从这一角度出发，美香对年龄不经意间流露出的焦虑、长濑对生活不时浮现出的麻木、和乃与律子大学毕业后放弃志向将自己湮没进家庭、冈田遭遇丈夫背叛虽有不甘但仍选择妥协，等等，林林总总的表象便获得了解释，也可以看出"因为与生活经验和父权规则的接触，（女性）好奇心、奋发的智性和散漫的野心被削弱，逐渐进入无力的境地，对健全人格的和谐培养很可能被妥协、绝望和背叛等变得碎片化或遭受阻碍"①。

女性进入家庭，成为孤独的"母亲"，俨然不是平成时代女性生命中的偶然与个别现象。关于此点，不仅在上述《绿萝之舟》（2008年）的女性图鉴中得到映射，在同时代的女性作品中也同样有着真实的反映。2010年朝吹真理子的芥川奖获奖作《贵子永远》以相差八岁的两位女性贵子与永远子时隔二十五年再次重逢为主要线索，将过去与现在、回忆与日常、梦幻与现实交织在一起。其中在永远子的日常生活中占据最大比例的是自己的家庭，在永远子的日常感知中留有最深印记的是自己初为人母时的无助。作为家庭主妇的永远子每天的事情是买菜做饭、收拾衣物、照顾女儿；作为"母亲"的永远子曾在生下女儿百花后，由于无休止的喂奶哄睡而筋疲力尽，甚至一度产生自杀的念头，手腕在抱着孩子做饭中落下了腱鞘炎的病痛。丈夫要么摆

---

① Penny Brown, Poison at the Source: The Female Novel of Self-Development in the Early Twentieth Century, Basingstoke: Macmillan, 1992, p.8.

出一副悠哉悠哉的模样，留下一句"果然妈妈最好"①，要么罕见地带着女儿游玩后，反复抱怨"累死了"。在对过往的追忆与对当下的感知中，永远子这一人物落地于现实，成为孤独"母亲"的一员。2013年藤野可织在其获奖作《指甲与眼睛》中塑造的"母亲"更是成为孤独育儿道路上的牺牲品。主张"小说即情报"②的藤野可织在小说中以第三人称客观视角刻画出"母亲"的生活境遇：丈夫单身在外地工作，常常以加班等为搪塞理由，掩盖休息日不回家团聚、对婚姻不忠之举；"母亲"自己或埋首于家务与育儿，或沉浸于网络虚幻世界构造幸福主妇幻象。就生活表象而言，"母亲"衣食无忧，住在高级公寓，生活品位也趋于高档化，无论家居还是衣着都品牌化。但其内心却极为孤独，丈夫在家庭生活中的作用几乎乏善可陈，既没有实际性的分担帮助，更没有情感的慰藉。"母亲"在日复一日的家庭琐碎中消磨时光，在网络虚拟中寻找存在感，最终在沉默失语中走向生命的终结。有评论指出"在小说中的'母亲'身上，可以看到强制性的性别规范对女性身体的束缚，在其延长线上，可以透视出社会性差与女性身体的接点"③。作者藤野在与堀江敏幸的对谈中则重申自己通过该小说"想要真实地摹写社会，以及社会中的女性"④。可以说，《指甲与眼睛》中孤独的"母亲"正是该时代万千女性的极致象征与浓缩代表。

需要补充的是，在平成时代芥川奖获奖女性作品中，作为"母亲"

---

① 朝吹真理子：『きことわ』，『新潮』2010 年第 107 卷第 9 号，第 109~159 頁：第 146 頁。

② 藤野可織：『受賞者インタビュー　世界は恐ろしい、でも素晴らしいこともある』，『文芸春秋』2013 年第 91 卷第 10 号，第 408~412 頁。

③ 内藤千珠子：『ファム・ファタールの無関心——「水の女」の系譜と藤野可織「爪と目」』，『大妻国文』2014 年第 45 号，第 157~176 頁。

④ 藤野可織、堀江敏幸：『この世界を正確に書きうつしたい』，『文學界』2013 年第 67 卷第 9 号，第 138~155 頁。

的女性在抚育孩子的过程中无一例外地具有身心孤寂的特征。2013
年小山田浩子的获奖作《穴》中主人公的邻居太太主要身份是"母亲",
主要言行围绕孩子。2014 年柴崎友香《春之庭院》中森尾太太基本
上都是独自带气喘症的儿子与年幼的女儿,常常分身乏术,疲惫不堪。
不仅"老是闷在家中",连同一起的还有"闷在心里的烦恼与孤独"①。
2016 年村田沙耶香的夺冠作《便利店人》中主人公的妹妹在产子后的
哺乳期,不仅要忍耐睡眠不足,还要独自应对孩子体弱发烧等状况。
如果说前文中的父亲们是无心体察母亲们育儿之艰辛,这些家庭中的
父亲们看上去则显得是无空分担母亲们的辛劳,但唯一不变的却是母
亲们的孤独寂寞。

由文学写实回观平成日本社会,日本"母亲"们育儿的"一人化"
更是得到现实的印证。据日本总务省关于"夫妻家事相关时间花费"
(平成 8 年 ~ 平成 28 年) 的调查统计显示,妻子每周用于育儿的时间
分别为 2.43 小时 (平成 8 年)、3.03 小时 (平成 13 年)、3.09 小时 (平
成 18 年)、3.22 小时 (平成 23 年)、3.45 小时 (平成 28 年),与之形
成鲜明对比的是丈夫所花时间为 0.18 小时 (平成 8 年)、0.25 小时 (平
成 13 年)、0.33 小时 (平成 18 年)、0.39 小时 (平成 23 年)、0.49 小时
(平成 28 年)。② 二者之间的差距显而易见,此外在家务、采购等方面
也同样悬殊。从国际比较来看,2014 年经济合作与发展组织对成员
国家务、育儿、采购时间花费的男女性别差异调查也同样显示,日本
差异最为显著,男性分担家事时间在参与调查国中"垫底"。

总体而言,不论是解体家庭还是核心家庭,平成时代的日本女性
在承担起母职的同时,还要承受住独自照顾孩子时身体上疲惫与心理
上孤寂的双重考验,往往成为母亲们生命中不可承受之重。对此,社

---

① 柴崎友香:『春の庭』,文藝春秋,2017 年,第 92 页。

② 日本総务省:『社会生活基本调查』。详见:https://www.stat.go.jp/data/shakai/2016/pdf/youyaku2.pdf,访问时间为 7 月 27 日。

会学冠以"母职惩罚"，指的是女性因为母亲角色而遇到的系统性困境，不仅包括孕期可能会遇到的妊娠综合征、难产等，还意味着之后可能由于育儿照料而离开职场、远离社会等，更进一步，是无人帮助与理解而产生的孤寂感。这与一直以来日本社会的性别歧视意识以及近现代以来性别角色固化有着密切关联。在少子化社会背景下，人们常常关注着女性生儿育女职能，而忽视了女性自我的心理情感诉求，平成时代芥川奖获奖女性作家通过对女性生子与育儿书写，将她们的处境呈现出来，或可引起人们的反刍与思考。

三、中年女性身体自我认知的两种类型：传统型与现代型

文学是社会生活的产物，文学作品中的人物具有镜像作用。这些女性作家凭借一定的经验与理解再现她们眼中的世界，其中的女性形象折射现实女性的存在状态。依照这些女性形象在身体维度的自我表现来看，平成日本中年女性身体自我认知大体可以分为两种类型，即传统型与现代型。首先，女性对于生育带来生理、心理变化与困境的切身言说，是对男权社会关于生育话语体系的祛魅，带有现代性特点。其次，平成时代芥川奖获奖女性作品及其中的女性在面对生育时有着不同的反应与表现，一部分女性形象符合传统性别观念对于女性的文化规范与期待，如前文中的由香里、皋月（《便利店人》）和麻阳同事、邻居太太（《穴》）以及三三（《异类婚姻谭》）等。而另一部分则带有明显的现代气息与自我定位，如夏子（《乳与卵》）与麻阳（《穴》）等。再次，平成时代中年女性"孤独化"育儿实态同时也成为影响女性婚姻与生育选择的重要因素，有的女性依照传统女性生活方式成为"贤妻良母"，有的女性成为晚婚晚育、不婚不育的现代"新女性"。

观照平成日本社会现状，中年女性与生育相关联的意识体现出她们在身体维度自我认知的两种类型。日本国立社会保障与人口研究所自 1940 年每隔五年展开一次"出生动向基本调查（关于结婚与生育的全国调查）"，内容主要涉及婚姻、生子、育儿等现状与课题。其中自

1992 年至 2015 年关于妻子婚姻家庭意识的调查数据显示,在与生育相关的调查项目中呈现传统观念与现代意识并存的现象。其中对"女性不应独身,应当结婚"持赞成态度的人数比率有高低浮动,但基本维持在 40%~60% 之间。这一人数比率也就意味着既有人持有传统想法,又有人抱着现代观点,并且二者大体持平。关于"女性应该结婚生子"以及"女性作为母亲应当在家育儿",持赞成态度的人数比例均不断下降,前者由 1992 年的 87.8% 降至 2015 年的 66.6%,而后者由 1992 年的 88.1% 降为 2015 年的 63.7%。由此不难看出女性自我认知的变化与自我意识的增强。反对"即便结婚生子也应坚持自己人生目标"的人数比例呈下降趋势,由 1992 年的 23.9% 至 2015 年的 10.7%;而赞成"婚后理应为了家庭牺牲自我"的人数比例不断上升,由 1992 年的 50.1% 至 2015 年的 48.4%。① 这一现象看似矛盾,实际上恰恰体现出平成日本中年女性自我认知的双重性,即传统与现代。

综合来看,不论是生子、育儿上的自我形象,还是生育相关的自我认知,平成日本中年女性在身体自我维度上表现出传统与现代两种类型特征。与此同时,也反映出女性自我意识的提高与父权制话语体系的影响,而这两方面在她们社会维度的自我认知上同样有所体现。

第二节　中年女性社会维度的自我形象与自我认知

迄今为止,家庭一直被视作日本女性应在的场所,与男性可以恣意进出相对,女性则被定位为在家的存在。这在日本女性作家笔下的婚恋书写与家庭叙事中得到鲜明体现。就平成时代芥川奖获奖女性作品而言,文本中纠葛于婚恋家庭的女性形象跃然纸上,呈现出日常生活中女性群体并不如意的内心感知。诸如《镇上的猫婆婆》(1989

---

① 国立社会保障・人口问题研究所:『出生動向基本調査（結婚と出産に関する全国調査）』。详见: https://www.ipss.go.jp/site-ad/index_Japanese/ /shussho-index. html。

年）中终身未婚的"姨妈"、《负水》（1991 年）中对家庭无期待、与恋人无信任的"我"、《入赘的狗女婿》（1992 年）中边缘化的单身女性"北村美津子"、《家庭电影》（1996 年）中孤独而乖张的"林素美"、《咸味兜风》（2002 年）中消费自我畸形恋爱的"美惠"、《绿萝之舟》（2008 年）中身处婚姻"围城"中失去自我的"和乃"、遭遇婚姻暴力的"律子"以及丈夫背叛婚姻的"冈田"、《指甲与眼睛》（2013 年）中由地下情人转为准继母的"麻衣"、《穴》（2013 年）中放弃自我位相、置身妻子与儿媳角色的"麻阳"、《异类婚姻谭》（2015 年）中安乐却并不幸福的专职主妇"三三"、《便利店人》（2016 年）中周旋于女性既定人生模式的"古仓惠子"等。

进入 20 世纪 80 年代以来，受惠于国际范围内新女性主义运动的发展，得益于国内《男女雇用机会均等法》《男女共同参画社会基本法》等的出台与实施，日本女性进入职场就业的机会大大增加。但随着 90 年代初泡沫经济的崩坏，在下滑的经济环境与传统的性别语境夹层中，女性要面对的不仅是职业、自我与家庭、孩子的两难抉择，还有"玻璃天花板"、非正规就业、职场暴力等等障碍与壁垒。这样的现实状况折射在文学作品中，便应运而生出一系列在职场中进进出出、摇摆不定的女性群像。在芥川奖获奖女性作品中，较为典型的职场女性包括《家庭电影》（1996 年）中奔波打拼的"素美"与《绿萝之舟》（2008 年）中生活困窘但坚韧挣扎的"长濑"。此外，还有众多苦于应对职场困境而"借机"退出的女性，例如《咸味兜风》（2002 年）中的"美惠"、《指甲与眼睛》（2013 年）中的"麻衣"、《穴》（2013 年）中的"麻阳"、《异类婚姻谭》（2015 年）中的"三三"等。

本节将围绕这些获奖作品中的女性形象，开掘"她们"在婚姻家庭与工作就业两大活动场域中面临的问题与持有的态度，尝试通过"她们"来展现平成时代中年女性在家庭与职场中的自我形象与自我认知。

一、中年女性婚恋关系中的自我形象：以《咸味兜风》等为例

家庭是社会的基本组成单位。随着社会的发展变化，家庭关系也在发生变迁。家庭虽然仍旧是女性主要的活动空间，但女性与婚恋、家庭的关系变得多样化。贤妻良母虽然仍旧是平成日本社会对女性价值的主流评价标准，但新女性的自我意识已然萌生并不断强化。以平成时代芥川奖获奖女性作品中的中年女性形象群为分析范畴，可以将她们的婚恋家庭"镜像"归纳为以下三种。

（一）求婚但不得的女性

婚姻于女性而言，历来被视为人生的必选项与亲密关系的最优解。婚姻与否成为评判女性人生价值的重要基准，无形中给女性的人生上了一道枷锁。未进入婚姻"围城"的女性或者成为"恨嫁女"，抑或自嘲为"败犬"，在世俗的婚姻观面前失去了主体自我。

《镇上的猫婆婆》是泷泽美惠子 1989 年芥川奖获奖作品。小说以主人公惠理子的成长为主线，描绘其与外祖母、姨妈三个人的共同生活。在三代女性构筑起的"女系家族"[①]中，相较于惠理子成长中的亲情问题，姨妈面对的则是婚姻问题。小说对于姨妈的描写并无浓墨之笔，但姨妈身上的两大标签却鲜明突出：一是适婚女性，二是终身未婚。在姨妈 20 岁妙龄至 45 岁猝死的生活中，婚姻始终是缠绕着"她"的核心问题，也是亲友涉及"她"时的必谈话题。在外祖母看来，自己的小女儿"男人缘不好"。在恋爱经历中，不是被交往的异性抛弃，就是恋爱对象常常露着一种"贫穷相"。在外甥女惠理子的印象中，年轻时的姨妈面容姣好，但恋爱却屡屡不顺。第一次是与公司上司的恋爱，因其转职而告终，第二次是与年轻同事的交往，虽已

---

① 川村湊:『「ネコババのいる町で」滝沢美惠子（今月の文芸書）』,『文學界』1990 年第 44 卷第 3 号，第 72~80 頁。

到谈婚论嫁阶段，但却因自己与姨妈长相相似而被对方猜忌为母女，最终告吹。邻居猫婆婆一家也对姨妈姻缘不顺表示不解，见到姨妈与异性一起便自然地向惠理子打听"姨妈是不是要结婚"①，甚至还将姨妈的婚姻与其面相联系，称"鼻子有点高，命不太好"②。可以看出，婚姻是姨妈人生中绕不开的坎，但似乎决定她婚姻的不是男性就是命运，而姨妈在恋爱婚姻中完全没有主体性可言。对于婚姻，姨妈虽心向往之，但只能听之任之。姨妈的第三次恋爱同样让人对姨妈产生怜惜与不解。姨妈这次的恋爱对象是位有妇之夫，并且对方的妻子重病缠身。姨妈的这场不伦之恋并不是乘虚而入，也没有责备与怨言，反倒是姨妈在经济上无休止地接济与帮衬。姨妈即便工作上遇到各种不顺心，口口声声要辞职，最终仍然坚持到突发心梗去世，这种言行不一不能说与之没有关系。姨妈对于婚姻的向往不仅通过劝导外甥女惠理子结婚体现，更是在惠理子的婚礼中得到"补偿式"实现与生动化展现：未经历婚姻的姨妈如同预演过多次一般，精心安排惠理子婚礼的一切。显见的是，姨妈对于婚姻的观念是传统的，在追求婚姻的过程中是被动的，而结果却是失败的，甚至给人以一种孤独感与悲伤感。

比照《镇上的猫婆婆》（1989 年）中姨妈对于婚姻的向往，《咸味兜风》（2002 年）中的美惠在情感与现实之间游走同样反衬出她对婚姻的憧憬。这一获奖作并无复杂的情节，也无宏大的叙事，以第一人称的视角与口吻讲述 34 岁小镇女子在失去家庭依靠后，以打零工维持生计，在捉襟见肘的生活中，对地方剧团的明星游先生心生爱慕。不幸的是，美惠被无情玩弄，出于内心失望与生计考虑，美惠投入已过花甲之年的富有老人九十九的怀抱。主人公自嘲且幽默地将自己婚

---

① 滝沢美惠子:『ネコババのいる町で』，文藝春秋，1990 年，第 41 頁。
② 滝沢美惠子:『ネコババのいる町で』，文藝春秋，1990 年，第 60 頁。

恋经历细说开来,给人以"不施技巧的幽默感"①与"寂寞的幽默感"②,折射出平成时代女性在婚恋中的无力、无助与无奈。从人物性格而言,美惠逆来顺受中带有些许反抗,知恩图报中夹杂着算计。这一性格体现在美惠的两段畸恋中,即与剧团明星游先生、六十多岁的九十九的恋爱。在与游先生的恋爱中,美惠是卑微的,将游先生的玩弄一度认为是赏赐。为了靠近游先生而辞掉家乡工作,进入游先生的剧团打杂;在游先生失意时不仅给予温暖关怀还献出怀中腰包;即便被薄情狡诈的游先生玩弄甩掉后心有不甘,竟"甘愿再受一次欺骗"③。与美惠的全身心付出恰恰相反,游先生对其是一种"召之即来挥之即去"的无所谓。在二人的关系中,美惠宛如仰人鼻息般存在,而游先生则是颐指气使的支配者。在美惠与游先生、九十九三人架构而成的婚恋世界中,作为主人公的美惠处于被动客体的位置。作者大道珠贵在美惠的婚恋关系中不仅描绘出当代女性在性别关系中的从属地位与次要身份,还揭示出现代社会物质至上对人情感世界的异化。这一点在美惠与九十九的关系中得到体现。36 岁的美惠在与游先生的恋情告吹同时,从剧场打杂转去牛肉饭馆打工。没有家庭依靠与亲人庇护的美惠,在生活拮据中稀里糊涂地与父亲辈的九十九交往起来。在二人的关系中,美惠甚至连九十九的年龄都不甚了了,只知道"大概六十一二岁"④,便主动提出"搬到一起住"⑤;内心时而看不上九十九,认为他就是个"懦弱多金的冤大头",时而对他一直以来借钱给父亲、哥哥与自己从不催讨有些许感激。倘若说美惠在与游先生的恋爱中迷失的是自我与尊严,那么在与九十九的恋爱中浸染上的是金钱与算计。

---

① 三浦哲郎:『感想』,『文芸春秋』2003 年第 81 卷第 3 号,第 356~357 頁。

② 高樹のぶ子:『二作を評価』2003 年第 81 卷第 3 号,第 358~359 頁。

③ 大道珠贵:《咸味兜风》,祝子平译,上海文艺出版社,2005 年,第 100 页。

④ 大道珠贵:《咸味兜风》,祝子平译,上海文艺出版社,2005 年,第 81 页。

⑤ 大道珠贵:《咸味兜风》,祝子平译,上海文艺出版社,2005 年,第 110 页。

婚姻恋爱本应给人以浪漫幸福之感，但在既有的物质文明至上与个人主义中心的主流价值导向下，爱情与婚姻也带有了利益色彩与功利目的。不论是考虑自身工作而选择分手的"姨妈"的第一位恋人、因猜忌而放弃"姨妈"的第二任恋人，还是利用"姨妈"善良的第三个恋人，皆从自身利便考虑，而将"姨妈"置于考虑范围之外。而游先生当被问及"婚姻"时，"失败"①一语更是道出其以成败论婚姻的观念，于自有利便是成功，于己不利则为失败。在这样的婚恋准则下，游先生离婚后选择与能够为剧团带来实际利益的演员再婚，清楚美惠迷恋自己又无力反抗便玩弄后抛弃。而美惠与九十九之间不能不说带有"各取所需"的利益衡量，美惠的情感最终败给了物质，正如村上龙所尖锐指出的，美惠的选择是一种"对现实的屈服与放弃，以及对已终结的近代化的谄媚与依存"②。这样的婚恋状态与美感无缘，呈现出的是性差化与无力感。身处此种状态下的"她们"对于自身的婚姻虽然有心，却无果又无力，那么处于婚姻状态的"她们"又如何？

（二）在婚却不幸的女性

夫妻关系当属基本的人际关系之一，"琴瑟和谐"表明人们对美好婚姻关系的向往。然而在平成日本社会婚姻现状中却常常出现不和谐音，这一点不仅从现实社会居高不下的离婚率、日益显著的出轨率与家暴率中可见端倪，在文学作品中也得到鲜明反映。

进入婚姻对女性而言意味着身份的变化与角色的转换，由原先的个体成为关系体，在个体身份基础上还有主妇身份。当代日本主妇主要包括三种类型，一种是全职主妇型，即毕业后直接结婚或先工作一段时间，然后以婚姻为转折点离开职场成为专职主妇；另一种为主妇+兼职型，通常为主要料理日常家事外，还从事一些小时工、合同

---

① 大道珠贵：《咸味兜风》，祝子平译，上海文艺出版社，2005年，第99页。

② 村上龍：『選評』，『文芸春秋』2003年第81卷第3号，第360~361頁。

工等以补贴家计；再一种为职业女性+主妇型，她们婚后仍继续工作，努力平衡家庭与婚姻，但往往疲惫不堪。就日本社会整体来看，前两种类型较为普遍，而后一种极难做到，因为无论何种情况，她们都面临着男权社会的无形约制。

　　首先是在婚姻中失去自我，精神空虚的女性主妇。2008 年芥川奖获奖作品《绿萝之舟》以写实主义手法描绘出当代女性的生活实态，其中和乃、律子与冈田可说是日本社会婚姻家庭中芸芸女性的代表。和乃大学一毕业便嫁为人妇，虽然有房有车、衣食无忧，但所学专业与曾抱有的老师梦想渐渐虚化，在逼仄的生活圈子中只是家长里短，倾诉家庭生活的苦水。从世俗的角度来看，和乃的家庭生活是安乐的，但就和乃自身的精神世界而言，很难将其与幸福联系起来。这一形象在 2013 年、2014 年的芥川奖夺冠作《指甲与眼睛》的"母亲"、《春之庭院》的"森尾太太"中得到延续，在 2015 年的获奖作品《异类婚姻谭》的"三三"身上得到集中体现。"森尾太太"短大毕业随即结婚，从北海道远嫁，又因丈夫工作多次搬迁，精英阶层的丈夫给予她富足优渥的生活条件，与此同时也伴随着苦闷孤独的家庭生活。而"母亲"作为中产阶层主妇，无论住居、家居还是衣着、饮食都有着稳定的经济保障，但却没有来自丈夫的情感依靠，只能在网络世界中营造"岁月静好"的幻象。"母亲"生前没有得到丈夫的关爱与注意，甚至于最后的死亡也未能引起丈夫的怜惜与愧疚。"母亲"的丈夫在其死后旋即计划让情人继任，搬离原先的高级公寓，并嘱咐将"母亲"生前的东西处理掉。而"母亲"死前的微笑在一定程度上反衬出生前婚姻生活的不幸，死亡成了其从婚姻中解脱的途径。可以说，无论是好友眼中"失去自我"的和乃，还是自我述怀孤独烦恼的森尾太太，抑或是在精神压抑中走向死亡的"母亲"，都给人以"阴郁主妇"的印象。如果说以上这些形象仅作为次要人物，在跨文本的交互映射中反映出日本现实社会中的专职家庭主妇，那么《异类婚姻谭》（2015 年）

则以主人公"三三"的婚姻生活细致描绘出"安乐但不幸福的主妇"①。

正如题目所示，小说戏仿"变身谭"的传统形式暗喻主妇生活中女性情感精神世界的异化，以三三现代版"婚姻谭"演绎出主妇的日常。三三出场便具两大特征：一是萎缩的自我意识；二是家庭主妇的身份。作者还为其提供了一个乌托邦式的环境：少见的大型公寓、高薪的白领丈夫、齐备的家用电器。看似安稳的生活中三三安乐却空虚，悠然又混沌。三三没有自我的主妇生活可以总结为一切因丈夫，一切为丈夫。对于丈夫丝毫不想沾手家务事的理所当然、在家不想动任何脑筋只想看电视节目的恃宠而骄，三三都是顺其自然地接受。甚至与丈夫一起餐桌用饭时，为不影响丈夫看电视，只能坐在丈夫右侧。丈夫不仅命令般地让三三替自己记着年龄，更是将自己日常生活中引起的麻烦事塞给三三处理，自己则若无其事地旁观起来。在丈夫看来，作为妻子的三三不但不可以给自己造成麻烦，还得包揽自己所认为的一切麻烦。丈夫已然将三三置于自我的延长线上，而原本就自我萎缩的三三模模糊糊地接受了一切。三三坦然地用自己的手帕擦掉丈夫吐的痰，仿佛是自己吐的一样；欣然听着丈夫回忆起三三曾开心地吃下自己咬成小块吐出的水果，似乎也没有什么异样感。三三的自我与丈夫同化在一起，而三三主妇的身份又从属于丈夫，婚后的三三已然不是三三自己，只是丈夫的主妇。本谷采用这种极致的笔力呈现了隐藏在日常安稳下三三的异化与主妇的危机，让人读来不寒而栗。②

其次是在婚姻中遭遇隐形暴力的女性主妇。回到《绿萝之舟》（2008年）中的三位主妇，可谓"幸福的家庭是相似的，不幸的家庭各有不同"。其中的律子性格温和，少言寡语但较有主见，在学期间

① 本谷有希子、吉田大助：『本谷有希子インタビュー：60篇ボツにした2年半』，『文學界』2016年第70卷第3号，第18~28页。

② 李姝蓓：《论芥川奖获奖小说〈异类婚姻谭〉中的婚姻价值观》，刘玉宏主编《中日神话传说比较研究》，社会科学文献出版社，2021年，第98~111页。

便考取了簿记证，毕业后从事小公司会计工作，律子对自我的人生是有一定计划的。但这种计划性在婚姻面前却被遮断甚至遮蔽，首先体现在丈夫婚后强行要求律子辞去工作，律子犹豫再三选择了听从；其次婚姻中的律子俨然被丈夫定位为附属性存在，家庭开支律子无权插手，家务却是律子全部包揽，丈夫在家里随心所欲，而律子则是一忍再忍，丈夫一句"家里哪有你说话的份儿"[①]更是鲜明地道出律子婚姻关系的不平等。当长濑听闻律子的婚姻遭遇时，不禁联想社会常规性劝导——"嫁鸡随鸡，为了生活，你还是继续忍受下去吧"[②]，不能不说这也从侧面反映出女性在不幸婚姻中的被动性。婚姻家庭不仅是身居之所，还是情感空间。而婚姻带给律子的则是无奈的被迫出走与隐形的情感暴力。

进入平成以来，婚姻中的暴力现象日益引起日本社会的关注，而女性往往是婚姻暴力行为中的受害方。根据联合国 1993 年维也纳世界人权大会通过的《消除对妇女暴力宣言》，婚姻暴力不仅包括对人身权利的侵犯，还包括心理、精神领域的伤害，也就是说"对妇女造成或有可能造成身体、心理及性方面伤害或痛苦的任何基于社会性别的暴力行为，包括威胁进行这类暴力、强迫或任意剥夺自由，不论其发生在公共场合还是私人生活中"。在日本内阁府自平成 11 年开始每三年展开的《"对女性暴力"相关调查研究》中，将婚姻暴力行为分为"身体暴行""心理胁迫""经济压迫""性强迫"四类。其中女性所经历的"心理胁迫"由平成 14 年的 5.6% 上升至平成 29 年的

---

① 津村記久子:『ポトスライムの舟』,『群像』2008 年第 63 卷第 11 号，第 6~50 頁: 第 23 頁。

② 津村記久子:『ポトスライムの舟』,『群像』2008 年第 63 卷第 11 号，第 6~50 頁: 第 24 頁。

14.3%。^①由此可见，"律子"这一形象浓缩着众多在婚姻中承受着情感心理暴力的女性。而律子或与朋友倾诉内心或诉诸法律途径，最终走出婚姻"阴影"的经历，也给予众多女性以勇气与启示。

再次是奉献出自身，换来却是丈夫对婚姻不忠、对家庭不负责的主妇。《绿萝之舟》（2008 年）中的冈田便是典型代表。冈田辛苦操持家务，让单身赴任的丈夫免去后顾之忧，为减轻房贷压力，她在照料家庭的同时还兼职工作，在任劳任怨付出中送走了青春韶华。冈田的丈夫却对这些熟视无睹，只是一味抱怨冈田给自己的零花钱少；践踏妻子的尊严，向他人诋毁冈田为"黄脸婆，越来越胖让人没有兴趣"^②；无视自己的婚姻角色，做出越轨行为却毫无悔意与自责。日本现实社会不乏冈田式的主妇，《乳与卵》（2007 年）中的卷子以及《指甲与眼睛》（2013 年）中的"母亲"都是惨遭婚姻"被出轨"的一方。卷子不仅长期被名义上为丈夫的"那个男人"陷入三角婚恋关系中而未察觉，更是在告知自己怀孕时被挑明"有了一个女人，一直有，从没有断过"，"要到那个女人身边"，当言及肚子里的孩子时，卷子甚至被假惺惺地重复灌输"怀孕不是谁的错，也不是谁捣的鬼""既不是谁的本意，也不是谁选择的，一句话，怀孕不是人为的"^③。在卷子与"那个男人"的关系中，卷子成为被隐瞒、被规训的对象，毫无反驳之力。而另一位"零余人"般的人物——"母亲"，她的婚姻生活毫无生机。丈夫日常性不在家，总是以各种借口不着家，而与情人待在一起，并且将偶

---

① 日本内閣府：『配偶者からの暴力被害者支援情報』，详见：https://www.gender.go.jp/policy/no_violence/e-vaw/chousa/h11_top.html，访问时间为 2021 年 8 月 9 日。

② 津村記久子：『ポトスライムの舟』，『群像』2008 年第 63 卷第 11 号，第 6~50 頁：第 42 頁。

③ 川上未映子：『乳と卵』，『文學界』2007 年第 61 卷第 12 号，第 126~165 頁：第 146 頁。

尔的归家视为给妻子的恩惠，对妻子的日常更是一无所知。在丈夫眼里，"母亲"仅是打理家务、抚育幼儿的符号，"母亲"生前未在丈夫心中留下印记，死亡更是令丈夫意欲将其痕迹彻底消除。可以说，在婚姻中，"母亲总是处于消极地位。她实际上是女性作为否定性存在的最极端的表现：缺场、不可见性、无意义、消音、迷失"①。

近年来，日本社会婚姻出轨现象屡见不鲜，这一点在文学作品中多有体现。值得注意的是，在婚姻出轨而生成的畸形三角关系中，男性常常将责任推诿转嫁给女性，或者以年龄外貌为口实指责家中"丑妻"，或者以性格为由放大"恶妻"形象，而女性则往往成为责任与后果的承担者，要么被伦理矛头定性成"魔女"，要么以"良妻"要求规制约束自我。不能不说这其中真切反映了性别差异文化因袭的深刻影响，正是在这一背景下，产生了一个个隐忍的冈田们、无奈的卷子们、沉默直至消失的"母亲"们。

（三）拒婚而自立的女性

与过去相比，平成时代视婚姻为终生目标的女性自我认知失去了普遍性。根据国立社会保障和人口问题研究所的研究结果，晚婚不婚人士认为，婚姻对行为自由、生活方式和朋友交往构成限制，同时养家糊口的责任增加心理负担。因此，越来越多的人选择晚婚或终生独身。据统计，1980 年男性 25 岁至 29 岁年龄段的未婚比例为55.1%，女性为 24.0%。而截至到 2015 年，未婚比例陡升，男女分别为 72.5% 和 61.0%。② 就女性而言，在自我意识的内驱力与婚姻带来的外部压力的双重作用下，展现出突破既有性别文化规范与传统性别

---

① Lynne Huffer, Maternal Pasts, Feminist Futures: Nostalgia, Ethicsand the Question of Difference. CA: Stanford University Press, 1998, p.10.

② 国立社会保障·人口問題研究所:『人口統計資料集』，详见：http://www.ipss.go.jp/syoushika/tohkei/Popular/ ar2015.asp?chap=6，访问时间为 2021 年 8 月 12 日。

观念——婚姻是女性人生必选之项，家庭是女性生活必然归属的尝试与努力。在文学、影视等作品中应运而生出众多晚婚、不婚等对婚姻持消极态度，而关注于自身独立与自我实现的女性形象。

《家庭电影》（1996 年）中的林素美自幼家庭生活不幸，父母亲的婚姻名存实亡，得不到家庭关爱的她在成年后对于婚姻潜意识中抱有怀疑态度，自幼养成的独立坚强性格让她在遵循丛林法则的职场中赢得一席之地。她在面对自己的情感时同样不乏冷静理性的判断，当意识到正在交往的男友池在生活中没有担当，遇事溜之大吉，在工作中不予援助，反而退避三舍，自己需要的是相互契合与理解的人，但男友给予的常常是一脸木然与莫名其妙时，林素美下定决心与之分手。虽然分手决定是在一刹那间做出的，但并不令人意外，反而成为其行动自主性与人格独立性的一种体现。美国叙事学家詹姆斯·费伦认为，人物可能用作一个面具，隐含作者通过这个面具说话，即一个叙述着的人物可能是功能性的，甚至于充当隐身作者的替身，隐含作者通过这个替身表达其对世界的看法。[①]可以说《家庭电影》（1996 年）中林素美便是作者柳美里安排的替身。柳以自身经历与创作对婚姻及其家庭提出挑战，"试图发现作为一种崭新的共同体而存在的'家族'，它有别于用血缘以及婚姻关系这种制度和法律维系着的'家族'与'家庭'"[②]。

《便利店人》（2016 年）中的古仓惠子自大学一年级时便成为一家新开张便利店的打工店员，即便毕业后也未正常就职，而是继续以非正式员工的身份继续在便利店工作。古仓十八年间一直过着按部就班的生活，这一状态随着年龄的增长被社会"常识"打断。身边的亲友

① 范勇慧：《美国社会家庭婚姻问题——析＜这年的秋天＞的叙事艺术》，《学术探索》2012 年第 9 期，第 138~141 页。

② 川村凑：《日本现代女性与"家庭"》，许金龙译，《世界文学》2001 年第 4 期，第 254~263 页。

希望人到中年的古仓也步入结婚、生子、正式就职的"正常"轨道，古仓自己虽然困惑，但也不得不寻求改变。其中具有转折性的事件便是古仓收留歧视女性、不满社会的白羽，制造出与其交往同居的假象。不仅如此，应白羽要求，也为符合女性婚后辞职的常规，古仓辞去便利店的工作，谋求正式就职。最终，改变未能成功，古仓在便利店"声音"的启示下，顿悟自己"便利店店员"的心声，感受到生的意义进而决然一生做"便利店人"。在古仓的身上同样有着隐藏作者村田沙耶香的功能。获芥川奖时 37 岁的村田在《便利店人》中投射了自身经历，她本人从玉川大学本科毕业后未选择直接就业或者结婚，而是在便利店打工十几年，同时利用闲暇时间写作。对于婚姻，村田在与本谷有希子的对谈中称难以接受自己的独居空间中出现异性；对于便利店工作，则表示便利店工作给自己以某种内心安稳感，从其中可以感悟社会人生与自我价值。①

与之相似，对于婚恋摒弃理想主义而秉持悲观主义的还有《乳与卵》（2007 年）中目睹姐姐卷子婚姻不幸的夏子，她独自在东京打拼，单身生活却自得其乐。《春之庭院》（2014 年）中太郎的姐姐是一名职业学校讲师，生活随性洒脱，四十来岁的年龄不婚不恋，喜欢与朋友三五成群地旅行。显而易见，在婚恋问题上，与婚恋关系中缺乏主体性的女性不同，"她们"往往对自身的生活与人生有着自主性意识，并在此意义上进行着自我实现的努力。诚然，在婚恋问题上一味拒绝否定并不可取，但辩证地来看，"她们"在面对自我与婚姻关系时身上蕴含着的自我人格独立魅力与女性自主精神魄力是不容否定的。

---

① 本谷有希子、村田沙耶香、吉村千彰.『対談 結婚の不思議、夫婦の不気味』,『群像』2016 年第 2 号，第 15~104 頁。

二、中年女性职场空间中的自我形象：以《穴》等为例

（一）进出于非正规就业的女性

2008 年津村记久子凭借《绿萝之舟》摘得第 140 届芥川奖桂冠。小说主要围绕大学毕业后进入职场却受到了精神欺凌，不得已辞职成为派遣社员的 29 岁女主人公长濑，及其大学时代的三位好友的日常生活展开。其中，长濑一年间的工作生活是主线、明线，长濑及其身边三位女性不同人生选择下的生活图景为辅线、暗线，"作品生动再现了 29 岁快 30 岁的女性结婚、离婚、工作与家庭实态"①，进而将当代女性日常生活中的危机与不安如浮雕般刻画出来。正如芥川奖评委宫本辉所指出的，"小说自然地描写了生活在我们周围的大多数女性小心谨慎的生活样态，她们时不时地会因为一些不起眼的原因而内心摇曳不安"②。黑井千次言及该小说时感慨作品"虽然没有宏大叙事，但是却给人一种如同被从正面泼了水般的读后感"③。

小说主人公长濑具有两大形象特征：一是年近三十依然单身未婚；二是终日忙碌依旧生活困窘。且后者反向助长前者倾向，正如叙述者对其毕业后生活的客观陈述，"现在的长濑，没时间，没心情，也没途径去找男朋友"，又如长濑自己回忆，"毕业当时，自己被以前工作的那家公司弄得筋疲力尽，不得已换了工作后，又忙于适应新的环境"④。可以看到，对于长濑而言，工作占据大部分时间，职场是她的主战场。作为非正式员工的"她"身兼四份工作，分别为：化妆品厂流水线上的合同工、周一至周六晚上在好友美香咖啡店的小时工、

---

① 黑井千次：『水の勢い』，『文芸春秋』2009 年第 87 卷第 3 号，第 335~336 页。

② 宫本辉：『機微のうねり』，『文芸春秋』2009 年第 87 卷第 3 号，第 332~333 页。

③ 黑井千次：『水の勢い』，『文芸春秋』2009 年第 87 卷第 3 号，第 335~336 页。

④ 津村記久子：『ポトスライムの舟』，『群像』2008 年第 63 卷第 11 号，第 6~50 页；第 39 页。

周末在工商会馆教老年人电脑的兼职、在电脑输入数据的计件工。长濑虽然身为单身职业女性，但却与自信干练毫无关系，其原因在于工作带给长濑的是身体与精神的双重压力。

首先是体力的消耗。长濑主要是在化妆品流水线上检查瓶装乳液是否完好无损，"从生产线上拿起，紧紧盖子，上下左右检查一遍，然后放回生产线上"。[1]重复性简单机械工作与其大学所学专业毫无关系，这样一种单调乏味的工作需要的仅仅是体力。"站在生产线旁时，手要不停地动"，"两个小时的时间，只能反反复复做这一件事"[2]，这样的工作不禁让人联想到电影《摩登时代》中卓别林式的拧螺丝场景，既如画般地描绘出工作的枯燥与其对劳动者的异化，又传神般地暗含着反讽意味：身为非正式就业者不过是资本主义生产体系中微不足道的存在，是国家机器中毫不起眼的零部件。这样的工作更是直接影响到长濑的身体健康，从故事的叙述中得知，"长濑从五月开始就不停地咳嗽。每年这个时候她都是这样"[3]，长濑三十岁生日时也回忆调侃自己"二十九岁生日的时候，也咳嗽了。三十一岁生日的时候，大概也还会咳嗽吧"[4]，而医院女医生则直接给出诊断为"疲劳过度"[5]。

其次是工资的单薄。长濑在工厂的年收入在故事伊始便极为鲜明地以数字呈现出来：163万日元，这个数字也是长濑在宣传海报上

① 津村記久子:『ポトスライムの舟』,『群像』2008 年第 63 卷第 11 号，第 6~50 頁: 第 10 頁。

② 津村記久子:『ポトスライムの舟』,『群像』2008 年第 63 卷第 11 号，第 6~50 頁: 第 10 頁。

③ 津村記久子:『ポトスライムの舟』,『群像』2008 年第 63 卷第 11 号，第 6~50 頁: 第 40 頁。

④ 津村記久子:『ポトスライムの舟』,『群像』2008 年第 63 卷第 11 号，第 6~50 頁: 第 40 頁。

⑤ 津村記久子:『ポトスライムの舟』,『群像』2008 年第 63 卷第 11 号，第 6~50 頁: 第 43 頁。

偶然间看到的环游世界一周所需的娱乐休闲费用；还是让长濑间或丧失工作动力的现实原因，"看着和平时相差无几的少得可怜的工资明细单，突然觉得有些可笑"；又是长濑既不可或缺却又单凭其难以维持生活的劳动所得。这样的工资收入使得长濑在日常衣食住行各个方面都计算着开销，尽可能地节俭。长濑常年穿着工作服，对于女性重要的发型在长濑这里也变得"好几年都没进过美发店——因为没钱。……她的头发都是自己在家剪的"。① 她在与大学好友聚会时，对于高档餐厅心中会暗自感慨"在这种地方浪费一万多块太不值当"。长濑甚至还产生过手头拮据时吃自己养的绿萝的想法，并认真思考过做法，在得知不可食用时气馁失望。她与母亲二人住在 50 年历史的老屋中，"刮风漏风下雨漏雨，遇到台风整栋房子都会晃动"，想要修缮却苦于囊中羞涩，更不消说搬迁或者购置新房。长濑主要的交通工具为自行车，对自行车靠前轮转动便能使车灯发光表示出佩服。外出的交通费用详细列入自己的日常开销，秉持能省则省的原则。

　　再次是人际的淡漠。长濑在这家工厂工作前，曾在公司就职。辞职不干的原因是公司内近乎疯狂的权力斗争将自己弄得筋疲力尽，万般无奈之下选择放弃。祸不单行的是，长濑的恋爱也随之终结，原本应当给予宽慰与建议的前男友不但未伸出援助，反而对长濑冷嘲热讽。对于目前化妆品工厂的工作，长濑偶尔会产生一种矛盾纠结的情感：一方面是面对工资的单薄内心泛起的无奈与厌倦；另一方面是与之前从事的工作、听闻的工作以及所见的工厂其他生产线相比较而产生的自我安慰。之前工作所带来的压抑自不待言，此外传入耳朵的还有一味使用劳动力而不顾劳动者死活的公司，即便自己现在就职的工厂劳动氛围也因生产线而异。所幸的是，自己所在的生产线并不像别的生产线，时常发生孤立、恐吓、等级划分等事情。可以看出，使自

① 津村記久子:『ポトスライムの舟』,『群像』2008 年第 63 卷第 11 号, 第 6~50 頁: 第 12 頁。

己能够在此坚持下去的正是人际关系的相对和谐，而同时也反映出职场人际关系淡漠的普遍性，并且反衬出日本职场中人际氛围的紧张感。

又次是精神的虚无。如此这样的工作，让长濑缺乏内生性动力，甚至产生了在胳膊上刺青以保持工作激情的念头。在这样的工作中，长濑难以找到自身价值，反倒有一种自己随时可能被替换的危机感。在长濑看来，"'出卖时间，换取金钱'这样一句流行语让自己浑身僵硬。她感到一种厌倦的情绪，这种情绪不是因为不停工作的自己，也并不是针对以合同工身份雇用自己的工厂，而是对活着这件事本身。出卖时间，换取金钱，再用这些钱购买食物、交付各种费用……这种浮萍般的生活、不得不这样继续下去的现实令人感到厌倦"。① 长濑的内心自白，传递出其精神世界的异化。在实际的工作场景生产流水线旁时，将自己脑子里产生的想法称之为"乱七八糟"，有意识地"摒除杂念"，甚至希望自己成为"一条生产线"；在工间休息室偶然看到两张海报——环游世界一周的航海旅行、呼吁轻度抑郁症患者互助。这两张海报一张勾起了长濑对过去工作遭遇的闪影，从她"本能地将视线从左边的海报上移开"② 中可以想象到先前职场暴力带给她的精神压力；而右边环游世界的海报虽然引起了长濑的兴趣，却也成为她的烦恼。环游世界的海报搅动着长濑的内心，冷静下来的长濑也觉得"这个环游世界将自己搞得有些混乱"③。实际上如果将环游世界视作长濑的梦想，那么可以说现实的处境使她清醒地认识到这一梦想的遥不可及。环游世界海报背景为巴布亚新几内亚的设计暗示着长濑梦想

---

① 津村記久子：『ポトスライムの舟』，『群像』2008 年第 63 卷第 11 号，第 6~50 頁：第 8~9 頁。

② 津村記久子：『ポトスライムの舟』，『群像』2008 年第 63 卷第 11 号，第 6~50 頁：第 6 頁。

③ 津村記久子：『ポトスライムの舟』，『群像』2008 年第 63 卷第 11 号，第 6~50 頁：第 14 頁。

的遥远，而新年在兴福寺许愿时，即便朋友提醒其环游世界的愿望，长濑话到嘴边却最终放弃，昭示出其意识到这一梦想实现的渺茫。

可以看出，生活意义、工作价值与个体梦想都湮没在严苛现实中，留给长濑的是职场挣扎以维持生计的日复一日。关于小说主人公长濑这一形象，有评论指出"作者将自己所熟知的东西毫无保留地写到最后"[①]。作者津村也在访谈中谈到，将自己所经历的与所感受的，通过这一小说呈现出来，希望"抱有如此境遇、同样想法的人，内心能够轻松些"[②]。由此不难明白长濑这一人物身上重叠着津村本人的身影。作为小说作者的津村记久子 1978 年出生于大阪，九岁时母亲与不工作的父亲离婚，津村随母亲生活在外祖母家。大学毕业就职时不幸正逢"就业冰河期"，幸运的是最终进入印刷出版社，但人生总是充满波折，在初次就职的公司遭遇上司的精神暴力，不得已辞职后进入土木相关咨询行业。正是基于这样的生活经历，津村笔下的长濑才如此栩栩如生。唯其如此，受读者尤其是女性从作品中产生共鸣，纷纷表示小说极具"现实性"，寄予自己一种共情，使自己懂得"身处艰辛之人并非只有自己"[③]。

"叙述是一种解释形式。叙述者在历史地叙述自己的生活时，一方面是置身于当下存在的、生活与历史的当事人；另一方面又具有类似于叙事者那样的超越当下事件的、事后他者即旁观者的眼光，从某一预拟结局的视角将自己当下经历的事件作为今后被叙述故事的一个

---

① 川上弘美：『揺籃』，『文芸春秋』2009 年第 87 卷第 3 号，第 334~335 页。

② 津村記久子、宮部みゆき：『理不尽な世界と人間のために』，『新潮』2017 年第 114 卷第 5 号，第 117~127 页。

③ 『「ポストライムの舟」感想・レビュー』，参见：https://bookmeter.com/books/571243，访问时间为 2021 年 8 月 20 日。

有机部分去看待"。①从这一层面来讲，小说作为一种特殊的叙述方式，实际上是在叙述一种客观事实。"女性作家在作品中的现实描述不但是本人生活的简单再现，已经被赋予了各种社会意义"，"小说并非直接表现社会，而是通过人物描写反映社会，人物要置于社会背景中"②。在《绿萝之舟》(2008年)中，读者通过作者笔下主人公长濑的形象，真切看到了当今日本女性在职场挣扎的真实景象。可以说，无论是津村还是长濑都浓缩着当代日本社会"穷忙族"的面影。

"穷忙族"一词源于英语"working poor"，意为薪水不多，整日奔波，却始终无法摆脱贫穷。"穷忙族"现象最早出现于上个世纪90年代的美国，指的是拼命工作仍然无法摆脱最低水准生活的人们。而在日本，自上世纪90年代始，也相继出现了一批又一批的"工作贫困阶层"，并日益演化为日本的一大社会难题。日本经济学家门仓贵史在《穷忙族》一书中，将"穷忙族"定义为每天繁忙工作却依然不能过上富裕生活的人。显然，有工作和收入却长期生活在贫困线以下是"穷忙族"的两大显著特征，因此，学界又将其称为"新穷人""工作贫困者""勤劳贫困阶层"等。根据2009年OECD对日经济审查报告显示，80%以上的日本贫困人口属于这类工作贫困人口。另据日本劳动组合总联合会的调查结果表明，80%的"穷忙族"对于将来收入增长的可能性不抱任何希望，60%的"穷忙族"对于未来没有任何期待和幻想，关于将来大多数持有悲观的意见。③关于"穷忙族"，近年来诸如高中生"穷忙族"、高学历"穷忙族"、女性"穷忙族"等的群体也

---

① 阿瑟·丹图:《叙述与历史》，周建漳译，上海文艺出版社，2007年，第13页。

② 池澤夏樹:「この内向的な姿勢」,『文芸春秋』2009年第87卷第3号，第337~338页。

③ 转引自常博深、沐尘:《日"穷忙族"：拼命工作依然穷》，2019年1月3日《新民晚报》社会/新民环球。

逐渐进入大众视野。显然,《绿萝之舟》(2008 年)的津村与长濑都属于女性"穷忙族"的一员。

不仅小说作者与主人公具有"族"群代表性,而且作为小说重要意象的"绿萝"与"舟"含有深刻的寓意性。"绿萝"与"舟"不仅是小说题目构成的两大关键词,也是主人公长濑当前生活的两大主题。有评论指出,"绿萝"与"舟"可以说是伴随长濑抵抗"生活苦"与"生存艰"的一对隐形"护身符"。[①] 其中,"绿萝"属观叶植物的一种,原产地为所罗门群岛,极为常见,虽然观叶植物中也有身价不凡者,但小说中出现的绿萝属于相当普通的种类,其特点为生命力旺盛持久,即便是在恶劣环境中也并无"枯萎迹象"。绿萝虽不妖娆,但其坚韧令长濑感动不已,不仅被长濑安置在家中走廊、房间与工厂更衣室、休息室等主要活动空间,甚至还两次出现在她的梦境中。第一次梦见生活拮据中可以食用绿萝让自己顿时安心;第二次梦见自己去往一个个小岛向人们推销绿萝,但却遭到人们拒绝。绿萝俨然已经成为长濑的化身,而两次梦境一正一反地暗示出众多"长濑"式女性的集体命运:在男性原理占主导的社会环境中,即使女性获得进入职场就业的机会,依然被视作廉价劳动力、边缘性存在,女性的"她者"地位并未有实质性改变,女性自我只能如绿萝般匍匐式生长。

小说中另一主要意象"舟"出现在小说伊始吸引长濑注意力的环游世界海报上,成为长濑心中梦想的浓缩符码。尽管小说最后长濑攒够 163 万日元所需费用,领取环游世界报名表,可以说是梦想实现近在咫尺,但细读文本不难发现,尽管长濑有了圆梦的机会,读者也从中看到了希望,但相较于长濑困窘的日常,这样的结尾中暗含着长濑好运的偶然性——仅仅是因为工厂今年发了奖金(而之前是从来没有的),才得以达到 163 万日元。关于这一点,从长濑的反应也可知

---

① 矢沢美佐紀:『〈ニッチ〉としての正しい生き方——津村記久子「ポストライムの舟」の世界観』,『国文学:解釈と鑑賞』2008 年第 75 巻第 4 号,第 192~198 頁。

晓，当她注意到海报上的"163"时只是"呆望"，而在最后看到 ATM 机屏幕上的"1，631，042"时先是惊愕，当推测出发了奖金后，表示"去年和前年都没发奖金，怎么今年就发了呢？厂里也太随便了吧"，紧接着还是一副没回过神来的表情。原本无望的金钱数额得益于工厂奖金而达到，环游世界的愿望也不再仅是"可望"，变得"可及"，看似大圆满的结局却有着另一层言外之意：偶然性与不确定性毕竟是非常态的、不稳定的，"绿萝"般"长濑"们的生活之"舟"又会是怎样？显然，"她们"如绿萝似的坚强不禁让人感叹，而凸显出的置身环境又令人深思，正如评委池泽夏树所指出的，"长濑是生活的优等生，津村是写作的优等生，问题仅仅出在社会机制"[①]。

综上，以"职场小说"见长的津村，围绕"长濑"这一形象将中年单身女性的职场困境栩栩如生地刻画了出来。与其相关的"绿萝"意象不单呈现出女性在职场困境中的意志力与忍耐力，更是揭示出女性职场就业中潜藏的性差；而"舟"的意象同样具有双重效用，既启发女性对自我价值与个体意义的思考，又引发人们对女性就业环境的叩问。小说没有高潮迭起之势，也无哗众取宠之嫌，在平淡琐碎中折射出当下职场单身女性"常常以一种在旁人看来滑稽又笨拙的方式抵抗生活的不条理"[②]之姿，自然而然地描绘出女性在职场的惨淡之景。就平成日本社会现象而言，日本女性"雇用机会"大大增加，让女性"绽放光彩"口号不绝于耳。然而，透过女性作家之手的文本不难发现，颠簸飘摇的"绿萝之舟"才是现实生活中日本女性的职场本相，是她们的缩影。

---

① 池澤夏樹：『この内向的な姿勢』,『文芸春秋』2009 年第 87 卷第 3 号，第 337~338 頁。

② 津村記久子、宮部みゆき：『理不尽な世界と人間のために』,『新潮』2017 年第 114 卷第 5 号，第 117~127 頁。

（二）家庭与职场难平衡的女性

言及日本女性，往往会浮现家庭主妇的形象，随着 1985 年《男女雇用机会均等法》的出台以及次年的正式实施，女性较之过去进入职场工作的可能性大大提升；此外，20 世纪 90 年代初泡沫经济崩溃，日本经济进入长期低迷，在此背景下女性尤其是主妇进入职场的必要性显著增强，一来是女性补贴家计所需；二来是劳动力市场对廉价劳动者所需。这些反映在文学作品中，尤其是女性作家的笔下，体现为女性人物形象不再只是局限在家庭中，更多地与工作有着联系，当然，"她们"在职场中的表现并非如鱼得水，更多的是不如人意。以平成时代芥川奖获奖女性作品为例，其中不仅有着婚姻家庭失败进入职场打拼的女性，如《一个人的好天气》（2006 年）中的母亲、《乳与卵》（2007 年）中的母亲卷子、《绿萝之舟》（2008 年）中的律子等。此外，还有因种种困境而退出职场的女性。如《咸味兜风》（2002 年）中的小镇女子美惠、《指甲与眼睛》（2013 年）中的"你"、《穴》（2013 年）中的"麻阳"、《异类婚姻谭》中的三三等。

谈及日本女性与家庭、职场的关系，常常会涉及"M"型就业曲线。所谓"M"型，在社会学意义上指的是日本女性婚前工作，伴随婚姻、生育等以"寿退社"形式退出职场，度过繁忙的育儿期后再重返职场，由此在家庭与职场之间进出形成的曲线。对于女性而言，无论是出于主动还是迫于被动，家庭与职场的天平往往倾向于前者。职场女性倘若保持单身，迟迟游离于婚姻之外则被视为异常，亦如村田沙耶香芥川奖获奖作品《便利店人》（2016 年）中的古仓惠子，年近四十依然单身，大学毕业后十八年间一直在便利店打工，虽然工作兢兢业业，但却让家人、同事以及朋友视为不可思议，她的生活被认为"奇怪"、人生被指为"畸形"，若按社会标准评判，她无异于酒井顺子无奈自嘲的"败犬"。

职场女性如若进入婚姻，职业搁置似乎是常见现象。例如《在海浪上等待》（2005 年）中小太的妻子井口珠惠不仅做事原则性强，工作能力也强，但这样一位在同事眼中堪称优秀的工作女性在结婚怀孕后，却"毫不留恋"地辞职离开公司，而在辞职后与大家依旧保持联系，有同事调动、聚会等事项时也尽可能参加。可见，井口珠惠的"毫不留恋"指向的并非是个体自我的心之所向，包含着的恐怕更多的是日本社会性别文化的控制原则。再如《绿萝之舟》（2008 年）中律子虽然大学就读期间考取了簿记资格，毕业后又在公司中当会计，对于工作抱有极大热情，但结婚后在老公的要求下依然逃不出辞职归家的"潜规则"。在律子老公看来，女性婚后应当归属家庭、附属男性，不仅应当退出职场，还应该上交婚前存款。而律子自己虽然有所犹豫，但最后为了家庭和谐选择了全职主妇。

当婚姻遭遇危机，女性寄希望于职场以谋生与自立时，又或女性完成主妇职能（如抚育孩子等）欲重返职场时，等待着她们的通常是非正规雇用的职业。例如《咸味兜风》（2002 年）中被游先生玩弄后的美惠只能在百货店的熟食柜台或牛肉盖浇饭店辗转打工。而《乳与卵》中被抛弃的"母亲"卷子为了维持母女二人的生计，干着超市的杂务、工厂的短工、收银员兼捆包工等各种差事，此外还当着酒吧里的女招待。《绿萝之舟》（2008 年）中律子带着女儿被迫离家出走后，最初兜兜转转中找到的也是负责整理仓库的临时工，而冈田为补贴家用、还房贷而进入职场，从事的也是低工资长时间耗体力的合同派遣工。回览日本社会现实，1997 年日本对 1985 年制定、1986 年生效的《男女雇用机会均等法》进行修订，从一定程度上扩大了女性进入职场的机会。据统计，1975 年在企业工作的女性比例仅有 32.0%，而至 2016 年这一比例达到 44.2%，在此之后，越来越多的女性进入职场。相较于之前，"以结婚退职制、生育退职制、三十岁退休制、性差退休制等各种口实，尽可能地将女性排出职场"[1]，平成时代就业女性的

---

① 上野千鹤子：『女たちのサバイバル作戦』，文藝春秋，2014 年，第 45 頁。

人数显著增加，但其中非正规就业人数占较大比例是不争事实。据日本总务省进行的劳动力调查数据，平成时代日本女性非正规就业比率由 1990 年的 37.9% 逐年上升至 2011 年的 54.6%，远超男性与整体比率。[1] 尽管其中包括已婚中老年女性与未婚中青年女性，但中年女性无疑是其一大占比人数，日本厚生劳动省平成 29 年版《工作女性实况白皮书》指出"就雇佣形态来看，女性由于生产、育儿等离职后在就职时多数成为非正规劳动者"[2]。

　　女性不仅要面对非正规就业的现实，还常常需要应对"职场暴力"。日本自 2001 年始，劳动部门开始受理各类投诉。其中职场暴力的相关投诉平均每年增长 3000 多件，而 2012 年更是在各类投诉中跃居第一位。据日本厚生劳动省发布的报告显示，2012 年日本的"职场暴力"投诉案件首次超过 5 万件，创下历史新高。[3] 这些职场欺凌问题中女性往往成为最主要的受害者。她们或者选择坚韧直面与重新振作，如《家庭电影》（1996 年）中的林素美在周围男性同事与上级的质疑围堵中迎难而上，即便生病仍坚持完成企划案使其通过。又如《绿萝之舟》（2008 年）中长濑在最初的职场遭受上司的精神暴力不得已辞职，沉寂一年后选择坚强地走出阴影。她们又或选择婚姻作为避开职场问题的途径。如《指甲与眼睛》（2013 年）中的麻衣总是不明就里地被女性同事所排挤，对于工作日益提不起劲，最后索性以结婚为契机辞职。再如《异类婚姻谭》（2015 年）中的三三在小型饮水机公司任事务员职务，却被工作弄得身体亮起红灯，精神也极度疲惫，在这时与现在的丈夫认识便迅速选择辞职而迈进婚姻殿堂。《穴》

① 上野千鶴子：『女たちのサバイバル作戦』，文藝春秋，2014 年，第 78 頁。
② 厚生労働省：『働く女性の実情』，详见：https://www.mhlw.go.jp/content/17gaiyou.pdf，访问时间为 2021 年 9 月 1 日。
③ 详见：http://blog.sina.com.cn/s/blog_615fb6320102ebb4.html，访问时间为 2021 年 9 月 2 日。

（2013 年）中的麻阳原本为非正规就业，不仅经常加班却劳动报酬低，而且还需要面对与正规雇用人员差别化、等级化的隐形压力，最终以丈夫工作异地调动为转折点，辞职成为专职主妇。麻阳的女同事职场之路更是不顺，原本为正规员工的她由于上司的性骚扰，不得已辞职后，以派遣员工的身份进入现在的公司，当听到麻阳辞职的消息时，不无羡慕地表示要是可能自己也希望成为一名专职家庭主妇。

总体而言，一系列获奖小说中的中年女性群像昭示出"她们"的现实状况，女性群体既是雇用劳动者又是家务劳动者，扮演着"双重角色"，承担着"双重负担"。社会学的双重束缚（约束）理论指出，职业女性与家庭女性的"双重角色"是"角色冲突"的根源之所在。"工作还是家庭"二选一的窘境正体现出其中的冲突。[①] 也就是说，作为雇用劳动者的女性在资本主义制度下遭受着剥削，同时作为家务劳动者的"她们"还遭受着父权制的剥削。这种困境与女性主义解放语境下的"自立还是依靠他人"的问题遥相呼应，也促使女性思考主体自我的意义与价值所在。

三、中年女性社会自我认知的两种选择与困境：双重角色与双重束缚

保持家庭与事业的平衡是当代社会对女性的共同期待，女性自身也抱有这样的自我期待。据日本国立社会保障与人口问题研究所关于"女性理想人生规划"调查显示，自 1987 年至 2015 年，日本女性将"家庭工作两立"作为自己理想人生规划的人数由近 20% 上升至 32.3%。[②] 不幸的是，虽然理想丰满，但现实终归是现实。

---

① 上野千鹤子：《父权制与资本主义》，邹韵、薛梅译，浙江大学出版社，2020年，第 183 页。

② 日本国立社会保障・人口问题研究所：『第 15 回出生动向基本调查 希望するライフコース』，详见：https://www.ipss.go.jp/ps-doukou/j/doukou15/NFS15_reportALL.pdf，访问时间为 2021 年 9 月 5 日。

当涉及家庭与就业的"跷跷板"时，日本女性自我主体往往让位于社会性别秩序，听从于"男性原理"的规制，成为家庭主妇。"日本是经济上的发达工业国，在女性地位上却是拖着封建传统尾巴的落后国家"，松井耶依 1975 年时就曾指出，日本无论教育还是传媒都极力宣扬"女人的幸福只在婚姻"的理念，而那是"女人的生存之本在家庭"的封建儒教教义的延续，如此的男女社会分工使得女性容易产生"被男人养着就好了"的奴隶思想。[①] 依照女性文学作品中的女性形象来看，这一现象时至今日仍旧存在。当婚姻尚可时，"她们"看似幸福主妇生活的表象后是自我消弭的代价，正如《绿萝之舟》（2008 年）中没有自我的"和乃"与《异类婚姻谭》（2015 年）中安乐却不幸福的"三三"。

尽管现代日本社会就业女性人数显著增加，但大多数为非正规就业者，其中职业女性数量较少，从事综合职的女性更是少之又少。通观芥川奖获奖女性作品中女性形象，专职主妇型与主妇兼职就业型女性人数远远多于事业兼顾家务型女性人数。前者自不待言，生活的重心放置在婚姻家庭上，难以实现二者的平衡，而后者来回切换于职场与家庭之间疲惫不堪，更遑论平衡。2013 年芥川奖获奖作《穴》中辞职搬家前的麻阳及其工作伙伴的经历鲜明地反映出这一点。作为契约员工的二人加班是常态，但薪水却少得可怜，转正式职员更是无望。二人在家中也无形地"矮于"另一半，即便拖着疲惫，下班回家等待着的也是做饭。可以说，二人鲜活的形象揭示出女性家庭与事业平衡的二律背反性。

据日本《厚生劳动白皮书》（2018 年版）数据显示，专职主妇家庭占家庭总数的 33%。这一数字在 20 世纪 80 年代约为 65%，占据主流。在 90 年代中期开始出现反转，职业女性人数渐次超出专职主

---

① 松井やより:『経済先進国，女性の地位後進国　日本の女性解放運動を探る——国際婦人年メキシコ会議から』,『ジュリスト』1975 年第 595 号，第 90 ～ 99 頁。

妇人数。尽管二者人数发生变化，但从幸福度上来讲，都认为对方比自己幸福。庆应义塾大学长达二十年跟踪调查显示，关于"全职主妇幸福还是职业妇女幸福"的问题，职业女性多数回答"绝对是全职主妇幸福"，并给出理由为职业妇女要兼顾事业与家庭，而全职主妇不必一边工作一边料理家务。而全职主妇对于这一问题则回答羡慕职业女性，全职主妇只要醒着就在干活，工作时间长，并且受育儿、家务限制，活动范围有限，闭塞感较强。日本拓殖大学准教授佐藤一磨依据追踪调查面板数据总结出专职主妇与职业妇女的幸福度不等式：无孩全职主妇＞无孩职业妇女＞有孩全职主妇＞有孩职业妇女。[1] 实际上，通过对调查问题不同立场的回答与幸福度不等式，不难看出平成中年女性社会自我认知中双重角色带来的双重束缚。

马克思主义指出，"资本主义和父权制导致女性受到双重压迫，女性除了走向社会，还须获得家务劳动自由，只有脱离对男性的经济依赖，才能摆脱成为没有自主性的'他者'"[2]。沃尔碧的性别体制理论也指出，"家务性别体制奠基于家户生产，这是女性工作活动，以及剥削女性劳动和性欲的主要位置，同时也以将女性排除在公共之外为基础。公共性别体制不是奠基于排除女性于公共之外，而是奠基于女人在受薪工作与国家结构，以及文化、性欲特质和暴力里的隔离和附属地位"[3]。照此来看，平成时代中年女性"家庭工作两立"理想的实现任重而道远，因为她们面对的是资本主义与父权制的双重合谋。

---

[1] 佐藤一磨：『日本で「女性の幸福度」がじわじわ上がっている"あまり喜べない理由"』，详见：https://news.yahoo.co.jp/articles/5c900d0ae6644eb995c5e9ca7a9dae906bec7697，访问时间为 2021 年 11 月 20 日。

[2] 陈煜婷、张心怡：《马克思主义女性思想的当代价值——以家务劳动社会化为例》，《党政论坛》2020 年第 8 期，第 47~49 页。

[3] Walby, S, Gender Transformations, London: Routledge, 1997, p.6.

第三节　中年女性精神维度的自我形象与自我认知

长久以来，日本女性被禁锢于性别二元对立的模式与"第二性"的社会地位。随着女性主义思潮的兴起，日本社会女性的生存状况得到一定程度的改善，女性的自我意识得到了显著提高，但与女性相关的社会问题仍存不少。进入平成时代以来，女性在面对诸多社会问题的同时，还积极探索自我发展与实现的途径。女性主义先驱性人物西蒙娜德·波伏娃曾指出，"把女人放在价值领域，赋予她的行为以自由。我相信，她能够在坚持超越和被异化为客体之间进行选择。她不是相互冲突的动力的牺牲品，她会根据道德法则找到各种排列组合的途径"①。尽管战后日本女性的平等地位有了法律保障，但女性价值在现实社会中仍被定位在从属性与功能性，精神上的自我主体性诉求与情感上的需求更是长期被忽视。"精神意味着权力，尤其是一种从不健康的、否定生命的制度和关系进入到健康的、肯定生命的制度和关系的权利，它们为非暴力抵抗提供了基础。"②近年来，日本女性不但以"非暴力"的方式反射出自身的现实待遇与时代光景，而且积极地表达着两性平等协调才是理想的愿景，不仅如此，还传达着同性之间互助友爱、相互慰藉的温情图景。这点在《在海浪上等待》（2005 年）与《绿萝之舟》（2008 年）中有着集中反映。

一、渴望"同志友爱"超性别关系的女性：以《在海浪上等待》为例

《在海浪上等待》是丝山秋子 2005 年的芥川奖获奖作品。小说以丝山本人为原型，描写了在住宅设备器械制造公司工作的主人公及川与同期进公司的男性同事小太之间的"同期友爱"。丝山在获奖记者

---

① 西蒙·波伏娃：《第二性》，李强译，西苑出版社，2004 年，第 16 页。

② Karen Warren, Ecofeminist Philosophy, Lanham: Rowman, 2000, p.200.

见面会上坦言，"自己一直很想写关于工作现场的故事"①。而关于该获奖小说，芥川奖评委们也纷纷提及作品中描绘的现代职场，以及其中蕴含的同事关系。河野多惠子称其"自由地描写出职场现状，令人刮目"②。山田咏美则指出小说男女主人公"既非友人又非恋人，只是同事，而横在这种同事关系之间的既有说不清的温暖又有着道不明的茫漠"③。小说以小太的意外死亡为分界线，前部分描写了进入同一家公司相同工作环境从事相同工作的男女。通过塑造女性综合职员的形象，营造出男女平等工作的环境。对此，黑井千次评价"该小说可以说是对于日本职场意义与可能性的追求。这部作品中的男女主人公之间呈现出一种在工作中共同拥有闪光炙热生命的关系"④。而后部分则写了小太与及川之间约定谁先死的话另外一位就把已死之人的电脑硬盘弄坏，将其中的一切记录销毁，小太因为意外先死，及川按照约定弄坏小太的电脑硬盘的故事。高树信子指出"二人之间的信任关系令人读来自然且舒服"⑤。可以看到，及川与小太之间的关系是贯穿小说的主线。文艺评论家池上冬树将其称作"恋爱未满友情以上"⑥的男女关系，而社会学家上野千鹤子将其称作"同志之爱"的友情。

小说女主人公及川连接着"均等法世代"的女性形象。日本政府

---

① 『(逆風満帆)作家·絲山秋子：上　総合職の激務に没頭』，2006 年 3 月 11日『朝日新聞』朝刊 004。

② 河野多惠子：『「沖で待つ」の新しさ』，『文芸春秋』2006 年第 84 巻第 4 号，第 369~370 頁。

③ 山田詠美：『選評』，『文芸春秋』2006 年第 84 巻第 4 号，第 370~371 頁。

④ 黒井千次：『女と男の新しい光景』，『文芸春秋』2006 年第 84 巻第 4 号，第 372~373 頁。

⑤ 高樹のぶ子：『あざとさも力』，『文芸春秋』2006 年第 84 巻第 4 号，第 373~374 頁。

⑥ 『(書評)沖で待つ　絲山秋子著　ユーモラス、ぱきぱき、颯爽と前へ』，2006 年 04 月 16 日『朝日新聞』朝刊第 12 頁。

开始实施《男女雇用机会均等法》是在 1986 年，而在此之前日本的
企业应对性地制定了综合职与一般职分类的"进路别人事管理制度"
(「コース別人事管理制度」)。其中综合职是包括异动、调动、出差等
等在内的职位，而一般职主要为辅助业务，有地域稳定特点，因此在
异动与调动上也有限制。单从界定上来看并无性别差异，但实际上从
工作内容与性质来看，不能不说前者适合于男性，而后者面向于女性。
小说中相较于其余女性，及川是为数不多从事综合职的女性职员，与
其他出生于九州当地、从事女性事务员一般职的女性相比，及川由一
位大学毕业的"新鲜人"初入社会成为社会人，所要面临的便是从东
京到福冈的异地赴任。当对福冈适应熟悉之后，迎接她的又是由福冈
至崎玉再到滨松不停的地域调动。作为综合职的及川，从工作内容上
来看，可以说是"与男性只差一条领带"，不仅要在"营业所、设计师
事务所与现场之间来回奔波"①，还要负责"处理客户的抱怨与不满等
等一系列纠纷"②，加班加点至半夜三四点更是常态。这样的工作令及
川时常"从心底产生讨厌的感觉"③。就职场人际关系而言，比起初来
乍到带来的焦虑不安，及川在福冈营业所的两个地方长久以来感到不
自在，这两个地方便是"更衣室与茶水间"。在这两个事务科女职员
们聚集的地方，及川常常被边缘化，"她们对我很客气，可是总是让
我感觉自己是一个外人"，"当她们正以方言热烈地谈论着什么事情时，
一看到我便会立刻笑容满面，换为标准的东京腔，……每次去更衣室

---

① 絲山秋子:『沖で待つ』,『文學界』2005 年第 59 卷第 9 号，第 46~67 頁:
第 51 頁。

② 絲山秋子:『沖で待つ』,『文學界』2005 年第 59 卷第 9 号，第 46~67 頁:
第 52 頁。

③ 絲山秋子:『沖で待つ』,『文學界』2005 年第 59 卷第 9 号，第 46~67 頁:
第 52 頁。

或茶水间，总觉得自己仅仅是在旅行"①。除去这种因地域与职种带来的疏离感，及川的职场生存环境中理所当然地还充满着竞争感。泡沫经济时代订购货品的竞争，到泡沫崩坏时变成为达到销售目标额与对手公司的竞争。在及川日复一日的职场工作中累计起来的是商品相关知识、现场纠纷处理手段等，而与他人的沟通交往却渐渐稀薄化。

在及川忙碌的工作与淡漠的人际关系中，小太成为例外的存在。作为与及川同期毕业进入同一家公司，同时从东京分派至福冈营业所的小太，温和随性、待人诚恳。在福冈一起并肩工作时，小太遇到困难会与及川倾诉，在及川加班加点时会陪同至深夜，向及川自嘲现场遭遇的糗事；工作余暇相伴去搜寻美食，加班后一起吃个路边摊，小太还时不时地会传授给及川一些从祖母那里学来的日常生活小妙招、告诉及川自己计划买个海洋独木舟。可以说，在以竞争为主的资本主义就业环境中，小太与及川建立起的"同期友爱"超越了身份转变与时空变化。即便小太与原为一般职的井口珠惠结婚生子，及川先行调往埼玉，二人的关系也并未因此而受到影响。当小太也转调至东京，二人再次相聚时，小太与及川不仅聊起东京事务所与福冈的不同、对东京的适应状况等，甚至还做了个秘密约定，即相约后死的人帮对方破坏掉生前的电脑硬盘以确保其"隐私"。充满戏剧性的是，小太不久意外身亡，而及川遵守约定帮其毁掉电脑硬盘。

职场不仅是个体工作的物理空间场域，其中还交织着诸种关系组合。作者丝山在小说中融进了职场多种关系，有综合职及川与一般职女性间的疏离，有小太与井口、石川与夏目因工作结缘形成的婚恋，也有副岛与及川间的前辈、后辈关系，还不乏与客户之间的纠纷以及因调动而来的分分合合。这些关系组群显影出当代日本职场影像，而其中给人印象深刻的便是及川与小太超越了性别，跨越了距离，甚至

---

① 絲山秋子:『沖で待つ』,『文學界』2005 年第 59 卷第 9 号，第 46~67 頁；第 50 頁。

逾越了生死的友爱与信任。小太与及川虽是异性却并非恋人；是职场同事但又超出普通同事。池泽夏树指出，"该小说要点并不在于描写恋爱，而是叙述男性与女性关系的可能性……这一小说通过描绘男女主人公在职场的平等关系给人以生机勃勃之感"①。丝山自身也坦言，自己是回忆着自己当时工作的场景完成小说写作的，希望读完该小说的职场男女"获得共鸣与希望"，"怀着期待之心再次进入公司"②。

职场是丝山曾经"战斗"过的场所，也是导致其躁郁症而被迫退出的地方。之所以能够将职场写得现实逼真，源于丝山本人的职场经历。丝山曾经作为"男女雇用机会均等法世代"的综合职员工作了十年左右。1989 年进入公司的她，最初的赴任地便是获奖作中的主要舞台福冈，而"早上三四点乘坐出租车""一天工作二十几个小时"的主人公及川可以说是丝山在小说中的分身。丝山工作时的前辈回忆她工作情形时用"猛烈"形容，"总是工作至很晚，像男性职员般拼命"，由此我们便不难理解其工作引发的神经性问题。作家兼评论家丰崎由美将《在海浪上等待》（2005 年）当作"泡沫世代综合职小说"，指出"泡沫世代不仅要直面固有的竞争，还要接受上下世代的严苛目光，在夹缝中的这个世代可以说是悲哀的一代，在丝山的小说中这种职场生存形态得到了很好的表现"③。

职场还是丝山作品的重要主题。在丝山的笔下，职场不仅意味着压力，还隐含着男女性差。在文库版同名小说收录的《勤劳感谢日》中女主人公鸟饲在职场与社会遭遇的性别歧视被刻画得直接而细腻。

---

① 池澤夏樹：『恋愛でない男女の仲』，『文芸春秋』2006 年第 84 卷第 4 号，第 373~374 頁。

② 古川雅子：『バブル入社組共感の訳　芥川賞を受賞する絲山秋子さん』，2006 年 1 月 30 日『朝日新聞』週刊アエラ第 33 頁。

③ 古川雅子：『バブル入社組共感の訳　芥川賞を受賞する絲山秋子さん』，2006 年 1 月 30 日『朝日新聞』週刊アエラ第 33 頁。

相较而言,《在海浪上等待》(2005 年) 中及川置身的职场环境看似男女平等, 实则表象背后社会性差文化未有实质性改变, 反倒对于"均等法世代"女性而言变得更为严苛, 换言之, 女性要么同男性一般成为"拼命三郎", 如综合职及川, 要么接受自己职场"第二性"命运, 如一般职女职员。在这样的生存语境下, 及川一方面变得冷漠坚强, 对于工作的异动由原初的焦虑不安变得"没有因此震惊, 更不会因此忧郁","没有了所谓的离愁别绪"①;另一方面更加珍惜与小太之间的友爱关系,"即使对方已经死了, 同期也还是同期","那就是我们之间的原点。今后有没有人了解这个原点, 并不重要"②。

综上,《在海浪上等待》(2005 年) 以及川的回忆视角, 讲述其与小太作为异性同期从相识至友爱的过程。其中既有平成日本社会职场的真实写照, 反衬出二人"同期友爱"的难能可贵, 又将整个故事嵌套进小太意外身亡后,"幽灵"小太与及川的对话框架内, 充满想象性的同时暗含着现代社会平等友爱关系的难以企及。可以说, 这种充满友爱的职场新型关系当是因职场压力、竞争而精神抑郁"退阵"的丝山内心之期待, 而小说的折桂获奖从某种程度上也反映出人们对于职场空间中"爱"的共鸣与呼唤。

二、探索"女缘之爱"超血缘关系的女性: 以《绿萝之舟》为例

津村记久子为当代新锐女作家, 作品人物以女性为主, 常常有着自身的影子, 抑或叙述身边所见所闻, 具有"私小说"的特征, 不乏写实主义风格。其 2008 年的芥川奖获奖作《绿萝之舟》围绕 29 岁近

---

① 絲山秋子:『沖で待つ』,『文學界』2005 年第 59 卷第 9 号, 第 46~67 页;第 65 页。

② 絲山秋子:『沖で待つ』,『文學界』2005 年第 59 卷第 9 号, 第 46~67 页;第 67 页。

30 岁的单身、派遣工长濑由纪子，讲述了长濑本人及其身边女性亲友的日常。该小说在延续女性社会问题题材的同时，不仅勾勒出女性 "低姿态但顽强的生活实态"[①]，还蕴藏着女性之间的情谊与关爱。作者坦言通过小说 "想要传达一种愤慨，即工作与家庭是人的基盘，但在现实社会中，基盘常常动摇与不稳定，令人不安与恐惧"，同时还 "希望描写出现代人际关系中被蒸馏掉的爱"。[②] 如此看来，小说既有着对现实的审视，又充满着对未来的希冀。正如高树信子所指出的，作品中 "看上去极为熟悉的人物传递出一种夹杂着奇特与明快、悲凉与希望的气息"。[③]

　　小说核心人物长濑主要活动空间有两处，其一是与母亲二人在奈良的住居——宽敞但破旧，屋龄有 50 年的老房子，其二是非正规雇用的化妆品工厂——充满机械性重复性的生产流水线。而她的人际关系网也相应地在这两大场域中建构而成。在这两大空间场所中，长濑及其身边的女性延伸出各自的人生悲喜，同时又在这两大空间场所中上演着自我的成长与彼此的互助。围绕着长濑，一系列女性人物纷纷出场，呈现出当代日本女性结婚、离婚、工作与家庭实态。主角长濑与一众女性配角的人生既有着不同的际遇，又有着彼此的交织。社会学家上野千鹤子与落合惠美子都曾提出 "女缘" 一词，指的是女性之间因机缘或意愿而建立起某种联系或组织，诸如女性同好会等女性共同体。参照这一概念，《绿萝之舟》（2008 年）中女性人物之间建构而成的无疑也是一种 "女缘"。有评论更是鲜明地指出小说将广

---

① 高樹のぶ子:『そこそこ小説の終焉』,『文芸春秋』2009 年第 87 卷第 3 号,第 336~337 頁。

② 星野学:『（ひと）津村記久子さん 「ポトスライムの舟」で芥川賞に決まった』, 2009 年 1 月 16 日『朝日新聞』朝刊第 002 頁。

③ 高樹のぶ子:『そこそこ小説の終焉』,『文芸春秋』2009 年第 87 卷第 3 号,第 336~337 頁。

角镜头集中于女性人物的特征。① 在此基础上，这些女性所在的两大空间具有了异托邦的属性特征与隐喻功能，通过将恶托邦与乌托邦相并立，既浓缩了当代日本女性的生存境遇，又烘托出女性之间的情感互通。

20世纪结构主义代表性社会思想家米歇尔·福柯在关于"异托邦"的论述中指出，"在所有的文化、所有的文明中可能也有真实的场所——确实存在并且在社会的建立中形成——这些真实的场所像反场所的东西，一种的确实现了的乌托邦，在这些乌托邦中，真正的场所，所有能够在文化内部被找到的其他真正的场所是被表现出来的、有争议的，同时又是被颠倒的。这种场所在所有场所以外，即使实际上有可能指出它们的位置。因为这些场所与它们所反映的、所谈论的所有场所完全不同，所以与乌托邦对比，我称它们为异托邦"②。福柯对异托邦并没有明确的界定，而是在与乌托邦的彼此关系中将其析出。在他看来，异托邦包含正面和反面双重意义，即"真正的场所"与"反场所"，或者说是"乌托邦"与"反乌托邦"。福柯提出这一概念的目的在于"用来质询，或是颠覆一般习以为常的生活或生命空间、结构，或是约定俗成的韵律"③。参照福柯的这一概念与观点，可以说津村记久子在《绿萝之舟》（2008年）中建构起了当代日本社会女性生存的异托邦空间。

进入平成时代以来，一方面日本女性自我意识增强，进出社会的机会大大增加，与此同时女性的地位并未有本质性的改变；另一方面

---

① 巽孝之、安藤礼二、福永信：『創作合評』，『群像』2008年第63卷第12号，第427~433页。

② 米歇尔·福柯：《另类空间》，王喆译，《世界哲学》2006年第6期，第52~57页。

③ 王德威：《乌托邦，恶托邦，异托邦——从鲁迅到刘慈欣》，2011年7月11日《文汇报》。

女性需要面对新的问题与危机，而她们也在困境中不断探索新的应对措置。《绿萝之舟》（2008 年）中的女性友人们大学毕业走上了不同的人生道路，有一毕业便步入婚姻殿堂的和乃，也有先工作再结婚辞职后离婚返回职场的律子，还有在恋人与工作二者中果断选择后者的美香，再有就是毕业恰逢"就业冰河"，好不容易就业又遭遇职场精神欺凌，不得已辞职成为非正规就业者"穷忙族"的长濑。而长濑的母亲离婚后独自抚养女儿长大，与女儿相依为命生活在一处老旧房屋，长濑的工友冈田则因遭遇丈夫的婚姻不忠而苦恼又无奈。显见的是，她们或身处婚姻家庭或置身工作职场，这两大空间既是女性现实生活的重要场域，又成为津村投射女性生存困境与心中理想的主要场景。

长濑所在的化妆品工厂集聚着众多女性员工。这些女性的日常工作便是听到预备铃进除尘室，接着洗手池洗手、消毒纸巾擦手臂，最后坐定在生产线旁，随着工间休息结束铃声响起，生产线动了起来，她们开始持续性重复性机械性操作。一系列的程序犹如规训般，"长濑"们习惯性地进行肢体上行动，甚至精神上也自我约束排除杂念，设法保持工作热情。这样的工作环境占有的不仅是体力与时间，更是精神的压迫与经济的压榨，坐在生产线旁的长濑常常神情恍惚，甚至认为"自己不是一个人，而是一条生产线就好了"，"少得可怜的工资明细单"更是呈示出赤裸裸的现实，而"出卖时间，换取金钱"昭示出的正是资本主义经济体制下劳动者的无奈生活模式。这样的工作空间不禁让人联想到 18 世纪英国功利主义先驱边沁的"反乌托邦""全景式监狱"。福柯对此指出，全景敞视监狱"用不着武器，用不着肉体的暴力和物质上的禁制，只需要一个凝视，一个监督的凝视，每个人就会在这一凝视的重压之下变得卑微，就会使他成为自身的监视者，于是这自上而下的监视，其实就是由自己实施的"[①]。可见，在资本主

---

① 米歇尔·福柯:《疯癫与文明》，刘北成译，生活·读书·新知三联书店，2007 年，第 191 页。

义体系"无形之眼"与"无形之手"的监视与操控下，看似秩序与自由的背后隐藏着的是规训与无奈，形成的是一个个如栅格般的反乌托邦或曰恶托邦空间。"长濑"们置身的流水线工厂正是其中的典型代表。生态女性主义者主张"恶托邦的形态实现否定和批判，对生态现实及诸多弊病进行具有'批判现实主义色彩'的对抗与批判"①。在这一点上，可以说津村记久子与其观点相契合。津村在与宫部美行的对谈中自述道，"创作《绿萝之舟》并非想要，也并不能改变现实的荒谬，只是希望能够将女性的现实生态呈现出来，引起人们的意识，给予困境中的她们以慰藉"②。评委山田咏美更是将这一作品与大正末昭和初的无产阶级文学代表作小林多喜二的《蟹工船》进行类比，称"与《蟹工船》比起来，这里的工作也仅仅是看起来高级一些"。③言外之意，二者工作境遇与受剥削的性质并未因所处时代不同、人物性别相异而有实质性区别。

在资本主义运行机制的"无形之网"下，《绿萝之舟》（2008年）与《蟹工船》可以说是具有着反乌托邦属性的一脉相承性，暗含着对时代的政治讽喻性。《绿萝之舟》获奖的2008年前后，时隔近80年的《蟹工船》在日本再度掀起畅销热潮，同时被制作成电影、漫画，成为日本社会热议的焦点，"蟹工船"一词更是成为时年年度流行语④。与《蟹工船》中政治当局与资本家赤裸裸的沆瀣一气相比，《绿萝之舟》中当代日本政府"特意将节假日调整在一起，形成连休"的做法，对于为了生计而难得休息，不得不劳作奔波的"长濑"们无异

---

① 纪秀明：《论当代西方生态文学中的异质空间》，《当代外国文学》2012年第1期，第50~56页。

② 津村記久子、宮部みゆき：『理不尽な世界と人間のために』，『新潮』2017年第114卷第5号，第117~127页。

③ 山田詠美：『選評』，『文芸春秋』2009年第87卷第3号，第333~334页。

④ "蟹工船"入选2008年日本社会典型新语与流行语。

于"花拳绣腿"，并无实质作用。自2000年开始实行的"快乐星期一制度"最终并未给国民带来真正的快乐，反倒是上个世纪90年代开始打着"自我责任"的幌子，将生活的重压推诿给国民个体。此外，与《蟹工船》中"博光丸"上蟹工们最终忍无可忍，团结起来进行罢工斗争，让人在暴力抗争中看到劳工们由自发到自觉的成长过程相比，《绿萝之舟》则一方面让人看到女性对于自身就职环境的无奈与妥协；另一方面女性之间的关爱令人获得温暖力量。对于长濑而言，正是有了冈田这样的工友，她不再像在上一家公司备受职场欺凌而被迫辞职，也正是由于冈田及生产线上的其他工友，她才在单调又枯燥、耗时却少钱的工作中找到坚持下去的慰藉。冈田作为长濑所在生产线的组长，不仅在工作上给予长濑"事无巨细的悉心指导"，还常常在休息时与长濑聊着日常琐碎；对长濑时不时地表示鼓励，在长濑生病时关切问候，注意到长濑发呆时细腻询问，也与长濑倾诉自己婚姻家庭中的麻烦与烦恼。这些看似普通的平常点滴，却成为反乌托邦工作空间中浸润长濑的无声力量。

　　位于奈良有着50年房龄的老屋是长濑母女的容身之所，同时还成为长濑好友美香、律子及其女儿惠奈暂时性的寄居之所。美香在从老家大阪来到奈良时，住在长濑家几个月，安稳之后才搬出。而律子则在被丈夫赶出家门后，带着女儿投奔长濑，在长濑家中度过了最为艰难的一段时间。长濑的家俨然成为母女二人以及美香、律子母女漫漫人生路上的"能量补给站"。在这里，长濑在母亲的呵护下长大，无形中学到了母亲的坚韧与乐观；在这里，美香初来乍到却可获得免费住所，身处他乡却无举目无亲的忧虑，进而省去许多麻烦快速创业，用攒下来的钱开了咖啡店，安稳地待一切基本搞定后才搬出去；在这里，律子母女同样受到长濑母女从经济到情感的帮助，律子向长濑倾诉自己婚姻的遭遇，与长濑母亲商量自身婚姻问题可行的解决办法，不仅如此，律子还获得了长濑交通费用上的资助，而女儿惠奈更是受到长濑母亲的关爱与照顾。作者津村在获奖采访中自述该作品较之前而言，最大的特征在于女主人公不再是单方面地向他人伸出援手，而是女性彼此之间双向的付出与收获。[①] 长濑"如同奥斯·卡·王尔德笔下的'快乐王子'般无私地助力了朋友"[②]，同时也得到了朋友们的回馈。美香邀请长濑利用下班后晚上的时间在咖啡店打工帮忙，名义上是打工实际上更像是一种能力范围内的互助，因为长濑在店中时大多只须与美香聊聊天；律子的女儿则在共处时知道长濑因绿萝不可食用而失望，即便分开后小小年纪的她仍惦记着这件事，将"可食用的赏叶植物"作为自己的小学生暑期兴趣研究，并嘱托母亲将画有自己种植的小葱、薄荷与月桂等植物的图画寄给长濑。

正是由于她们彼此之间的情感，使得这一简陋古旧的房屋呈现出家宅的属性，在严酷的外部现实社会中浮现出异托邦的空间特征。三代女性构筑起的并非纯粹传统意义上的家庭，但她们却像家庭成员一样朝夕相处，共同面对灰色生活与现实洗礼。如此这般的家庭模式还带有"隐喻"意味，隐含着女性联盟大约是她们在这个男权社会中生存的一种更稳定的方式，透露出女性情谊是她们彼此温暖坚强生活的精神支撑。福柯指出"异托邦总是必须有一个打开和关闭的系统，这个系统既将异托邦隔离开来，又使异托邦变得可以进入其中"[③]。长濑家的这所老宅"没有通管线，也没有有线电视"，"一遇刮风下雨便停电"。在长濑看来，自己家所在的区域如同"被遗忘的角落"，被外部所谓的信息文明社会视为"文化落后地"。尽管物理空间上被疏离化、异域化，但却并未影响传统家屋情感空间的包容性、回归性。

---

① 津村記久子、石川忠司:『芥川賞受賞記念インタビュー 「ボトスライムの舟」で試みたこと』,『群像』2009 年第 64 卷第 3 号，第 168~117 頁。

② 池澤夏樹:『この内向的な姿勢』,『文芸春秋』2009 年第 87 卷第 3 号，第 337~338 頁。

③ 米歇尔·福柯:《另类空间》，王喆译，《世界哲学》2006 年第 6 期，第 52~57 頁。

长濑在最后做了一个梦，梦见自己划着载满绿萝的小舟去往许多小岛推广遭拒，因太累而在大海上漂流，"不知怎么的，漂回了自己家院子里。院子的后墙没有了，直接通向了无边无际的大海"，"长濑下了独木舟，理所当然地走在自家檐廊下"。这样的梦暗示出老屋对于长濑起着"避风港"的作用，同时还隐含着其对于家不应是以围墙界定而成的空间单位，而应是"爱的共同体"的认知。

三、中年女性精神自我的认知诉求：异性平等与同性友爱

男女不平等问题是日本社会的沉疴痼疾。一直以来喜欢将自身定位为"西方国家"的日本在七国集团中男女不平等问题最为严重。据世界经济论坛发布的《全球性别差距报告》显示，日本在众多调查对象国中排名始终靠后，2019年排在第121位，较2018年下滑11位，降至历史最低。另据日本共同社2018年报道，日本知名网络调查公司"明路"实施的意识调查表明认为"男女平等"的人仅占11%，明确表示"不这样认为"的人高达63.3%，其中女性占69.9%，比男性57.3%高出12.6个百分点。

男女平等一直以来是日本女性的向往与诉求，同时也是日本女性文学关注的一大主题。20世纪80年代以来，日本中年女性作家的异军突起引起文坛与社会的广泛关注，作品屡获芥川奖。她们"承袭日本传统私小说手法，在总体创作倾向上走向女性主体与本体，重视女性自我生命体验和自我价值"[①]。其中的女性形象一方面呈现出她们的生存实态，另一方面隐含着她们的精神诉求。可以明显感觉到，在她们精神维度的自我认知中，没有一味的哀怨，没有一个劲地对男性批判，也没有刻意张扬自身的女性特质，而是主张以性别差异为基础，在差异中寻求平等，在平等中彰显个性与独立。譬如《在海浪上等

① 吕斌：《我的故事我诉说——荻野安娜〈雪国舞女〉》，《当代外国文学》2008年第3期，第157~162页。

待》（2005 年）中及川与小太的关系便是"男女之间，（不含性的）友情"[1] 的例证。又如《冥土巡游》（2012 年）中主人公奈津子对身患脑疾的丈夫太一不离不弃，又在其"爱之启示"下，克服了原生家庭带来的创伤，完成了自我的成长[2]。此外，她们在精神维度的自我诉求并未局限在性别关系上的平等，还包括女性之间的情谊，如《绿萝之舟》（2008 年）中女性人物之间的互助友爱，再如《贵子永远》（2010 年）中两位主人公贵子与永远子之间虽然没有血缘亲情，二人之间时隔二十五年仍能以"封存在记忆中的爱"相维系。可以说，这些女性形象在一定程度上昭示出当代日本女性的情感期待，令生活在父权话语体系下的女性可以从中获得共情与启发。

---

① 上野千鹤子:《厌女》，王兰译，上海三联书店，2015 年，第 206 页。
② 李姝蓓:《从拉康"父亲之名"视角解读芥川奖获奖小说＜冥土巡游＞的人物形象》，《外语研究》2020 年第 2 期，第 106~111 页。

第四章 平成时代日本老年女性 自我认知特点

　　据平成 30 年版《老龄社会白皮书》显示，就社会的老龄化率而言，日本在 20 世纪 80 年代尚处于先进发达国家下位，90 年代基本进入中位水平，而平成 17 年 (2005 年) 已然升至最高水准①。2011 年"人生 80 年"、2014 年"人生 90 年"以及 2017 年"人生百年"的说法可谓是日本老龄化社会的典型标志。社会的老龄化一方面得益于生活水平、医疗水平等的进步，另一方面随着社会的老龄化、超老龄化，一系列相关社会问题出现，诸如老年人的照护问题、养老问题、生活问题以及心理情感问题等，涉及物质经济、人际关系与精神文化各个方面。在社会学领域被统称为"老年问题"或"高龄社会问题"。为应对老龄化社会，1997 年日本政府出台《介护保险法》，并于 2000 年开始实施。2013 年日本实施新的《高龄者雇用安定法》，将企业员工的义务退休年龄推迟至 65 岁。在其基础上计划进一步推迟退休年龄，打造"终身劳动"与"一亿总活跃"社会。时至 2021 年 4 月已将法定退休年龄由 65 岁提高至 70 岁。2017 年安倍政府设立"人生百年时代构想促进室"，为即将到来的"超高龄时代"积极做准备，邀请活跃在各领域的老年人在定期召开的"人生百年构想"会议上分享经验，希冀能够起到引导表率作用。在此背景下，作为人均年龄更为长寿，

---

　　① 日本内阁府:『平成 30 年版高龄社会白書』, 详见: https://www8.cao.go.jp/kourei/whitepaper/w-2018/gaiyou/pdf/1s1s.pdf, 访问时间为 2021 年 10 月 2 日。

占老年人口较大比例的老年女性①有什么样的自我表现？对这一问题的探究显然有助于对老年问题的思考。不仅如此，对平成老年女性自我认知的考察还是女性相关问题研究不可或缺的一部分，有着积极的启示。

随着老龄化、超老龄化社会的到来，文学以其人文主义的性质，对老龄化社会及社会老年群体予以观照，形成了老龄化社会背景下的"玄冬文学"或"老年文学"。日本自上个世纪 70 年代以来，"老年社会""高龄社会"特征日趋明显，老年文学也呈增长态势。女性作家率先关注到日渐庞大的老年群体及其相关社会问题。1972 年有吉佐和子的《恍惚之人》是典型之作。小说围绕老年人的失智症与照护问题，先于公共领域的政策法规，"把老衰作为一个社会问题和家庭问题来处理"，字里行间流露出"日本政府对老人福利事业落后应负的责任"②之追问。进入平成时代，随着日本社会老龄化的日益突出，关于老年问题的文学作品不断涌现。安藤桃子的《0.5 毫米》聚焦独居老人，刻画出"老龄化社会"中的生命旋律。濑户内寂听在以自身经验为基础创作的《为死做准备》中上演了"卒寿革命"，进行了人生的"终活"③。作为日本重要文学奖项的芥川奖相继出现了"玄冬文学"获奖佳作，如 2012 年黑田夏子的《ab 珊瑚》，再如 2018 年若竹千佐子的《我将独自前行》。前者以 75 岁"文坛新人"身份创下芥川奖获奖者最年长记录，被评论为"没有阅读该作品，将可能失去人生的大部

---

① 以日本总务省 2009 年公布的数据为例，65 岁以上男性与女性分别为 1573 万人、2044 万人。日本厚生劳动省 2018 年的人口统计数据显示，日本女性平均寿命 87.32 岁，男性为 81.25 岁。

② 朱金和:《浅谈日本小说＜恍惚的人＞》,《复旦学报（社会科学版）》1979 年第 2 期，第 110~111 页。

③ "终活"是兴起于日本社会 2013 年左右的一个概念，指的是中老年人为临终做准备而进行的各种活动，诸如参观火葬场、学写遗嘱等等。

分意义"①。后者则以 63 岁的人生阅历描绘出 74 岁主人公的老境与心境，创下了出版两个月高达 50 万册的图书销售奇迹。

本章以平成时代日本老年女性芥川奖获奖作品与获奖女性作品中的老年女性形象为中心，尝试通过老年女性的物质生活、社会经历、精神面貌等方面探析她们的自我认知特点。按照获奖顺序，包括《镇上的猫婆婆》（1989 年）中的外婆与猫婆婆、《踏蛇》（1996 年）中的西子与蛇妈妈、《绿萝之舟》（2008 年）中长濑的母亲、《一个人的好天气》（2006 年）中的吟子、《ab 珊瑚》（2012 年）中的叙述者、《春之庭院》（2014 年）中的已房客、《穴》（2013 年）中的婆婆、《异类婚姻谭》（2015 年）中的北江、《我将独自前行》（2017 年）中的桃子等。需要说明的是，这些获奖作品中的老年女性一部分有明确的年龄交代，另有一部分从人物形体及人际关系推测可知。

第一节　老年女性物质维度的自我形象与自我认知

言及日本社会的老年群体，通常会有一种"有金""多储蓄"的印象，2014 年由 NHK 特别节目组播出的纪录片《老人漂流社会——"老后破产"的现实》揭开了老年人的生存困境。在此基础上汇编而成的《老后破产：名为"长寿"的噩梦》揭示出平成日本社会老年人在居住、生活、医疗、人际关系等方面的困窘处境，引起日本社会关注。此外，有调查显示，截至 2013 年日本百岁老人达到 50000 余人，其中女性占 87.3%。对大部分女性来说，老年成了贫穷和孤独的代名词。据日本官方统计数据显示，80% 的 65 岁以上独居老人是女性，她们大多离婚或者丧偶。2011 年 65 岁以上的女性有近 42 万人依靠福利救济

---

①　杨炳菁、关冰冰：《高龄作家的出世之作——第 148 届芥川奖获奖作品 <ab 珊瑚 >》，《外国文学动态》2013 年第 3 期，第 28~30 页。

生活。① 与纪实性作品以及现实性社会相呼应，平成时代芥川奖获奖女性作品以文学的写实性刻画出了老年女性的贫困生活与日渐衰老的躯体。

一、老年女性物质生活的"下游化"：以《镇上的猫婆婆》等为例

"下流社会"由 2005 年日本消费社会研究专家三浦展出版的《下流社会》一书产生，是与上个世纪 70、80 年代日本社会代表性词汇——"一亿总中流"相对应的新语，指的是"日本社会平成初期无阶级化的中流阶层开始分化，上升的只是一小部分，下降的是大多数社会阶层"②。日本社会学研究者藤田孝典在此基础上，聚焦日本社会老年群体，于 2015 年提出了"下游老人"一词，指出"当下的日本，一个可以称之为'下游老人'的群体正大量产生"③。

梳理平成日本女性芥川奖获奖作品中的一系列老年女性形象，可以发现：首先，老年女性的物质生活呈现出鲜明的时代反差。平成伊始的首篇获奖作《镇上的猫婆婆》（1989 年）中主人公惠理子的外婆家与猫婆婆家仅有一墙之隔，两位老年女性虽然性格迥异，但她们的物质生活都安稳富足，是日本泡沫经济时期普通老年女性的代表。外婆家住居宽敞，其中一半被卖掉后，对于剩下的一半，外婆要么以翻修重建为由，要么以外人住进来会感到不自在为推脱，丝毫没有对外出租的意愿，也未曾有过手头拮据的不安。外婆在生活上总是一副悠然自得的模样，做做家务事打打麻将。对于被女儿如同抛弃般寄养在

① 《日本女性寿命更长收入更低》，《人口与计划生育》2013 年第 6 期，第 61 页。

② 王新生：《平成时代开启后工业化社会》，《世界知识》2019 年第 8 期，第 13~15 页。

③ 藤田孝典：《下游老人》，褚以炜译，中信出版集团，2017 年，第 V 页。

自己身边的外孙女惠理子，外婆不仅倾注着长辈的疼爱，还时常给惠理子零花钱。与之相似，邻居猫婆婆家同样一派丰裕景象，新翻修的居所宽敞明亮，猫婆婆与丈夫一起经营着料理店，请人照顾家里的猫，还兼顾着野猫，日常生活透着宁静祥和的气息。

相较于平成初期的安稳日常，平成时代中后期获奖作品中的老年女性形象则透露出生活的破败感。《绿萝之舟》（2008 年）中的母亲与女儿居住在"没有通光纤，也没有有线电视，只能通过宽带一兆的 ADSL 上网"，"附近几乎见不到六十岁以下的人"的"落后"[1] 地区，时常会突然间停电，"仿佛是被遗忘的角落"。[2] 家屋的特点之一是偏僻，之二是破旧，之三是屋内设备陈旧。母亲的生活细节也折射着手头的不宽裕，喜欢收集赠品，在"绿萝能否食用"上与女儿长濑产生共鸣，将获得自己喜欢的偶像团体演唱会的门票作为新年愿望，对于换个房子的想法只能停留在收集如山的房产广告上。母亲在长濑年幼时便离婚，独自一人抚养长濑长大，大半生都在为了母女二人的生计奔波，人至老年仍旧不敢停歇，其生活艰辛不言自明。如果将平成时代中后期获奖作品中的老年女性住居环境与生活状态拼贴在一起，可以发现"她们"有着明显的重影。第一，居所常常处于凋敝状态。如《一个人的好天气》（2006 年）中七十多岁的吟子独居的房子"油漆剥落的院门""斑斑驳驳的外墙""令人窒息的房间"以及作为装饰用的"广告纸叠成的纸鹤"[3] 留给人深刻印象。再如《春之庭院》（2014 年）中已房客租住了十二年的小屋却"好像少了什么应有的东西，简直

---

① 津村記久子:『ポトスライムの舟』,『群像』,2008 年第 63 卷第 11 号，第 6~50 頁: 第 21 頁。

② 津村記久子:『ポトスライムの舟』,『群像』,2008 年第 63 卷第 11 号，第 6~50 頁: 第 30 頁。

③ 青山七惠:《一个人的好天气》，竺家荣译，上海译文出版社，2007 年，第 3~10 页。

就像旅馆的房间或样品屋那样，缺乏生活感"，"家具极少，除却餐具柜与矮桌，甚至连电视都没有"①，给人的感觉只能满足基本的生存需求。《我将独自前行》（2017年）中的桃子同样只能与老屋为伴，这间老屋"老旧得仿佛经过了熬煮"，天花板与地板的破洞为老鼠提供了便利，房间里充满着陈旧的零碎与杂货。第二，生活往往处于压缩状态，所需文化娱乐方面的消费对其而言几近"奢侈"。《一个人的好天气》中的吟子即便是特殊节日也只是象征性地度过，"没有任何节日装饰，也没有互赠礼物，这些都和这个家庭无缘"②。《春之庭院》中的已房客年轻时"不但去过披头士在武道馆举行的公演"，还"跑去美国专门去听尼尔杨的演唱会"，人至老年生活却难与昔日相比，节衣缩食中偶然收到主人公"我"送给的美术馆招待券，现出"无比开心"③的样子。

参照日本社会现状，平成时代初期日本社会经济状况经历了由泡沫经济向泡沫崩溃的剧烈变化，之后便陷入"失去的十年""失去的二十年"等的社会萧条。战后第一次婴儿潮（1947年~1949年）出生的"团块世代"在平成时代纷纷进入人生暮年，自我的物质生活也随着社会的"平成不况"走向"下游化"。《春之庭院》（2014年）中主人公眼中的居住区域可以说是这种社会状况的浓缩与象征。既有"高级住宅区""大房子和低楼层的高级公寓"，又有"单身公寓和狭窄的房子以及混杂的大楼"，虽然"没有明显的阶级区分"，但却呈现出"渐层变化"，④而主人公以及已房客所在的"观景公寓 佐伯Ⅲ"位于下游区，这种地理空间上的设置暗含着社会空间的"格差化"。战后出生

---

① 柴﨑友香:『春の庭』，文藝春秋，2014年，第82頁。

② 青山七惠:《一个人的好天气》，竺家荣译，上海译文出版社，2007年，第110页。

③ 柴﨑友香:『春の庭』，文藝春秋，2014年，第127頁。

④ 柴﨑友香:『春の庭』，文藝春秋，2014年，第66頁。

的老年女性已房客在小说中被隐去个人姓名，住在"观景公寓 佐伯Ⅲ"长达 17 年，从某种意义上而言，恰恰使其成为平成时代老年女性物质生活与经济水平"下游化"的象征。

其次，老年女性生活的困窘相较于老年男性有着显著的性别差异。这一点在芥川奖获奖女性作品中同样得到鲜明体现。2002 年获奖作《咸味兜风》中的老年男性九十九"老态龙钟的样子，真让人怀疑他是否曾经生龙活虎过"，"期期艾艾的口气与一成不变的言行举止"[1] 让人困意顿生，相形之下，"手头宽裕，生活无忧"[2] 成为其突出性优势。《家庭电影》（1996 年）中作为著名设计师的老年男性深见即便离过四次婚，所有财产都分给妻子们，依旧可以"游戏人生"，年轻女性依然对其趋之若鹜。《穴》（2013 年）中女主人公麻阳的公公汽车换了一辆又一辆，打高尔夫与钓鱼作为其高级休闲活动如同家常便饭。通观平成时代获奖女性作品中的老年形象，老年女性的物质生活时常呈现出萧条景象，而老年男性虽然不能说与贫困毫无关联，但与老年女性相比有着显著的性别差异。

反观日本社会现实，2014 年日本处于贫困状态的老年人口达到 893.5 万人，其中独居男性老年人所占比率为 37.7%，而独居女性老年人所占比率高达 56.0%，女性老年人的贫困率很高。[3] 有学者指出日本老年女性面临的主要问题是经济收入来源有限，生活没有保障。其原因在于日本的社会保障制度建立在以男性、企业为中心的社会结构和家庭具有一定保障功能的基础之上。多数老年女性年轻时只专注于生儿育女、照料家务，年老后主要靠夫妻年金生活。如果离婚或丧偶，她们的老后生活便面临更大的危机。加上她们的连续工作年数短，平

① 大道珠贵：《咸味兜风》，祝子平译，上海文艺出版社，2005 年，第 82 页。

② 大道珠贵：《咸味兜风》，祝子平译，上海文艺出版社，2005 年，第 88 页。

③ 丁英顺：《日本老年贫困现状及应对措施》，《日本问题研究》2017 年第 4 期，第 69~80 页。

均收入水平低，与老年男性相比，经济实力较弱，更容易陷于贫困。①
正如《春之庭院》（2014 年）中的已房客在被婆家赶出与失去裁缝教
职临时工作的双重困境中，只能长期租住在狭小的廉价公寓。而《绿
萝之舟》（2008 年）中主人公长濑的母亲在与父亲离婚后，母女二人
四处飘零，最终只能安身在被视为落后地区的破旧老屋，母亲人至老
年依然同女儿一样为生计"穷忙"。

二、老年女性生理肉体的衰老化：以《一个人的好天气》等为例

平成时代日本成为全球老龄化率最高、老龄化速度最快的国家。
根据 2017 年日本厚生劳动省"完全寿命表"数据显示，日本男性平
均年龄为 80.75 岁，女性为 86.99 岁，创历史最高水平②。另据厚生劳
动省 2019 年发布的《2018 年人口动态统计月报年计（概要）》显示，
"衰老"首次成为继恶性肿瘤与心脏病之后老年人的第三大死因。与
此同时，如同"健康不仅是没有病和不虚弱，而且是身体、心理、社
会功能三方面的完美状态"③，衰老不仅指向身体老化，同时还与心理
状态相关联。任何形式的生命最终都会走向衰老与死亡，然而，"个
体之间衰老的情况不同，所有个体不可能一致遵循一个单一的确定过
程"④，有老得颤颤巍巍，也有老得结结实实，有越老越佝偻，也有越
老越精神。平成时代芥川奖获奖女性作品中的老年女性群像一方面呈

① 阿部彩:『貧困のジェンダー差』,『社会保障』2011 年第 47 卷第 1 号，第 48~49 頁。
② 厚生労働省:『完全寿命表』，详见：http://www.mhlw.go.jp/toukei/saikin/hw/life，访问时间为 2021 年 10 月 12 日。
③ 公益社团法人日本ＷＨＯ協会，详见：http://www.japan-who.or.jp/commodity/kenko.html，访问时间为 2021 年 10 月 12 日。
④ 邬沧萍、姜向群:《老年学概论》，中国人民大学出版社，2014 年，第 53 页。

现出当前日本老年女性的"老姿"与"老境"，另一方面也展现出她们的"老人力"。

相较于以往文学中老年女性形象的缺席化与"山姥化"①，平成时代芥川奖获奖女性作品中的老年女性形象反映出老年生命实体的衰老无人可免。老年人一般被视为身体相对虚弱的人群，老年一词也常常带有负面色彩。《牛津运动科学与医学词典》定义老年为"个体生命的最后阶段，……通常与心理和生理能力下降、社会责任减少联系在一起"②。衰老从生理意义上而言是一种无法治愈的疾病，难以回避。《一个人的好天气》(2006年)中舅姥姥吟子在与知寿初次见面时，"脸色苍白，加上一道道的皱纹"令后者"不由自主地后退了几步"，让其心生"看她那样儿活不了多久，没准下星期可能都撑不到"③。"布满皱纹的手""又瘦又小的肢体""柔软卷曲的白发"露着老态，吟子的生病更是让主人公直接想到死亡，闻到"死亡的气味"④。《春之庭院》(2014年)中巳房客每次出现总是"瘦弱得如同要投入'我'的怀中"，房间的陈设给人随时准备离世的感觉。《我将独自前行》(2017年)中桃子也伴随衰老的体征，"久经劳作而又关节粗大的粗糙的手""苍白的头发"。⑤ 桃子还将生活中的一些细节归因于自己的衰老，如听到喜欢的爵士乐身体不再舞动，再如自己飞散的思绪，又如身体上的偶尔

---

① "山姥"又被称为鬼婆、鬼女，原是日本民间传说中的老年女性形象，意指住在深山老林中的女性老妖怪。在此基础上，深泽七郎等男性作家衍生出"姥捨"(意为"弃姥")。而以大庭美奈子为代表的现代日本女性文学作家笔下的山姥则被赋予"性欲、生育力与生命力"。

② 冯涛、顾明栋：《莫道桑榆晚，人间重晚情——中西思想和文学中的老年主体性建构》，《学术研究》2019年第9期，第166~176页。

③ 青山七惠：《一个人的好天气》，竺家荣译，上海译文出版社，2007年，第4页。

④ 青山七惠：《一个人的好天气》，竺家荣译，上海译文出版社，2007年，第7、26页。

⑤ 若竹千佐子：『おらおらでひとりいぐも』，河出书房新社，2018年，第5、50頁。

不适。桃子甚至明确意识到"如影随形可相依偎的只有渐渐袭来的衰老"①。

与之相呼应，获奖作品中的老年女性形象群在另一方面还渗透出衰老从生命本质上而言还可以是一种"战斗力""老人力"。"老人力"原是芥川奖得主赤濑川原平1998年出版的随笔书名，出版之后好评如潮，荣登为当年畅销书冠军，更是成为1998年流行语。如同美国作家菲利普·罗斯提出的"老年就是战斗"②，又如同中国传统文化中所倡导的"老即贤"，"老人力"颠覆老人生理意义上的衰老，"并非老人身上的力，而是一种自然力。放松，做减法，过顺势的生活，慢慢走，反而快……"③，《老人力》封面如是解释。

这种"老人力"在平成时代日本女性芥川奖获奖作品中体现为老年女性形象直面自身衰老的"力"。《一个人的好天气》（2006年）中的吟子对自己忘记养过的猫的名字，坦言感到"可悲"，对于快被死去的猫的照片挂满墙的情形，直言"没等挂满我就死了"，看到电视画面中以化妆遮住皱纹，用包装扮出漂亮的老年女性，称其为"被骗的小丑"，对于他人问及自己的年龄，吟子干脆又明确地回答自己七十一岁。④《春之庭院》（2014年）中的巳房客对于年龄同样毫不避讳，告知他人自己在战争结束那一年出生。对于身外物，表示"自己到了该整理物品的年纪，无须增加任何东西"⑤。与"老"相关的记忆、容颜、年纪以及死亡在"她们"面前都变得能够直视与平淡起来。

这种"老人力"还体现为超越自身衰老的"力"。《一个人的好天

① 若竹千佐子:『おらおらでひとりいぐも』，河出書房新社，2018年，第26頁。
② 菲利普·罗斯:《凡人》，彭伦译，人民文学出版社，2009年，第116页。
③ 赤濑川原平:《老人力》，个个译，世界知识出版社，2014年。
④ 青山七惠:《一个人的好天气》，竺家荣译，上海译文出版社，2007年，第16、129、46页。
⑤ 柴崎友香:『春の庭』，文藝春秋，2014年，第127頁。

气》（2006年）中的吟子"腰杆总是挺得直直的"，即便生病也表现出顽强的生命力和超人的耐力，并没有表现出乖戾粘人，也没有哼哼唧唧，而是自己将生葱捣碎裹入毛巾并将其缠在脖子上，以自己积累的经验表示"不用吃这吃那的，葱能治病"，即便病中也自己"走到洗碗池喝水"。[①] 从中可以看出常年的独居生活已使得吟子惯于自立。吟子生活得非常充实，每逢周四都会兴致勃勃地参加老年交谊舞班，尽管年轻时与一位高大帅气又温和善良的台湾人的热恋因家人反对而分开，年纪轻轻时又遭遇丈夫去世，却依然没有磨掉吟子心中的爱，平淡从容地与跳舞时认识的老爷爷芳介谈起了黄昏恋。吟子并不将死亡视为老年人的特例，只将其与难过痛苦等同，称"什么年龄的人都害怕难过和痛苦"。[②] 《我将独自前行》（2017年）中的桃子会在日常生活中自觉不自觉地表现出与身体衰老的抗争，"挺直背"成为其习惯性动作，当追忆起自己的奶奶时会"不由得挺直背，正正姿势"，回忆到去世的丈夫时也会"挺直背，迈大步子"。[③] 桃子接受自己独自生活的处境，即便不时地感到孤独寂寞，但却能自我勉励，从未气馁，日常生活中"有意识地锻炼腿脚"，即便面对突然出现的腿脚不适，也能展现出"完全不像是过了70岁的人的动作"，纵然脚踝骨被石梯撞伤也未打退堂鼓，"以木棍做拐杖，撑住身体坚持前行"[④]。不论是吟子还是桃子，在与"老"相关的肢体、病伤以及死亡面前，呈现出的是

---

① 青山七惠：《一个人的好天气》，竺家荣译，上海译文出版社，2007年，第14、25、26页。

② 青山七惠：《一个人的好天气》，竺家荣译，上海译文出版社，2007年，第40页。

③ 若竹千佐子：『おらおらでひとりいぐも』，河出書房新社，2018年，第31、112頁。

④ 若竹千佐子：『おらおらでひとりいぐも』，河出書房新社，2018年，第103、101、119頁。

一种毅力与韧劲。

这种"老人力"又包括对人生的感悟"力"。《一个人的好天气》（2006 年）中的吟子在言及年轻人时指出，年轻"是最好的时候"，也是"拼命伸出手想要什么的时候"①，道出了年轻人青春中洋溢的生命力，同时也看穿了"年轻人的一切苦闷、孤独、厌倦、悲观等都是来自个人的强烈欲望，而这种欲望总是期待着别人给予自己什么，希望自己能从别人那里索要到什么"②。关于幸福，吟子主张"坚持下去幸福便会到来"。③ 这种对生活的感悟，也是支撑她继续向前的动力。吟子感叹人生"不合常规才是人间常理"，道出"人是会变的"。④ 她还将这种观念贯穿在自己的生活中，生活状态由封闭逐渐开放。最初只是闷在家中，收到主人公知寿外出吃寿司邀请，却显得"磨磨唧唧，不大愿意"，之后变得主动询问知寿是否要一起去新开张的超市，邀请知寿来看她参加的公民会馆交际舞班，去知寿打工的地方探班，甚至还与恋人芳介计划着爬山。《我将独自前行》（2017 年）中桃子领悟到现实世界只是一个过渡世界，桃子一路走来，经历了起起落落与角色转换，对于衰老一度认为是"接受失去与忍耐寂寞"，渐渐懂得衰老的同义词还可以是"经验与懂得"。⑤ 生活也不是"时刻争论输赢"与"无限抢占资源"，需要的是"为人处世的考虑与坚强忍耐的信

---

① 青山七惠：《一个人的好天气》，竺家荣译，上海译文出版社，2007 年，第 108 页。

② 叶琳：《＜一个人的晴天＞的叙事结构》，《当代外国文学》2014 年第 3 期，第 110~119 页。

③ 青山七惠：《一个人的好天气》，竺家荣译，上海译文出版社，2007 年，第 109 页。

④ 青山七惠：《一个人的好天气》，竺家荣译，上海译文出版社，2007 年，第 88、126 页。

⑤ 若竹千佐子：『おらおらでひとりいぐも』，河出書房新社，2018 年，第 30 页。

仰"。① 关于自我，桃子领悟出一味地顺从他者，强调与周围协调只会将自己湮没，实际上"人与人之间，无论多么亲密，都不会真的不分你我，那都是两个人"②，亲子关系也不例外，"自己想做的事情，就去做。就这么简单。不能把自己想做的事情寄托在孩子身上。那就成为以期待为名，行绑架之实"③。

如同精神分析学家荣格所指出的，"只有当一个人已经走到了世界的边缘，他才是完全意义上的现代人——他将一切过时的东西抛弃在身后，承认自己正站在彻底的虚无面前，而从这彻底的虚无中可以生长出所有的一切"④，吟子与桃子在人生长跑中，伴随着衰老获得的人生感悟力成为陪伴她们继续前行的动力。综上可以看出，《一个人的好天气》（2006 年）中的吟子、《春之庭院》（2014 年）中的已房客以及《我将独自前行》（2017 年）中的桃子具有高度的重叠性，她们既能客观面对自身的衰老，又以一种积极的姿态超越衰老，其中不乏女性作家面对日本社会老龄化与超老龄化现状的人文关怀，同时还昭示出日本老年人应当如何面对衰老的现实问题。

三、老年女性物质自我的认知姿态：消极与积极并存

对于平成时代的老年人而言，经济低迷的外部环境与身体衰老的个人状况都是不可回避的现实问题。对此，平成芥川奖女性获奖作品中的老年女性形象给出了回应，反映出她们对自身物质生活的消极认知与对自身衰老的积极应对。

这些老年女性形象在一定程度上浓缩着平成时代老年群体物质经济上的消极自我认知。众所周知，"一亿总中流"是上个世纪 70、80

① 若竹千佐子：『おらおらでひとりいぐも』，河出书房新社，2018 年，第 23 页。
② 若竹千佐子：『おらおらでひとりいぐも』，河出书房新社，2018 年，第 96 页。
③ 若竹千佐子：『おらおらでひとりいぐも』，河出书房新社，2018 年，第 51 页。
④ 荣格：《精神分析与灵魂治疗》，冯川译，译林出版社，2012 年，第 155 页。

年代日本经济高速发展时期国民意识的一大特征。然而，随着90年代初泡沫经济的崩溃，日本陷入"平成不况"。这种转变反映在老年人身上，便产生了"老后破产""下游老人"等群体，《春之庭院》（2014年）中的已房客便面临此种危机与可能。与此同时，老年人普遍抱有经济上的不安感。据日本金融广报中央委员会舆论调查统计，老年人在90年代初对经济生活抱有不安的比例约为60%，世纪之交时上升至80%，之后达到近90%。[①]《绿萝之舟》（2008年）中长濑母女的生活便笼罩着这种经济上的不安定与认知上的不安感。

这些老年女性形象还展现出平成时代老年群体对待身体衰老时应有的积极认知姿态。比照日本社会状况，据日本内阁府关于"老年人生活与意识"的调查数据显示，在日本老年人应对自身衰老与健康的准备中，持有"保持心态积极、心情愉快"观点的人数占比均未过半，且由2000年的45.5%下降至2015年的39.5%，在与美国、德国与瑞典的比较中也居后位。[②] 此外，有学者指出"依据WHO的健康定义，日本老年人的健康观念中精神要素占比较小，日本今后不仅应当重视老年人'身'的健康，还应提倡'心'的健康"。[③] 对此，获奖作中的老年女性形象提供了良好的范例与启示。

第二节 老年女性社会维度的自我形象与自我认知

2012年，75岁的黑田夏子凭借《ab珊瑚》获得芥川奖，成为有

---

① 重川純子：『高齢者の経済的不安』，详见：https://www8.cao.go.jp/kourei/ishiki/r01/zentai/pdf/s3.pdf，访问时间为2021年10月15日。

② 日本内閣府：『高齢者の生活と意識に関する国際比較調査』，详见：https://www8.cao.go.jp/kourei/ishiki/chousa/index.html，访问时间为2021年10月15日。

③ 香山リカ：『高齢者の「こころの健康」について考える—4か国調査から見る日本の高齢者の心理的健康—』，详见：https://www8.cao.go.jp/kourei/ishiki/h27/zentai/pdf/kourei_4_kayama.pdf，访问时间为2021年10月15日。

史以来最年长获奖者，被称为"高龄新人"。2017 年 64 岁的若竹千佐子摘得桂冠，获奖小说《我将独自前行》创下了两个月销售五十万册的记录。两篇获奖作均以作者自身为原型，前者主要讲述了出生于战前的主人公孩提时代、青年时代与中年时代的家庭生活与个人经历，后者在主人公 71 岁桃子回忆与现实的交织中，展现出成长于战后的日本女性的人生经历。通过这两篇获奖作，我们可以管窥到平成日本老年女性在家庭变迁中的自我形象。此外，平成时代芥川奖获奖女性作品相较之前，出现了许多工作的老年女性形象。例如《镇上的猫婆婆》（1989 年）中的"猫婆婆"、《踏蛇》（1996 年）中的西子、《绿萝之舟》（2008 年）中长濑的母亲与律子的母亲，以及《穴》（2013 年）中麻阳的婆婆、《春之庭院》（2014 年）中的巳房客等。这些老年女性虽然工作动因有所差异，但在处理工作与家庭的关系上又有一致性，往往倾向于后者。"文学是一种社会现象，也是一种思维方式"。通过这些老年女性形象，不仅可以看到家庭变迁中的日本女性形象与工作老年女性的自我形象，而且反映出她们在社会维度上的自我认知特点。本节将围绕平成芥川奖获奖女性作品中的老年女性形象，从家庭与老年女性、工作与老年女性两个方面展开分析。

一、家庭与老年女性自我：以《ab 珊瑚》《我将独自前行》为例

（一）原生家庭"父家长制"与老年女性青春期

黑田夏子的《ab 珊瑚》（2012 年）提供了一幅昭和时代出生的女性与原生家庭之间纠葛的图景。"叙述者以一种近乎超然的态度回忆往昔，将彼时的经历及情感清晰地呈现在读者眼前，带着 1940 年代日本独有的时代氛围"[①]。作家川上未映子评价小说"带着那个时代的

---

① 杨炳菁，关冰冰：《高龄作家的出世之作——第 148 届芥川奖获奖作品 <ab 珊瑚 >》，《外国文学动态》2013 年第 3 期，第 28~30 页。

氛围、色彩与感触，作者通过小说让我们回到了那个时代"①。黑田在
与作家下重晓子的对谈中表示小说中的主人公带有自己的影子。② 小
说中社会背景的清晰交代、明确的年龄标示与人物名称的无特指性还
使得主人公的成长具有了现实性与代表性。黑田以细腻的笔触刻画出
幼年丧母的主人公与学究父亲一起度过的幼年、青少年时期，以及这
一原本稳定的关系因一个女人的介入而逐渐分崩离析的情景。小说通
过主人公"她"与父亲、女人之间的关系再现了战前及战后初期"父
家长制"下女性的自我形象。

　　"父家长制"又名"父权制"，是指以父亲权力为中心的一种权力
等级体系，具体包括三种支配关系，一是指男性对女性的支配，二是
指年长者对年少者的支配，三是指位高者对位低者的支配。《ab 珊瑚》
（2012 年）中的城市中产阶级家庭便体现出这种等级关系以及关系中
的女性形象。主人公居住的家宅经历了两次搬迁，家庭关系也发生了
两次变化。作为幼女的"她"四岁丧母，与父亲生活在独栋三层小楼
中，小楼的二层全部是学者父亲的藏书，三层则是主人公"她"的主
要活动空间，一层是供家中佣人混杂居住的屋子。占据二层的父亲与
居于三层的幼女"她"自由互通，父亲白天主要待在二层与书为伴，
晚上则陪幼女在三层休息，而作为幼女的"她"也时不时在二层与父
亲一起写写画画。"一层做好的饭菜通过直达顶层的台阶被送至三层，
如此来回两三次"，"佣人们一般是放好饭菜然后就退下了，待我们吃
完以后只要叫一声便有人上来收拾"③。此时作为幼女的"她"，在与父

<hr>

① 　川上未映子：『川上未映子の読書爆発』，共同通信社，2012 年，参见：作
家・川上未映子が「恍惚の体験」と絶賛した黒田夏子の新作とは――【往復書簡】黒
田夏子 × 川上未映子｜対談・鼎談｜Book Bang –ブックバン–。

② 　黒田夏子、下重暁子：『幼女からそのまま老人になりました』，『文芸春秋』
2013 年第 91 巻第 3 号，第 367~373 頁。

③ 　黒田夏子：『ab さんご』，文藝春秋，2013 年，第 19 頁。

亲的日常生活中潜移默化地认同于家庭中的这种等级关系，理所应当地视自己与父亲具有一体感，在这种上下关系中占据优位，"她对被雇用的人发自内心有一种轻视"①。搬迁至海边小镇一处平房后的父女二人维持了五年半这种生活状态，直至家政妇女的到来。新来的家政妇女与父亲的关系越走越近，后来俨然以父亲的妻子自居。搬家后的小房子被这位家政妇女分为"兼具多种用途共用的客厅和三间类似于牢房的小屋。唯有那不能兼做卧室的狭小书房里主人（父亲）所用的被子还照旧被铺在共用的客厅"②。在家政妇女看来，"只有赚钱的父亲特殊"，而十七岁的"她"不仅被切断了与父亲的"连带感"，更是被动地意识到"有着世俗地位和收入的五十四岁的父亲才是家庭的中心"③。如果说家政妇女来之前的主人公"她"是无意识地将自我内化于父亲的权威，那么家政妇女来之后父亲的地位则现实而又显在地呈现在主人公"她"的面前。家政妇女不仅成为横亘在父女二人之间情感的障碍，更是成为扮演着父亲权力代言者的角色。对于这时的主人公"她"而言，"父女二人的家渐渐分崩离析，如同一个血液不再流通的躯体"④，置身其中的"她"受到压制。最终，二十二岁的"她"独自搬离出了家，脱离出父亲的家之后生活变得更为窘迫，"她"清楚地意识到"陷入这种境地无疑是自己无奈之下选择的生存方式造成的"⑤，但"她"并没有回头，而是如"分枝的 ab 珊瑚"一般，岔开"父权制"的家，挣扎着走自我的道路。

　　近代以来，日本社会父权制的"家"作为国家共同体的末端机制，潜移默化地影响着女性的思维方式。战后日本，国家共同体层面上象

---

① 黒田夏子:『ab さんご』, 文藝春秋, 2013 年, 第 21 頁。
② 黒田夏子:『ab さんご』, 文藝春秋, 2013 年, 第 25 頁。
③ 黒田夏子:『ab さんご』, 文藝春秋, 2013 年, 第 25、31 頁。
④ 黒田夏子:『ab さんご』, 文藝春秋, 2013 年, 第 24 頁。
⑤ 黒田夏子:『ab さんご』, 文藝春秋, 2013 年, 第 21 頁。

征父权的天皇制与家庭层面上的"家父长制"开始解体，但长期积累的传统观念的影响依旧存在。这在若竹千佐子的获奖作品《我将独自前行》（2017年）中同样有所体现。从74岁的主人公桃子的回忆中，可以得知桃子成长在战后日本东北地区的农村大家庭，"有爷爷奶奶，有爸爸妈妈，还有哥哥以及出嫁之前的小姑们，很多人住在一起的家，故乡的家"①，这样的大家庭遵循的是"父权制"社会原理，桃子接受的规训也是传统式的。桃子生下来是左撇子，这一异于常人的行为被家人视作不当，奶奶极为担心桃子将来"做和服时穿针引线，要是用左手多难看，学做衣裳与织毛衣都不像话"②，父亲则将三四岁桃子的左手用毛巾包裹起来，强行改变其左撇子的行为习惯。母亲对桃子更是抱着双重否定的心态，一方面意识到父权社会下的女性意味着"失去什么、受到伤害与变得脆弱"③，因此对于桃子的女性性表示出抗拒。即便看到桃子别个发卡也会发怒，称其为花哨风骚行为，这种投射在女儿身上的否定性反衬出母亲在男性原理社会下受害者的身份；另一方面对桃子的主体性给予打压。在日常生活中对女儿总是使用命令式口气，稍有不听便没完没了，桃子的工作听从的是母亲的安排，母亲甚至干涉桃子的婚姻，要么希望桃子不要结婚，待在家里帮衬将由哥哥继承的家，要么安排桃子嫁给农协会长家的儿子。这种对桃子个体自我的否定不仅反映母亲无意识中成为父权社会下的加害者，还表现出桃子青春期自我成长道路上的艰难。在这样的家庭环境中成长起来的桃子一方面被教会的是"顺从他者，尽可能与周围协调"，另一方面又总是因"压抑自我而心怀懊恼"。④在这样的撕裂中，桃子最终选择

---

① 若竹千佐子:『おらおらでひとりいぐも』，河出書房新社，2018年，第123~124頁。

② 若竹千佐子:『おらおらでひとりいぐも』，河出書房新社，2018年，第125頁。

③ 若竹千佐子:『おらおらでひとりいぐも』，河出書房新社，2018年，第42頁。

④ 若竹千佐子:『おらおらでひとりいぐも』，河出書房新社，2018年，第121頁。

远离故乡的家，只身前往东京，完成第一次"独自前行"。

综上，《ab 珊瑚》（2012 年）中的"她"与《我将独自前行》（2017 年）中的桃子，还有家政妇女、母亲，这些女性尽管出生阶层不同，成长环境也不一样，但她们的自我无一不受到"父家长制"的影响与制约。

（二）核心家庭"男主外、女主内"与老年女性中年期

日本在上个世纪 60、70 年代的经济高速增长期，出现了大量"核心家庭"。这种家庭结构又被称作"核家族"，一般是指夫妻二人与未婚子女组成的家庭。这一家庭结构形式在近代产业化、都市化过程中应运而生，在日本最早出现在大正时期，在战后的高速经济发展时期成为都市家庭的普遍形式。家庭角色分工采用"男主外、女主内"的形式，即男性成为"企业战士"，而女性则以专职家庭主妇身份负责家庭琐碎日常。《我将独自前行》（2017 年）中桃子中年期的婚姻家庭生活反映出的正是这一时期"核心家庭"中女性的自我形象。桃子在1964 年东京奥运会之年离开家乡，成为"集团就职"一员，之后在东京打工时结识周造，与其结婚后成为专职家庭主妇。按照老年桃子对自己中年时期的回忆，在"核心家庭"生活期，她作为妻子"为周造而活"，将爱丈夫等同于爱自己；作为母亲，终日围绕着孩子，尽其所能地将自己认为好的给予兄妹二人；作为主妇，生活在"应该这样""必须那样"的现实社会设置出的"条条框框"中。桃子的这些回忆片段，呈示出专职家庭主妇的日常，而她在子女成家、丈夫去世后感到自己变成"一个空虚的壳"[1]，更是反衬出专职家庭主妇的自我形象。

此外，从桃子的人生经历来看，她的自我形象经历了两次转变，人生目标与自我感知也随之发生改变。初到东京时的憧憬是"努力工

---

[1]　若竹千佐子：『おらおらでひとりいぐも』，河出书房新社，2018 年，第 95 頁。

作，挣钱存钱，过上富裕日子，这便是闪闪发亮的目标"，婚后目标变为"理想的妻子"。离开家乡时"觉得自己是新女性。不被家庭束缚，不受父母控制，所以才离开故乡独自来东京闯荡"，婚后"不知不觉间回到传统的生活方式，选择了为别人而活"[①]。当丈夫离世后的十五年间，才发现"丈夫走了，孩子大了，自己的'任务'完成了，与这个世界的联系也仿佛被切断了，自己似乎变成了可有可无的存在"，并决心"不再顾忌要遵循的规定规矩，今后可以按照自己的规则，不做从前的自己，以后只听从自己"[②]。从桃子的转变中，也可以看到核心家庭中女性的个体身份往往湮没于主妇的角色身份中。

（三）独居家庭"无缘化"与老年女性玄冬期

《我将独自前行》（2017年）中74岁的桃子在传统乡村大家庭中度过了青少年时期，在高速经济增长的都市核心家庭中送走了中年时期，又在经济萧条社会转型中迎来了人生的晚年。晚年的桃子过起了独居生活，浓缩着平成时代"无缘社会"中老年女性乃至老年人群体的生活境况。

"无缘社会"一词出自2010年日本NHK纪录片《无缘社会——三万二千人"无缘死"的震撼》，揭示出日本社会个体面临的孤独境遇。"缘"指的是人与人之间的关联，包括血缘、地缘、职缘等关系。传统日本社会文化具有"缘人"特征，但随着近代工业化、城市化、新自由主义化等的进程，日本社会结构自上个世纪80年代开始由集体社会向个体社会转型。在这一过程中，人与人之间的关联日趋弱化，个体呈现出液体化与原子化状态。经济的长期低迷带来稳定雇佣关系的解体以及人员的频繁流动，居高不下的晚婚不婚与离婚率以及日益走低的生育率关联着少子化现象的日趋严重，传统的大家庭大势已去，

---

① 若竹千佐子：『おらおらでひとりいぐも』，河出書房新社，2018年，第90頁。

② 若竹千佐子：『おらおらでひとりいぐも』，河出書房新社，2018年，第116頁。

现代化进程中的核心家庭也开始解体，人们面对的是"无缘化"的社会。《我将独自前行》（2017 年）中步入老年的桃子所置身的正是"无缘"状态。

首先，桃子处于地缘关系疏离的状态。这里的地缘不仅指桃子回不去的故乡，还指桃子当下的居所。日本经济高速发展时期，乡村年轻人大量涌入城市，城市成为文明的象征，而乡村日益被边缘化。桃子擅自悔婚前往东京，直至父亲去世才得以回乡。随着年岁的增长，桃子与故乡之间已然没有了实际的连接，父母亲早已去世，曾经在一起共同生活的亲人也已不在，年轻时与乡邻熟络的故乡变成陌生的异地，与家乡的关系日渐淡化。不仅如此，桃子在东京的居住地一带"十来年间逐渐萧条，当年一片繁华的超市、寿司店、拉面店、衣服店等已经消失"①，这样的变化很难构建起稳定的地缘关系。桃子"能说话的人很少，与周围邻居也只是偶尔见面打个招呼，和邮递员、快递员说上两三句"②，家中的"称之为客厅的地方，很久以前就变成了仓库"③，这些细节充分说明桃子与居住地关系的松散性。

其次，桃子处于姻缘、血缘关系疏远的状态。桃子与丈夫周造三十一年的夫妻关系因丈夫的突然离世而划上了句号；儿子正司在大学退学后曾有一段时期回避桃子，工作也选择了其他城市，间或会给家里报信，但却鲜少回家；女儿直美长大结婚离家后便与桃子渐行渐远，虽然"住在相隔仅 20 分钟车程的地方"④，但别说露面，"电话也罕见来一个"⑤。桃子在长年的独居生活中习惯着孤独，忍受着孤独。自己与自己对话，思考与出没家中老鼠的亲密关系，回忆过往的生活成为

① 若竹千佐子:『おらおらでひとりいぐも』，河出书房新社，2018 年，第 103 页。

② 若竹千佐子:『おらおらでひとりいぐも』，河出书房新社，2018 年，第 55 页。

③ 若竹千佐子:『おらおらでひとりいぐも』，河出书房新社，2018 年，第 7 页。

④ 若竹千佐子:『おらおらでひとりいぐも』，河出书房新社，2018 年，第 37 页。

⑤ 若竹千佐子:『おらおらでひとりいぐも』，河出书房新社，2018 年，第 35 页。

老年桃子的日常。孤独难耐时，桃子便走出家门观察人群，再或者徒步前往丈夫安眠之处。经年的独自生活使得桃子日益内向化，变得"不合群，难以与别人打成一片"①，其中折射出的正是亲情关系疏离后无以慰藉的孤独。

日本内阁府 2010 年展开"老年人地域生活方式调查"，其中一项内容为"是否感觉孤独死与自己密切相关"，对此问题持有肯定回答的老年人高达 42.9%。② 可见，孤独已经成为"无缘社会"中老年人的一大心理特征。老年社会学研究表明，"日本老年人的孤独感等负面意识与子女人数以及从子女获得的工具性支持没有直接关联，与之相关联的是代际互动关系中体现的情感性交流。此外，有研究指出亲属关系状况亦是老年人孤立的重要影响因素"③。对此，若竹千佐子在《我将独自前行》（2017 年）中通过主人公桃子淋漓尽致地展现出现代社会老年人的独居生活与孤独问题。

二、工作与老年女性自我：以《镇上的猫婆婆》等为例

平成时代的日本女性不再局限于家庭，她们的主要活动还包括工作，老年女性也不例外。据统计，日本 60~64 岁女性就业率在 2005 年以后增幅明显，已从 1980 年的 38.4% 上升至 2014 年的 47.6%，65 岁以上老年女性就业率增幅也一直保持在 12%~16% 之间④，由此可见

---

① 若竹千佐子：『おらおらでひとりいぐも』，河出书房新社，2018 年，第 70 页。

② 日本内阁府：『高齢者の社会的孤立と地域社会』，详见：https://www8.cao.go.jp/kourei/whitepaper/w-2010/gaiyou/22pdf_indexg.html，访问时间为 2021 年 10 月 25 日。

③ 朱安新、高熔：《日本独居老年人的孤独死感知——基于日本内阁府"独居老年人意识调查（2014 年）"数据》，《贵州社会科学》2016 年第 10 期，第 119~126 页。

④ 崔迎春：《中日两国老年女性就业现状的对比研究》，《华中科技大学学报（社会科学版）》2016 年第 3 期，第 122~130 页。

老年女性工作人数增长之速。这一点不仅存在于平成日本社会现实，也反映于文学作品。就平成时代芥川奖获奖女性作品而言，其中工作就业老年女性包括《镇上的猫婆婆》（1989 年）中的猫婆婆、《踏蛇》（1996 年）中的西子、《家庭电影》（1996 年）中素美的母亲、《绿萝之舟》（2008 年）中长濑的母亲与律子的母亲、《穴》（2013 年）中麻阳的婆婆、《春之庭院》（2014 年）中的已房客。依据其工作动因可以将其归纳为以下三类：

（一）为物质追求而工作的老年女性

《镇上的猫婆婆》（1989 年）中的猫婆婆年轻时正处于日本战后经济恢复期，在物质贫乏中作为茶馆艺人讨生活，在丈夫继承亲戚家的茶馆后得以稳定下来，之后在经济高速增长时期将传统茶馆转型为现代料理店。猫婆婆主要从事服务型行业，以自营业为主的大半生围绕着物质生活的满足与改善。小说寥寥数笔对于猫婆婆工作的介绍既反映出其个体的精明干练，也显露出经济至上时代背景下人们追求的是物质性需求的满足。

《踏蛇》（1996 年）中的西子经历了两次婚姻，在两次婚姻家庭生活中皆担当着维持家计的主要角色。第一次婚姻中作为念珠店老板娘的西子"十分能干，既要制作念珠，又要管理店铺，作为老板的丈夫却极少露面，整日在外游荡"[①]。第二次婚姻中与小八岁的小菅私奔成家后，共同经营一家小店铺，西子终日埋首于制作念珠，丈夫小菅负责跑业务送货。二人生活的周遭不是股市行情便是土地开发，这种泡沫经济社会背景下的小菅时常唱着"重要重要。重要的是出租的保险箱……"[②]，车上总是播放股市行情。而西子也坦言自己"每天把盐堆高高的"以求生意兴隆，"不停地做念珠"以期增加收入。可见西

[①]　川上弘美：『蛇を踏む』，文藝春秋，2013 年，第 11 頁。

[②]　川上弘美：『蛇を踏む』，文藝春秋，2013 年，第 21 頁。

子工作的主要目的也是在于获取物质保障。

《家庭电影》（1996 年）中主人公素美的母亲放荡不羁又充满物欲。在生活上，母亲抛弃了无能却奢侈的丈夫，与多金且年轻的情人生活在一起。在工作上，年轻时曾在夜总会工作的母亲，年老后做起了快餐店小买卖，紧接着又计划将积累的资金投入风靡的房地产行业，在自己的住房门上挂起"平成兴业"的招牌，憧憬着开一家咖啡馆并兼做不动产，还打起了将丈夫的房子做抵押的主意。无论生活还是工作，母亲围绕的中心都是"金钱"，追求的皆是"物欲"满足。

个体的价值取向避不开社会发展状况与社会意识形态的影响。日本平成时代经历了初期的泡沫经济与中后期泡沫崩溃的经济低迷，处于经济发展转折期。平成时代的老年人亲历了日本的经济"奇迹"，认同于经济至上的社会价值观念，有意无意地将物质追求贯穿于日常生活，自觉不自觉地体现在言行举止上。作为一种文学"素描"，平成时代初期芥川奖获奖女性作品中的老年女性形象并无浓墨重彩，在文本中也仅作为"功能人物"穿插在情节之中，但对其工作样相不经意的描写，却自然地烘托出"她们"在所处时代背景下的物质追求意向。

（二）为生活所需而工作的老年女性

《绿萝之舟》（2008 年）中母亲在长濑九岁时与父亲离婚，之后便带着长濑搬去外婆家。漫长的岁月中，母亲难以将希望寄托在"毫无工作观念"的父亲身上，也不可能获得分文抚养费与补偿金，在母女二人相依为命的生活中，母亲靠着一己之力抚养长濑长大，即便进入老年依然不敢停歇，生活的窘迫从自安身居所的简陋与常用家电的破旧便可知晓。与之相似的还有律子的母亲，同样作为单亲母女家庭的主要支撑，律子的母亲抚养女儿长大后，长年蜗居租住在一室一厅的狭小房子中，坚持工作到退休念兹在兹的是能够换一套公寓。《春之庭院》（2014 年）中的巳房客曾经结过一次婚，但因为婆媳问题，最后被丈夫赶出家门，儿子也被留在丈夫老家。孤苦无依的巳房客只身前往东京，工作成为维持生活的不二选择，之后便在服装学校从事起缝纫老师的工作直至退休。从这些老年女性的人生经历中丝毫看不到幸福家庭主妇的光环，有的只是脱离开家庭在工作中为生活挣扎。

"男主外、女主内"的角色分工在战后日本家庭中成为一种普遍现象。在这样的家庭分工中，女性作为家庭主妇操持家务、养育孩子，而男性则是家庭经济的主要来源。平成时代的老年女性在结婚适龄期大多走进婚姻，满怀着追求幸福家庭的愿景。一旦这种期待落空或者遭到家庭的抛弃，只能靠一己之力在工作中谋取生活直至暮年。作为一种文学"镜像"，平成时代芥川奖获奖女性作品将老年女性工作就业的一大缘由呈现了出来。

（三）为自我实现而工作的老年女性

《穴》（2013 年）中主人公麻阳的婆婆一直以来对于工作都抱持积极的态度。从其工作经历来看，婆婆"生下儿子之后，也只休息了半年而已"，"大家的经济状况应该也没有窘迫到必须出来工作的程度"，"一直以来都坚守工作岗位，大概是在明后年就到退休年龄了"[1]。在麻阳看来，"工作在婆婆心中的地位非常重要"，"婆婆相当喜欢那份工作，或者可以说是乐在其中"[2]。麻阳自结婚以来，由于成家在外地的原因，鲜少与婆婆有密切接触，但屈指可数的联系中婆婆留给麻阳印象最为深刻的便是工作观"令人佩服，甚至感到羡慕"。不仅如此，麻阳眼中工作的婆婆与专职主妇的母亲有着鲜明的比照，"婆婆的外表看起来大概只有四十出头，没化妆的双颊光滑红润，散发着朝气。而母亲虽然比婆婆年轻将近十岁，有时看起来却比较衰颓。可能这就是从生育后一心当家庭主妇与持续工作的人的差别"[3]。就婆婆自身而言，当听到儿媳妇麻阳因为儿子调动工作而准备辞职时，第一反应是

---

[1]　小山田浩子:『穴』，新潮社版，2014 年，第 12 頁。

[2]　小山田浩子:『穴』，新潮社版，2014 年，第 12 頁。

[3]　小山田浩子:『穴』，新潮社版，2014 年，第 26 頁。

感到意外与可惜，紧接着的第二反应是让儿子考虑"单身赴任"，由此可以从侧面看出工作于婆婆来说是自我的重要组成部分，也正因如此才下意识地难以理解儿媳妇麻阳的决定。

个体的工作意识与观念不仅受社会与家庭因素的影响，与自我对工作的期待与意义的认知密切相关。一般而言，人的需求不仅包括自身生存性需求，还包括自我发展的需求。平成时代日本内阁府关于"老年人生活与意识"共展开八回国际比较调查。调查内容之一为"希望继续工作的理由"，调查的结果显示，日本老年人中相当一部分是"希望获得经济收入"而工作（第 1 回 /38.7%、第 2 回 /38.9%、第 3 回 /43.9%、第 4 回 /45.8%、第 5 回 /40.8%、第 6 回 /42.7%、第 7 回 /43.8%、第 8 回 /49.0%）。此外，还有一部分出于"工作有益于身体，可以防止老化"（第 1 回 /38.1%、第 2 回 /42.0%、第 3 回 /32.9%、第 4 回 /27.2%、第 5 回 /28.9%、第 6 回 /25.9%、第 7 回 /25.8%、第 8 回 /24.8%）与"工作本身有趣，可使自己有活力"的认识而工作（第 1 回 /12.2%、第 2 回 /8.1%、第 3 回 /11.0%、第 4 回 /11.1%、第 5 回 /19.8%、第 6 回 /24.6%、第 7 回 /20.7%、第 8 回 /16.9%）。可以看出，平成老年群体从事工作尽管有获得自我全面发展的需求，但主要还是为了满足物质生存需求。这一点在男权日本社会老年女性群体中更为突出。通览平成获奖作中工作的老年女性形象，也只有《穴》（2013 年）中麻阳的婆婆从事工作的动因中带有自我实现的色彩。

三、老年女性社会自我的认知序列：家庭角色身份优先于其他身份

倘若将这些老年女性的生活情景从工作延伸至家庭，可以发现其社会自我认知带有共性的特点，即"她们"无论是出于何种工作动机，家庭都是其脱不开的羁绊，在工作与家庭的天平上往往会倾向于后者，这一点并不因"她们"年长而与中年女性有所不同。作为家庭自营业老板娘的猫婆婆（《镇上的猫婆婆》）与西子（《踏蛇》）自不待言，"她

们”的家庭与工作本就黏合在一起。猫婆婆每天下午去自家的料理店帮忙前，上午完成清扫、洗涤等家务劳动已成一种定型惯例。西子不仅要操持念珠店的一应事务，包括念珠制作、店铺清洁以及库存整理、账务来往等，还得事无巨细地照顾丈夫小菅的起居饮食。《家庭电影》（1996 年）中林素美的母亲在同居家庭中，生活常态是围绕同居"丈夫"展开，只要"丈夫"出现，宏伟的工作构想也得暂搁一边。"'我有个计划。' …… '做生意，做买卖。哎呀，真讨厌。你回来啦，利夫君。' …… 母亲恢复了常态，帮藤木脱下西装，一边揉搓着藤木的背部"。[1] 而长濑的母亲、律子的母亲（《绿萝之舟》）以及巳房客（《春之庭院》）更是毋庸多言，工作是"她们"失去家庭依靠的无奈选择。或者不夸张地说，如果家还可以容身，她们或许不会就业工作，这一点从长濑母亲"虽然选择了离婚，但她还是觉得，女人要靠结婚才能得到稳定"[2] 的想法上，以及律子的母亲虽然离婚就业，但在女儿婚后退职一事上却并未给出反对意见等表现上得到集中体现。《穴》（2013 年）中麻阳的婆婆虽乐在工作中，但显而易见的是，家务琐碎的承担也都落在她一个人身上。家务整理、房屋出租需要其独自操持打理，家中老人的日常饮食安排是其每天上班前一个人独自准备，老人生病虽然得益于儿媳妇麻阳伸把手分担，但婆婆仍然需要"将当天的工作尽可能在中午前完成，再或者一到下班时间就赶往医院"[3]，儿子搬家也是其忙前忙后。与之相比，公公虽然也还未退休，但是给人的印象一是家庭事务不关其事；二是悠然自得，工作闲暇便是自己的兴趣——高尔夫时间。两相对比，一方是婆婆的毫无怨言；另一方是公公的理所应当。不言而喻，连接二者的便是日本传统意识形态的

① 柳美里:《家庭电影》，于荣胜译，人民文学出版社，2006 年版，第 45 页。

② 津村記久子:『ポトスライムの舟』，『群像』2008 年第 63 卷第 11 号，第 6~50 页：第 39 页。

③ 小山田浩子:『穴』，新潮社版，2014 年，第 116 页。

父权制。

由此可以看出，在老年女性的自我、工作与家庭三者关系中，自我的工作角色往往服务于、屈从于自我的家庭角色。不仅如此，老年女性个体自我身份受世俗父权观念影响较深，并未走出男权传统的窠臼，成为自我生命本体的主人。

第三节　老年女性精神维度的自我形象与自我认知

"爱"是人类情感的重要组成部分，是人类存在的本质力量，是个体生命中最为重要的东西，是个体自我面对困难的情感力量。美国著名社会心理学家亚伯拉罕·马斯洛的人本主义心理学需求层次理论指出，人类内心深处潜藏着不同的需求，这些需求为人类的行为提供动力支撑。在此基础上，马斯洛将人类的需求划分为五个层次，形成马斯洛五需求理论，这五个层次的需求从低到高分别为生理需求、安全需求、爱与归属需求、自尊需求以及自我实现需求。[1] 显然，爱的需求作为中间层次，是自我实现需求满足必不可少的重要环节。爱的需求应当是一种双向满足，不仅包括爱的需求，还有被爱的需求。

相较于以往作品对青年女性青春主题以及对中年女性角色问题的偏重，平成时代女性作品中的老年女性人物也日渐走入读者视野，"她们"留给人们的印象有衰老与孤独，但更多的是坚韧与温暖，闪耀着"爱"的光辉。本节着重考察平成时代芥川奖获奖女性作品反映出的两种典型老年女性形象，进而讨论她们的情感世界与精神自我认知。

一、对他者关爱的长者形象：以《镇上的猫婆婆》等为例

平成时代芥川奖开篇获奖作品《镇上的猫婆婆》（1989 年），"以

---

① 亚伯拉罕·马斯洛：《动机与人格》，许金声译，中国人民大学出版社，2012年，第 243 页。

稳健的笔力写出了人间的温情"。① 小说 "主人公幼年时的失语及前后经纬让人伤感"，但 "与此同时，还伴随有一种幸福感"。② 小说主人公惠理子的外祖母及邻居 "猫婆婆" 正是 "温情" 所存、"幸福" 所在，惠理子身心的成长离不开两位老年女性寄予的 "爱"。惠理子在 3 岁至 5 岁的成长中，被母亲两次送回外祖母家。第一次时，面对日语仅止于临行前母亲教的 "外婆" 与 "姨妈" 两个词汇以及操着一口小儿英语吵着要回美国的外孙女，一向淡定的外祖母起初手足无措，只是出于本能地喂幼儿惠理子吃的。在初次的抚养过程中，外祖母关注的是惠理子的吃与睡，故此在惠理子姨妈懂英语的同事帮助下，明白其 "肚子不饿，也并不困" 后放心许多。在家中与自己的小女儿即惠理子的姨妈商量时也流露出关注的重点除去语言沟通外便是饮食起居。在外祖母看来，维系自己 - 女儿 / 外孙女的母亲 - 外孙女的祖孙三代之间最重要的是血脉亲情与角色责任，正是基于此，看着眼前三岁的外孙女，不禁责备女儿的任性，对女儿作为母亲的不负责任感到羞耻。两年后当外祖母听到女儿要求惠理子返回自己身边时，第一反应是对女儿的不满，"又不是阿猫阿狗……。弄得这叫什么事儿"，当经惠理子姨妈劝慰 "毕竟姐姐是惠理子的妈妈，这也是没办法的事" 后，尽管不舍，但也只能是无奈。

原本已经适应外婆家生活的惠理子在两年后被母亲叫回身边，但回到母亲身边的惠理子得到的并非是久违的母爱，而是再一次的 "弃养"：由于惠理子忘记英语，与母亲的美国丈夫沟通不畅，母亲便以影响自己现在的家庭生活为由在两个月后将其送回至娘家。不同于上次的吵闹，第二次的惠理子陷入 "失语" 状态长达半年。对比前次关

① 黒井千次:『僅差の印象』,『文芸春秋』1990 年第 68 卷第 4 号，第 405~406 頁。

② 日野啓三:『異能と正統』,『文芸春秋』1990 年第 68 卷第 4 号，第 402~403 頁。

注的是饮食与睡眠等的生理性需求，这次外祖母意识到的是惠理子幼小心灵受到的打击与创伤。尽管担心惠理子，内心盼着外孙女平静下来开口说话，同时也清楚惠理子突然失语根源于母爱的缺失。因此，在惠理子的成长中，外祖母竭尽可能地给予惠理子呵护与关爱：时不时地给外孙女零花钱；从别人那里得知惠理子开口说话时，尽管生气外孙女不告之但更多地欣慰于其可以正常上学；担忧惠理子陷入家庭阴影回避婚姻，为其长远打算默默购买保险。

与外祖母性格迥异的邻居婆婆是关爱惠理子成长的另一位长者。在姨妈眼中，邻居婆婆时常照顾野猫，还将猫仔带回当作家猫来照料，为其专门弄了猫舍，定时定点地给猫晒太阳。姨妈将其称为"猫婆婆"，原本对这位邻居有偏见的外祖母也对其暖心之举流露出肯定，"这个人变了啊，以前可是善于伪装，从开始照顾猫咪起，蝇营狗苟的行为似乎收敛不少……"[1]。在惠理子的人生中，这位猫婆婆寄予的关怀、心疼与理解，与外祖母平分秋色。可以看到，猫婆婆参与了惠理子成长中的多个重要阶段。首先，惠理子在半年的"失语"状态下常常待在猫婆婆家。用惠理子的话来说，"在那里感到安心"[2]。惠理子看着猫婆婆给猫咪们晒太阳，听着猫婆婆时不时的自话自说或是间或夸赞，偶尔还在猫婆婆家吃午饭，听猫婆婆夫妇二人家长里短的闲谈，俨然是一副平常人家的幸福场景。在这里猫婆婆不会动辄将惠理子的举止与其幼时遭到母亲"抛弃"的经历相联系，也不会因为惠理子的"失语"而将其视作异常。正是在这种平淡安稳中，惠理子终结了母亲造成的"失语"状态。其次，猫婆婆在惠理子的探父、婚育以及姨妈去世等人生重要关节点上，都默默守候在旁，给予关怀与帮助。猫婆婆在从丈夫那里得知惠理子问及父亲的事时，对惠理子更加疼爱；张罗撮合侄子与惠理子的婚姻，希望惠理子能多子女，言语间

---

[1] 滝沢美恵子:『ネコババのいる町で』，文藝春秋，1990 年，第 35 頁。

[2] 滝沢美恵子:『ネコババのいる町で』，文藝春秋，1990 年，第 61 頁。

满含着对惠理子的疼惜；在惠理子姨妈去世时，忙前忙后地帮着善后琐碎。可以说，猫婆婆虽然与惠理子没有血缘关系，但是却参与了惠理子的人生成长。正是有了猫婆婆等人的关爱，惠理子没有"觉得自己不幸"[1]，反倒是领悟到"即便是亲生父母，如果没有陪伴，也毫无意义"[2]，"只要付出爱，即便毫无血缘关系，也可以成为自己的孩子"[3]。惠理子正是在"爱"中得到抚慰，血缘带来的创伤在"爱"中得到疗愈。正是基于此，小说虽然只描绘出惠理子人生经历中的五个场景，却让评委发出"唯有爱才是人生"[4]的醍醐感慨。

平成时代老年文学的兴起尚属新的现象，其中为数不多的老年女性形象常常被刻画为"爱"的承载体。"她们"是提供给青年一代关爱的供养者，比如《镇上的猫婆婆》（1989年）中弥补缺少父母亲爱的外祖母的隔辈爱与邻居猫婆婆的长者爱；再如《一个人的好天气》（2006年）中的吟子不仅为初入社会的知寿提供寄身之所，更是以包容与坚韧启迪知寿人生本真。"她们"还是给予中年女性以关慰的后援者，亦如《绿萝之舟》（2008年）中主人公长濑的母亲，作为文本中唯一的女性长者，给予长濑的好友律子及其女儿惠奈以竭尽可能的关怀与帮助。又如《踏蛇》（1996年）中"蛇妈妈"来到主人公比和子单身居住的地方，给其做喜欢的饭菜，关心其辞职转行的缘由，回忆其小时候的趣事等等。与久不联系、存在隔阂的亲生母亲相比，"蛇妈妈"常常令比和子产生一种想要与眼前这位由蛇变身而成的"妈妈"融在一起的感觉。相较于血缘身份，这些老年女性更是情感层面上的母亲、祖母，俨然成为"爱的化身"。

---

① 滝沢美惠子：『ネコババのいる町で』，文藝春秋，1990年，第65頁。
② 滝沢美惠子：『ネコババのいる町で』，文藝春秋，1990年，第58頁。
③ 滝沢美惠子：『ネコババのいる町で』，文藝春秋，1990年，第67頁。
④ 三浦哲郎：『感想』，『文芸春秋』1990年第68卷第4号，第402~403頁。

二、与自我和解的智者形象：以《一个人的好天气》《我将独自前行》为例

《一个人的好天气》为青山七惠 2006 年的芥川奖获奖作品。小说以一老（荻野吟子）一少（三田知寿）的"忘年"组合展开叙事。快要二十一岁的知寿与离异母亲生活在一起，不爱学习也无意上大学，有些叛逆且常与母亲拌嘴，高中毕业后一心想去东京打工，后在母亲的安排下住进七十多岁的远方亲戚吟子的家。吟子虽常年寡居，却性格随和又不失智性，生活从容又不失情趣。二人随着时间的推移，在四季的变换更替中，彼此之间交流变多，情感也益深，最终知寿在吟子的陪伴与影响下，在经过不稳定打工、多次失恋以及悲观消极等生活经历后，入职正式工作，搬出吟子家，决心鼓起勇气迎接未来生活。可以说，知寿的成长是贯穿文本的主线与明线，而吟子对人生的理解与日常的举动则成为辅线与暗线。既有评论与研究基本上集中于知寿，指出"小说写出了年轻女性的孤独感，令人感到难过"[①]，而"对新生活的预感支撑着作品，让人在生活的阴影中感到一种力感"[②] 等。有评委与批评认为"人物的设置和她们的故事极好"[③]，具有"十足的透明感"和"积极向上的精神"[④]。实际上，知寿的成长变化离不开吟子"爱"的感染，其中既有着吟子对知寿的包容之爱，更有着吟子对自身与生活通透的爱。

---

① 高樹のぶ子：『"作意を隠す力"』，『文芸春秋』2007 年第 85 卷第 3 号，第360~361 页。

② 黒井千次：『自然体の勝利』，『文芸春秋』2007 年第 85 卷第 3 号，第361~362 页。

③ 池澤夏樹：『少数意見者の弁明』，『文芸春秋』2007 年第 85 卷第 3 号，第359~360 页。

④ 野崎欢：《解说＜一个人的好天气＞》，河出书房新社，2010 年版，第199~204 页。

　　吟子已年逾七十，独自居住在东京都内京王沿线的某个小站附近一处老房子。在初见吟子时，知寿觉得"她脸色苍白，加上一道道皱纹"，"看那样儿活不了多久"。① 随着知寿与吟子共同生活的展开，吟子的日常生活也如画面般一幅幅地呈现出来。吟子住所的房前屋后种着山茶花、蒲公英、一年蓬以及金桂树等，长势喜人与绿意盎然表明她照顾有加，阳光灿烂心情美丽的时候，吟子还蹲着整理小院；而屋子里四周墙壁上挂满一圈猫咪的照片，这些猫咪都曾陪伴吟子，她给它们起了统一的名字"彻罗基"；吟子对编织与刺绣有着浓厚的兴趣，看到知寿的围脖，情不自禁地感慨"真好看"并凑近迷眼细看，知道知寿喜欢兔子便细心地在给其新买的拖鞋上绣上兔子图案；三餐会用心准备，应着季节有所变换，偶尔还会为知寿手工制作饭后甜点，为来公民会馆的孩子们烤制可爱饼干。可以看到吟子对生活充满"爱"，正是在对生活的热爱中，吟子无惧衰老反显可爱。不仅如此，吟子还谈起了恋爱，对方是她在公民会馆的舞伴芳介，同样是位和蔼可亲又不失情趣的老人。两个人安静地相处，不时地相伴去一家名叫"琴屋"的小店吃饭，相约着去旅行或者爬山。每次分别吟子都站在屋前，与站台上的芳介，"相互地一个劲儿地挥手告别"。吟子不但为芳介准备了筷子，还注重起了自己的衣着打扮，在情人节时念念不忘地去商场买巧克力。显然，吟子对于爱情的向往与对幸福的追求并不因岁月而有磨损，也不像年轻人般变化无常，反而是珍爱对方的同时也实现了自爱。对于当下自己的真心，吟子付之以具体行动。对于年轻时失去丈夫，与中意的人坠入情网却遭到双方家长反对的过往自己，吟子报之以释然之爱，称"当时已经把所有的恨都用光了，不会再恨什么了"。对于日渐衰老的自己不回避也不厌弃，对自己的身后事也有着随性的计划，并且表示"人总是会死的"，呈现出对将来自我的坦然之爱。

---

　　① 青山七惠：《一个人的好天气》，竺家荣译，上海译文出版社，2007年，第4页。

韦克斯曼在 1990 年曾指出，在过去三十年间产生了"一个全新的小说类别，它摒弃了老年女性和老年现象的负面文化刻板印象，谋求改变制造这种刻板印象的社会"①，此外他还借用当时七十多岁的美国女作家萨尔顿的"花开结果实，生长死方休"之乐观主义理念，在"青少年成长小说"的基础上提出了"中老年成长小说"一词。毋庸置疑，《一个人的好天气》（2006 年）是关于知寿的"青少年成长小说"，小说可以说还是关于吟子的"成长小说"，吟子的"爱"促使知寿体悟人生、感怀生活，最终下定决心去追寻"一个人的好天气"，而吟子对自己的"爱"则让其拥有着属于自己"一个人的好天气"。

如果说《一个人的好天气》（2006 年）中吟子以"爱"助力知寿成长，同时也在"爱"中实现自我成长，是时年 23 岁青山七惠流露出的对于老年的印象与期待，那么 2017 年获奖作品《我将独自前行》中的桃子则是 63 岁的若竹千佐子自身人生经验与感悟的投射。小说以第三人称全知视角呈现了主人公——74 岁的桃子在丈夫离世后身处老境之下的人生思索，其中既有"追忆似水年华"的过往，又有"我将独自前行"的未来。芥川奖评委岛田雅彦指出"小说在一位出生东北的女人的过去与现在之间穿梭，时而思辨，时而感伤。小说主题相较于自我实现与挫折，更贴合自我追寻，将与自己相关的一切要素：语言、家庭、自然、时间、回忆、故乡与祖先等一并展示出来"②，吉田修一也评价其中"流淌着一种生命本身的温润感，而这种温润感恰恰正是作者穷其一生慢慢浸润进自己生活的"③。实际上这种温润正是一种"爱"，浸透在时光中，充盈在自我与他者关系中，既贯穿于主人公桃子的回忆，也成为鼓舞她前行的勇气。

---

① 林斌：《"恐老症"与都市生活的隐形空间——《一个好邻居的日记》中的越界之旅探析》，《外国文学》2013 年第 5 期，第 29~40 页。

② 岛田雅彦：『選評』，『文芸春秋』2018 年第 96 卷第 3 号，第 408~409 页。

③ 吉田修一：『選評』，『文芸春秋』2018 年第 96 卷第 3 号，第 411~412 页。

　　桃子的故事由早春三月开始，在冬去春来中结束，其中含有桃子
的过往回忆与内心独白，由五个部分组成，"围绕着桃子对自身价值的
思索、对外在世界关系的处理等等矛盾冲突与调和圆润而展开"①。首
先第一部分是衰老的桃子对故乡的思与爱。犹如《追忆似水年华》中
由玛德琳蛋糕引发的旧时记忆，独自一人在老屋中喝着茶的桃子思绪
蔓延开来，听到了一连串从身体里面涌现的东北方言，仿佛看到了早
已去世的奶奶。方言与奶奶都是故乡的隐喻象征，从东北老家至东京
隔着遥远的距离，隔了40年的光景，桃子有事没事总爱眺望故乡的
方向，代表着她对故乡的思念。第二部分则是桃子与母亲以及子女关
系的痛与爱。年老的桃子有一儿一女，儿子正司在其他城市工作，时
不时地报个平安却鲜少回家，女儿直美虽然住得近，但出嫁后与桃子
的关系渐行渐远。母子关系时常令桃子心绪起伏，时而因与女儿关系
缓和而感到幸福，时而又会因女儿的误会而苦恼不已，一起一落间令
桃子回想起自己与母亲的关系亦复如此，思考作为母亲的自己在给予
孩子爱的同时，也无意中湮没了子女的自我。第三部分是桃子从医院
出来后追忆自己与丈夫周造相识、相爱与死别。在作者若竹的笔下，
桃子与周造相伴相持，却也不免嵌入夫妻角色原型定式；在桃子自身
想来，她与丈夫在爱中相濡以沫，为爱而献出自身，因爱而在丈夫去
世后悲痛万分。第四部分是桃子在前往丈夫墓地途中对自我的反思与
超越。一路走来，桃子不小心脚部碰伤，借由着脚伤，幼年的自己、
中年的自己以及老年的自己历历在目，桃子犹豫着自己是继续向前还
是半路折返，不停地思考自己是温顺随和还是个性强烈，对于未来应
该追求自我还是放弃自我，在矛盾纠结中，桃子最终决定在通往丈夫
墓地的道路上继续前行，同时也预示着她决心在人生道路上独自前行。
第五部分则是桃子在冬去春来中对自我人生的领悟与感怀。获得新发

①　高阳：《作为普通人的哲学——评第158届芥川奖获奖作品＜我将独自前行
＞》，《外国文学动态研究》2018年第6期，第40~46页。

现与新认知的桃子不再因衰老而气馁，不再为失去丈夫而悲伤，也不再为给予孩子的爱是否恰当而懊悔，而是将故乡视为一种信仰，将对家人的爱化为勇气与力量，带着爱独自前行。综上可见，"爱"是桃子生活的主旋律，既有对故乡的眷恋、对丈夫的思念、对儿女的奉献，也有母亲的不疼爱、子女的不理解、丈夫的不在世。正是在这一系列的付出与得到之间，桃子懂得了生活的意义与自我的价值。

三、老年女性精神自我的认知理解："爱"的价值取向

一般而言，老年期是身心健康、经济能力及社会关系都逐渐丧失的时期。在 20 世纪现代化、工业化进程中，老年人因其"去生产化"（包括物质生产与人口生产）而被边缘化，其存在意义往往受到忽视，出现了"恐老""轻老"的社会现象。对此，精神分析学家荣格在 20 世纪 30 年代注意到了"许多病人在变老时从生命中几乎找不到任何意义或目的"。[①] 60 年代心理学家埃里克森也强调，"我们的文明没有真正包含一种生命整体的概念，缺乏一种有活力的文化上的老年理想"[②]。

日本自上个世纪 70 年代开始，人口老龄化日趋显著。日本社会学家上野千鹤子在 90 年代初依据社会对于老年群体的认知与态度，将日本社会划分为 20 世纪以前的敬老社会、20 世纪的轻老社会与 21 世纪的明老社会三个阶段。在此基础上，上野教授指出 20 世纪日本社会的阶段特征除"婴儿死亡率低、少生、较长寿"外，还包括"由于工业化和非礼仪化，老人的智慧无意义"，"老人被排除在劳动之外""新东西、年轻者有价值"等，这一阶段的老年人显现出"依存型

---

① Thomas R.Cole：《人文老年学：对老年意义的追寻》，《医学与哲学》1996 年第 17 卷第 9 期，第 460~463 页。

② Thomas R.Cole：《人文老年学：对老年意义的追寻》，《医学与哲学》1996 年第 17 卷第 9 期，第 460~463 页。

孤立生存"特征。此外，她还主张 21 世纪及以后社会应当明确老年人的地位，老年人自身应当由"依存型孤立生存"向"自立型共同生存"转变。①

进入平成时代以来，人口老龄化进一步严峻。在此背景下，平成日本女性作家以文学老年学的视角，揭示当前社会的老年问题，探讨应对老年问题的可能途径。具体表现为通过文学作品中的老年女性形象将老年人的问题情景化、具体化，试图摆脱传统老年人的刻板印象，建构老年人自我发现与自我肯定的主体性身份，追寻"积极老龄化"的新主题。其总体上"追求以文学的手段和视野来考察人类整体的衰老状况，来思考当代文明社会所无法回避的人口结构与人类文明的衰老进程"②，关注点与切入点在于老年人的情感精神世界，主张"人在成长过程中是按照生物本能来生活的，只有到了成年，乃至晚年，人才意识到生活不只是欲望，而是爱，是人所特有的精神活动"③。

通观平成时代芥川奖获奖女性作品中的老年女性形象，她们在情感维度或多或少遭到社会的轻视，如《一个人的好天气》（2006 年）中主人公知寿对于寄住在七十岁的舅姥姥吟子家内心并不情愿，初见吟子时也不太友好，第一反应便是她可能活不了多久。她们在"无缘社会"生活中还常常会有孤独感，正如《我将独自前行》（2017 年）中的桃子在老年独居生活中不时发出孤独感慨。这些老年女性形象折射出当下老年群体面临的"轻老""孤独"等情感需求得不到满足的现实问题。与此同时，她们还展现出与他者关爱、与自我和解的积极形

① 上野千鹤子：《高龄化社会 四十岁开始探讨老年》，公克晓华编译，辽宁大学出版社，1991 年，第 30 页。

② 邓天中：《面对衰老 文学何为——文学老年学与衰老创痛》，《南华大学学报（社会科学版）》2017 年第 2 期，第 29~40 页。

③ 王志耕：《当代俄罗斯文学中的"老年叙事"》，详见：http://ex.cssn.cn/wh/wh_xzjd/201804/t20180412_4026167.shtml，访问时间为 2021 年 10 月 29 日。

象，其中蕴含的"爱"的价值取向与上野千鹤子倡导的"自立型共同
生存"理念相契合，对老年群体在精神自我方面的认知理解也是有益
启示。

第五章　平成日本女性自我认知
代际特点、成因及影响

平成时代虽然画上句号，但作为一个历史时期的记忆，文学以其独特方式，记载着社会风貌以及生活于其中的人物面貌。论及日本平成时代，青少年问题、少子老龄化问题都是不可回避的社会问题，而这些问题与女性都有着密切关联。言及平成日本文学，女性文学的繁盛是一大显著特征，有评论指出与平成"下坡的三十年"相比，只有女性主义与女性文学在走"上坡"路①。作为日本最重要的文学奖项，芥川奖的影响与地位不言而喻，以思想性与艺术性著称的同时，还具有时代性与现实性，被视为时代"风向标"。进入平成以来，日本女性作家集中性获奖成为当代日本文坛最值得关注的现象之一，并且呈现出老中青三代纷纷摘得桂冠的特色。这些女性作家承继"私小说"的传统手法，以写实主义风格塑造出众多女性形象，反映着平成日本女性面对的问题与矛盾，同时也呈现出她们的应对与处置、惶惑与期待。梳理平成三十年来日本女性作家芥川奖获奖作品中的日本女性形象，分析其自我认知特点，探究其原因与影响，具有重要的现实意义。本章在前文关于老中青三代日本女性自我形象与自我认知分述的基础上，尝试概述平成时代日本女性自我认知的代际特点，并阐述其背景因素，探析其对日本社会的影响。

---

① 高橋源一郎、斎藤美奈子：『対談　平成の小説を振り返る』，『すばる』2019 年特集，第 134~156 頁。

第一节 平成日本女性自我认知代际特点

平成时代日本女性作家芥川奖获奖小说中的日本女性人物形象，从一定意义上而言是当代日本女性的现实写照，因其涉及老中青三代女性，是"她们"在这个时代生存境遇与自我形象的浓缩，可视为平成日本社会女性的一种镜像与记录。平成日本社会的女性从出生及成长时间段来看，大致分属"团块世代"（1947年~1949年出生）、"团块次代"（1971年~1974年出生）、"少子世代"（1989年以后出生）。她们伴随日本社会的发展，有着不同的人生经历，自我认知呈现出一定的代际特征，既有差异又有趋同。

一、平成日本女性自我认知的代际差异

"团块世代"日本女性在平成时代开始迈入老龄化阶段，她们出生于战后日本的和平民主环境，成长于日本经济的恢复时期，参与了日本经济的高速成长，也经历了泡沫经济的崩溃与平成不况。在这样的社会大背景下，她们的青春时代与日本经济发展"神话"一样激昂，在现代化、工业化、城市化的进程中，"团块世代"的日本女性纷纷涌入大型城市，在工作几年后进入标准"核心家庭"中，过着"新中产阶级生活方式"，丈夫们作为工薪一族努力在公司工作，将其脑力与精力奉献给公司，而作为妻子的她们相夫教子，成为现代版"贤妻良母"。正如《我将独自前行》（2017年）中的"桃子"，直到孩子成家立业丈夫去世，在孤独中渐渐发现一直以来的自我湮没在家庭里，沉浸在"他者"中。文艺赏评委、文艺评论家齐藤美奈子在推荐此小说时，指出"主人公浓缩了战后日本女性的形象"，让人觉得其中的故事是"自己的故事或者自己母亲的故事"。① 显然，在经济发展时期这一

---

① 斎藤美奈子:『世の中ラボ（96）超高齢社会に向けて玄冬小説の時代が来た?「『おらおらでひとりいぐも』若竹千佐子、「土の記」上下　高村薫、「九十八歳になった私」橋本治」』『ちくま』2018年第565号，第18~21頁。

世代女性的自我是与日本国民经济发展需求相契合的，其个人价值观是嵌入社会主流价值观的，正如一位日本史专家所说，"日本妇女认为她们作为妻子和母亲的工作是重要的，因为这体现了社会价值"①。然而当进入平成萧条时期，"团块世代"老年女性的生活也由原先的安稳主妇卷入"老后破产"的危机与风险。正如《绿萝之舟》（2008年）中长濑的母亲、《春之庭院》（2014年）中的已房客等，她们的困窘让人唏嘘，而她们在隐忍中顽强生存的自我形象令人称赞。与此同时，她们对于"女人要靠结婚才能得到稳定"②的集体无意识认同，不能不说仍旧保有"去我化"的倾向。即便观察她们在职场中"退而不休"的身影，也可以发现，与工作中实现自我价值相比，更多老年女性是出于生活的无奈。不仅如此，在她们的意识形态与行为模式中，还可以看到工作往往得让位于家庭。这些老年女性以文学符号的形式让我们感知到平成日本老年女性自我认知的"去我化"色彩。

与"团块世代"女性"男主外、女主内"角色分工以及自我的传统意识相比，"团块次代"女性从学校毕业后，乘着女性主义运动的风潮，在国内《男女雇用机会均等法》《男女共同参画社会基本法》等法规的权益保障下，生活不再局限于专职家庭主妇，而是有了职业女性的选择。但不幸的是，接踵而至的泡沫崩溃以及"就职冰河期"使得女性稳定就职变得日益逼仄，不仅如此，《劳动派遣法》下的日本企业提供给女性的多为非正规就业。在这样的社会环境下，"团块次代"中既有选择"M型"就职模式的女性，也就是说毕业后短暂工作然后结婚育儿离职，待育儿告一段落后重返职场。《绿萝之舟》（2008年）中长濑大学时代的好友律子以及长濑工作的化妆品厂的工

①　詹姆斯·L.麦克莱恩：《日本史（1600~2000）》，王翔、朱慧颖、王瞻瞻译，海南出版社，2014年，第567页。

②　津村記久子：『ポトスライムの舟』，『群像』2008年第63卷第11号，第6~50页；第39页。

友冈田即属于这一类型。当然，"团块次代"中也有一毕业就结婚成为家庭主妇的女性，如《绿萝之舟》中长濑的另一大学好友和乃。还有从职场中退却进入"围城"的女性，《指甲与眼睛》（2013年）中成为三岁小儿"我"的父亲情人的"你"、《穴》（2013年）中跟随丈夫工作调动而辞职的麻阳、《异类婚姻谭》（2015年）中与白领丈夫结识后果断辞职结婚的三三等原本都属于"派遣世代"，后苦于职场里不友好的环境而退出。值得注意的是，在这些女性的家庭生活图景中，比起婚姻家庭给予他们的物质保障，更为突出的是自我对于家庭"第二性"性别地位或有意或无意的认同。当然，还有越来越多的女性选择即便结婚也继续工作，再或者选择不婚或晚婚。《镇上的猫婆婆》（1989年）中主人公惠理子婚后依然从事保育员工作，而《负水》（1991年）中的女主人公"我"对于婚姻与恋爱充满了不信任感，称之为"玫瑰色的谎言"，《踏蛇》（1996年）中的真田、《家庭电影》（1996年）中的林素美、《便利店人》（2016年）中的惠子则过着独居生活，对婚姻持有观望态度，相较于婚恋家庭，他们更加注重个体自我的需求。这些女性有悖于传统性别角色"去我化"定位，自我意识渐趋清晰，尽管不可避免地要面对现实的禁锢与文化的规约，以及生活的窘迫，但在她们身上却不乏"自我化"的人格魅力。

"少子世代"，是相对于"团块世代""团块次代"而言，指的是在少子老龄化问题日趋突出的平成时代出生成长的日本青少年人群。除却人口结构问题外，他们所处的这个时代还被经济长期低迷所困扰，而传统的"家"制度以及经济发展时期的企业终身雇佣制、年功序列制解体，个体日趋孤立化、内向化。这个时代的日本青少年与传统价值观渐行渐远，不再认同既定的社会价值观。在外部社会看来，他们叛逆，被称之为"新人类"、平成"迷失的一代"等等，这些称谓反映出平成青少年的自我形象与相关问题。就其典型表现而言，平成时代日本青少年群体中产生了一大批"族"，有对动漫电玩等痴迷狂热，或醉心于虚幻网络与偶像人物但不擅社交的"御宅族"，如《欠踹的背影》（2003 年）中与班级同学格格不入，将自我沉浸在对女模特奥莉的迷恋中的高中生蜷川；有不上学、不就职，也不接受职业培训终日无所事事的"尼特族"，《裂舌》（2003 年）中路易示人以不良少女的形象，没有正经工作，十几岁的大好年华却终日用酒精麻醉自己，与朋克族阿玛沉迷于夸张的身体改造；还有没有稳定工作，只是从事一些廉价的兼职或计时工的"飞特族"，《一个人的好天气》（2006 年）中知寿高中毕业后便前往东京，最初便是"飞特族"的一员。除此以外，还有"不登校""校园霸凌""援交"等日本青少年社会问题，以及青少年犯罪问题更是引起社会的广泛关注。这些日本青少年在自我认知层面上表现出极化特点，即一味关注个体自我感受，对外部社会与他者漠不关心。"与成人社会支配文化的疏离（青年的独自性）以及对传统价值规范的否定（拒斥的性格）是现代型青少年文化的两个最突出的性格特征"。[①]"作为表现现代社会青少年意识及其变化动向的主要概念，如'新人类现象''自我主义''脱离公司''私生活尊重主义''寻找自我'等等"[②]，这些概念彼此关联，抽象出当代青少年的自我认知特征。他们或者过于强调自我，视自我凌驾于一切之上，具有自我膨胀倾向，又或者对自我以外的一切表示出"无气力、无感动、无关心"，只是一味沉浸在自己的世界中，更谈不上什么人生理想，呈现自我萎缩倾向。需要补充的是，虽然这里讨论的是平成时代日本青少年整体的自我表现，但是女性作为其中不可忽视的一部分，与老年女性的"去我化"、中年女性的"自我化"相形之下，呈现出"极我化"的特点。

　　一般而言，人的价值由自我价值和社会价值有机构成。自我价值

[①]　陈映芳：《个人化与日本的青少年问题》，《社会学研究》2002 年第 2 期，第 72~79 页。

[②]　陈映芳：《个人化与日本的青少年问题》，《社会学研究》2002 年第 2 期，第 72~79 页。

包括个体生命与实践活动对自身物质与精神需求的满足，社会价值指的是对社会需求的满足和对社会进步的贡献。二者互为补充，厚此薄彼只会导致人的价值失衡。然而，在资本主义运行机制下，"这种有机构成状态近乎被打破，出现了人的自我价值排斥人的社会价值的倾向，甚至出现了二者对立性的'内在紧张'"①。就平成时代日本女性而言，老年女性自我形象中的价值体现更多地集中在社会维度的家庭方面，自我认知相应呈现出"去我化"特点。中年女性自我形象表明她们开始否定男权社会赋予自身的社会价值，而对于自我价值的强调使其自我认知具有"自我化"特点。青少年女性的自我形象反映出她们自我认知中对于自我价值的追求远远超过社会价值，表征为自我意识过剩的"极我化"特点。

二、平成日本女性自我认知的代际趋同

虽然平成时代老中青三代女性成长环境与所处人生阶段不同，她们在物质维度（尤其是身体维度）与社会维度呈现出的自我形象与自我认知也不同，但是她们在精神维度上的情感缺失与需求却具有代际趋同性。

首先，青少年（女性）群体的成长、行为问题与情感需求的满足与否密切相关。平成时代日本青少年的自我群像鲜明地体现出这一点。比如《镇上的猫婆婆》（1989 年）中惠理子的"失语"是父母亲缺位导致，而她的成长离不开外祖母、姨妈以及邻居猫婆婆的关爱。再如《一个人的好天气》（2006 年）中知寿因亲情的隔阂、恋情的失败累积而成的烦闷厌世也最终在舅姥姥吟子润物细无声的呵护中解消，完成了成长的蜕变。而《裂舌》（2003 年）在对现世青春世界描绘的同时，还勾勒出青少年群体不良行为背后情感缺失的底色。《欠踹的背

① 刘庆丰：《论人的价值构成的"内在紧张"》，《云南社会科学》2012 年第 1 期，第 30~34 页。

影》（2003 年）中青春期女主人公的矛盾纠结与校园真挚友情缺失的自我体感相连，而男主人公尽管追星失败，但他的追星过程莫不如说是将在现实世界中建立不了的情感连接寄托于对偶像的情感期待与想象。

其次，长期以来，性别意识、两性关系、女性自我、女性角色是中年女性在现实生活中不可回避的重要问题，尤其在男权制的日本社会。从平成时代日本中年女性对这一问题的回应来看，传统型女性对自身情感需求往往选择隐忍，而现代型女性通常会强调自身的情感需求，前者如《指甲与眼睛》（2013 年）中尽职尽责的"母亲"长期被丈夫忽视，最终在抑郁中自杀，后者如另一位女性人物"你"虽然成为继母，但在对书店小伙产生好感后与其发生关系，乏味后又提出分手。除此之外，她们还寄予两性关系、同性关系以平等友爱的情感诉求。正如《在海浪上等待》（2005 年）中男女主人公之间跨越性别的平等以待与跨越生死的信任以对，再如《绿萝之舟》（2008 年）中女性之间的相互支持与鼓励。

然后，平成时代日本社会老龄化特征显著，老年人不仅要面对生理上的衰老，还要应对社会关系疏离伴随而来的情感缺失。《一个人的好天气》（2006 年）中七十多岁的吟子常年独居，陪伴自己的猫咪死后，她将它们的照片一张张收进相框，整整齐齐地挂在自己屋子的墙上。《春之庭院》（2014 年）中的已房客出生在战后，被婆家赶出后独自租住在老旧公寓，路边见到小猫也会聊上半天。《我将独自前行》（2017 年）中七十多岁的桃子在屋子里听到老鼠的窸窣声反倒觉得安心，还经常一个人自言自语，接到许久不联系的女儿电话甚至惊喜不已。可以明显感觉到，这些日常生活中看似不经意的行为反衬出的正是她们的情感缺失。面对这种情感缺失，老年人还展现出对于人类情感需求的认知理解，不仅包括被爱的需求，也有爱的需求。后者体现在他们身上一方面是与自身和解，不纠结于衰老与死亡，而是坦然面对。正如《我将独自前行》中的桃子所感悟到的，也是直击人心的，"无论走到哪里，总也躲不开那么多的悲伤、喜悦、愤怒、绝望和所有的一切。即便如此，依然走出了新的一步"[1]。另一方面是对他者的包容。这一点在《一个人的好天气》中的吟子身上体现得淋漓尽致，正是她给予的爱，才助推知寿迈向新的人生。

第二节　平成日本女性自我认知代际特点成因

社会心理学的认知理论指出，自我认知具有意识性、社会性、能动性、同一性等特点。其中的社会性指的是自我认知是个体长期社会化的产物。这不仅因为它是在社会实践中产生的，而且因为它的主要内容是个体社会属性的反映。也就是说，自我认知受外在社会环境、社会价值观、人生社会经历等的影响。据此观点，考察平成时代日本女性可以发现，"她们"的自我认知代际特征与日本经济、社会以及文化思潮等因素密切关联。

一、日本社会经济发展的因素

毋庸置疑，经济作为重要因素，对女性产生的影响不容忽视。社会经济状况直接联动女性的经济地位和生活方式，而经济地位的变化与生活方式的改变，又会对女性的思想意识、自我认知构成影响。日本进入平成以来，伴随泡沫经济的崩溃，出现了经济低迷徘徊的状况。这一经济形势势必会折射到日本女性社会生活的各个方面。然而，正如有学者所主张的，要想正确描绘出 90 年代以来日本女性所受到的经济方面的影响，还必须将她们置于战后以来日本社会经济发展的历史进程中，才能把握经济状况对当今日本女性生活和女性自我构成了怎样的影响。[2] 毕竟平成时代日本女性群体并非只是出生于平成时代

---

① 　若竹千佐子：《我将独自前行》，杜海玲译，北京联合出版公司，2020 年，书中插图。

② 　胡澎：《日本经济形势对妇女的影响》，高增杰主编《日本：2001》，世界知识出版社，2002 年。

的年轻女性，还包括中年女性与老年女性，因此，经济状况对她们自我形象的塑造与自我认知的影响实际上可以追溯至战后。

战后日本经济大体可分为三个时期。第一个是从 1945 年至 1973 年，日本从战后复兴至经济高速增长时期；第二个是从上个世纪 70 年代至 90 年代初，这个时期日本经济经历稳步增长至泡沫崩溃；第三个时期从上个世纪 90 年代至今，被学界归为日本经济低迷时期。依照平成时代日本女性的出生阶段，老年女性大概对应于第一个时期，也就是前文提及的"团块世代"，中年女性则可归为第二个时期，相当于"团块次代"，而青少年女性是属于第三个时期的"少子世代"。

在战后经济发展的第一个时期，为经济恢复与发展，日本无论从企业制度、用人导向，还是税收与保险政策、传统性别观念等方面，都积极引导女性"专职家庭主妇化"。这一时期，"男工作、女守家"成为典型的男女性别分工模式。当时有评论还将女性比作"航空母舰"，"把我们的家和妻子称作'航空母舰'。男人是战斗机，需要在这个平台上修整。然而，这个作战平台从未陪伴战斗机上前线"。[①] 当日本经济由高速发展转为稳定发展阶段，受石油危机冲击，企业中男性劳动者的收入增加有所缓慢，与专职家庭主妇的期待产生落差。妻子们为补贴家用而外出从事临时工或钟点工，一方面增加了家庭收入，另一方面为第三产业提供了大量廉价劳动力，被视为经济发展的"安全阀"。当她们逐渐跨入老年行列时，却遇到日本经济的长期低迷，成为"老后破产"大军的主要人员，很多人迫于生活，在身体允许情况下尽可能地"退而不休"。由此不难发现，在平成时代日本老年女性的人生经历中，个体自我体现出更多的是服务于家庭，服从于社会的"去我化"特点。

战后日本经济发展的第二个阶段与"团块次代"女性成长的时期

---

① 转引自刘荣:《日本女性与战后日本经济高速增长》,《外国问题研究》, 1988 年第 4 期, 第 26~30 页。

大致交叠。核心家庭成长起来的"女儿们"受惠于经济水平的稳定增长，受教育的水平也显著提高。她们开始反思母亲们的生活方式，对于婚姻、家庭等有自己的理解，认识到专职家庭主妇并非女性唯一的生活方式，提倡"现代女性身份"与"新家庭主义"。而在经济下滑低迷时期，她们往往与"女性贫困""she-cession（她衰退）"相关，成为不稳定就业群体的重要构成。因社会少子化的现实语境，她们还要面对外部社会施加的结婚生育性别角色压力。即便在这样的社会背景下，越来越多的女性受女性意识的影响，呈现出不断审视自身的"自我化"特点。

上个世纪 90 年代的平成日本经历了"泡沫经济"的崩溃，之后陷入战后以来前所未有的低迷。有日本学者将平成时代放置在 20 世纪中叶日本军事上战败的延长线上，称"平成时代的日本经历了另外两次战败"，其中一次为"二十世纪九十年代初泡沫经济的崩溃，即经济上的战败"。① 有中国学者也指出，相较于战后日本经济由复苏期向高速成长期再至稳定发展期的方兴未艾，平成日本经济以 1990 年代为分水岭，"素有'东洋奇迹'之称的日本经济进入'平成危机'"②。在这样的经济环境中，年轻人即便大学毕业，也只能从事一些非正式的不稳定工作，遭遇"就业冰河期"。美国日本史研究专家安德鲁·戈登更是指出，日本年轻人普遍抱有日本正走向一条社会及经济死胡同的看法，这些年轻人受困于各种令人不安的社会趋势，例如兼职、契约以及派遣等各种临时性就业方式。③ 而日本社会学家上野千鹤子在

---

① 池上彰、上田紀行、中島岳志、弓山達也:『平成論「生きづらさ」の 30 年を考える』，NHK 出版，2018 年，第 110 頁。

② 姜跃春:《日本经济长期萧条的特点、原因及前景》，《国际问题研究》1994年第 3 期，第 32~35 页。

③ 安德鲁·戈登:《现代日本史：从德川时代到 21 世纪》，李朝津译，中信出版社，2017 年，第 566 页。

告诫年轻人时也针砭性地指出这个社会"即便努力也不一定会有回报"。生活于这个时代的青年男女在虚无与不安中，或者通过夸张越轨的行为寻找生存实感，或者选择"逃避虽可耻但有用"[①] 的生存方式，无不带有"极我化"特点。

二、日本社会结构转型的因素

平成日本社会与经济起伏并行不悖的另一大特征是社会结构的个人化转型。正如仁平宏典在谈论平成时代时指出，与昭和时代相比较，安定的职场、家庭，这种中间集团崩塌，个人被零散地暴露在外，社会失去中心并逐渐溶解。不仅失去了安定，而且像集团主义、纵向社会、平等主义——无论它是肯定还是否定的意义——意味着我们正在失去日本人的自画像。[②]

伴随社会经济状况的发展，社会结构与社会关系也会发生相应变化。一般认为，日本社会的"个人化"趋势可以分为两个阶段，第一个阶段是随着近代工业化、城市化进程而展开的；第二个阶段则与20世纪80年代的第二现代化、新自由主义相联系。前一个阶段主要体现为个体从传统大家庭、村落共同体等初始集团转向企业、公司等主要次级集团，出现了"集团就职"、标准"核心家庭"等热潮，严格意义上来讲，这一阶段的个人化应当属于"准个人化"。而后一个阶段的个人化则是实质性的改变，主要表现为家庭变得可以选择，企业与公司变得不再稳定，社团与社区等变得松散，人与人之间变得淡漠。

在"个人化"趋势与转型中，注重血缘、地缘、职缘等的"缘人"型日本社会一步步解体。处于"个人化"第二阶段的平成日本社会，

---

① 原为日本 TBS 电视台 2016 年的热播电视剧题名，在本文用以指代当代日本年轻人对社会"无朝气、无关心、无责任"的现象，如"御宅族""茧居族""尼特族"等。

② 小熊英二编:『平成史』，河出ブックス，2014 年，第 267~364 頁。

个体与家庭成员关系趋于松散，地域意识更为淡薄，职场中的人际关系趋于冷漠。有学者指出，"个人化"一方面使得社会中的个人在某种程度上从传统的束缚中解放出来，获得一定的自由与选择空间，但另一方面"单身成风、老人独居、故乡消失、职场缘浅等，是日本由'有缘社会'转向'无缘社会'所表现出的一些较为严重的症状"[1]。从不同世代群体的自我形象上来看，青少年呈现出"自我膨胀"与"自我萎缩"的极化现象以及个体我与群体我之间的双趋冲突；而老年人在个人化过程中要面对"孤独生"与"无缘死"的现实处境；中年人中女性随着经济与精神的独立，离婚率也直线上升，并且离婚案例中以女性主动提出离婚居多。此外，单就成年女性群体而言，以八十年代实质性的"个人化"阶段为分界，在战后至七八十年代的经济发展中，她们从原先的大家族成员变身为核心家庭中的专职家庭主妇，而在八十年代之后，相较于战后日本女性"贤妻良母"式的形象，平成时代日本女性有的拒绝婚姻家庭中的男主女从关系，主张一种朋友式的对等关系，还有的对婚恋不抱任何期待，选择不婚不恋。由此可以看出，在日本社会"个人化"过程中，女性的自我认知也在发生着改变，当然，这种改变有其积极一面，但也不可避免地对社会带来消极影响。

三、日本社会文化思潮变迁的因素

社会文化意识与思想潮流作为一种深层机制，对于个体自我认知的影响同样不容忽视。纵观战后以来的日本历史，可以将与女性相关的主要社会思潮分为三个阶段：从战后至七十年代为第一个阶段，是女性自我意识虽有提高，但传统性别观念仍居主导的时期；从上个世纪七十年代至八九十年代为第二个阶段，是受国际女性主义运动深刻影响的时期；从九十年代至今为第三个阶段，是新自由主义思潮主

---

① 张建立：《是什么让日本老年人"退而不休"》，《人民论坛》2019 年第 2 期，第 95~96 页。

导时期。这三个阶段对应于平成时代老、中、青年女性群体成长的重要时期，对她们自我认知的形成有着重要作用。

战后日本经过民主化改革，从制度上为日本女性解放提供了前提条件，和平宪法规定夫妻具有同等权利，新民法也废除了封建"家"制度。加之西方个人主义的影响，这一时期的日本女性自我意识显著增强。然而，不可否认的是传统的男主女从思想观念依然在日本国民意识中占据主流。这一点从他者言及战后日本女性便可想到专职家庭主妇的刻板印象中便可知晓，而现实社会中女性的自我形象也是最好证明。在战后日本经济发展过程中，"到七八十年代，专职家庭主妇承担了家务劳动和养育孩子的责任，通过支持丈夫的工作，间接参与了日本经济建设和发展"[1]。当时日本社会对于女性的普遍共识是，专事家务为女性应有之义。也就是说，女性通过家务劳动实现社会职责，而不是以外出工作追求个人价值。从女性自我的角度来看，这一主张带有"去我化"特点，而平成时代日本老年女性基本有着这样的人生经历，以及由此而来的自我认知特点。

自上个世纪六七十年代，国际女性主义运动以及国内关于家庭主妇的论争不断，平成时代的中年女性或有亲身经历或曾耳闻目睹。日本在五六十年代开始接受欧美第二次女性主义浪潮的影响，七十年代达到高潮。这一时期的运动以摆脱女性"第二性""他者"的屈从地位为目标，主张改变传统性别文化中两性二元对立状态，内容涉及女性关注的问题，如生育、婚姻家庭、家务劳动、性等。日本国内自1955起出现了三次"主妇论争"，启发女性思考自身价值在于以家务劳动实现社会职责，还是通过外出工作追求自身。正是受此历史时期的思想影响，平成时代的中年女性不再像上一辈女性将自我身份局限于家庭主妇，越来越多的女性选择晚婚不婚，或者即便结婚也坚持

---

① 胡澎：《从"贤妻良母"到"新女性"》，《日本学刊》2002年第6期，第133~147页。

外出工作，在生活方式的选择上具有"自我化"特点。正如有研究者所指出，这一时期的女性"开始对建立在性别角色分工基础上的婚姻关系进行审视，并做出一系列回避乃至叛逆的反应"①。

上个世纪八十年代，日本开始推行新自由主义改革。这一改革"是促使经济主体进行自由竞争的一种社会思潮"，九十年代初日本泡沫经济崩溃后，"社会方面以自己责任为原则"②成为新自由主义基本理念，个体要自己承担责任，直接面对各种社会风险，并且在承担风险的基础上进行必要的选择。这一思潮与理念带给日本社会的远非日本政治家们所规划与希望的经济重振，反倒是社会大众的不安与焦虑，被日本学者称之为继军事战败、经济战败后，"失去安心与信赖的第三次战败"③。犹如在昭和初年的社会动荡中，一代文豪芥川龙之介因深感"莫名的不安"而自杀身亡。进入 21 世纪以来，年青一代置身于经济不景气、社会"个人化"的背景下，加之新自由主义思潮的影响，"远大的进取心已经被丢在一旁，取而代之的是对未来的焦虑与恐惧"④。许多公众调查表明，日本青少年自我认知的幸福感与满足度较低。对此，日本教育评论家尾木直树指出，造成这种负面心理的一大要素为现代社会过度激烈的竞争。⑤ 由此可见，平成日本青年男女表现出的自我膨胀与自我萎缩等极化特点与这一时期的新自由主义思潮有着密

① 田晓红：《战后日本婚姻关系的整合和冲突》，《日本研究》2001 年第 1 期，第 58~64 页。

② 黄亚南：《谁能拯救日本》，上海辞书出版社，2009 年，第 16、17 页。

③ 池上彰、上田紀行、中島岳志、弓山達也：『平成論「生きづらさ」の 30 年を考える』，NHK 出版，2018 年，第 110 頁。

④ Fackler, Martin, Japan Goes from Dynamic to Disheartened, New York Times October 16, 2010, p14.

⑤ 新华社新媒体：《儿基会调查：日本未成年人身体与精神健康度天差地别》，详见：https://baijiahao.baidu.com/s?id=1676890929519695577&wfr=spider&for=pc，访问时间为 2021 年 12 月 5 日。

切关联。

第三节　平成日本女性自我认知代际特点影响

女性"自我认知"属于社会意识层面，由社会存在决定，是社会存在的反映，同时又对社会发展具有能动的反作用。如前所述，平成时代日本女性自我认知是日本经济、社会与文化综合作用下的结果。与此同时，女性的自我认知自然会影响到"她们"的行为模式与生活选择，进而作用于日本社会发展。可以说，明晰平成日本女性自我认知，是应对日本女性相关问题不容忽视的重要环节，还是预判平成诸多社会问题发展走向的参考要素。

提及平成日本社会，常被冠以"失去的十年""失去的二十年"甚至"失去的三十年"说法。2018 年 4 月下旬《朝日新闻》就"平成是一个什么样的时代"展开民意调查，调查结果显示，在给出的"动荡 / 稳定""停滞 / 活力""进步 / 保守""黯淡 / 光明"四组相对词语中，选择负面评价的人数远超正面评价人数。① 这种感受与评价主要指向平成时代的物与人，即经济上的滞缓与人口的少子老龄化。与此同时，平成日本女性被视为提振日本经济、缓解少子化问题的重要力量。不容乐观的是，平成业已结束，取得的成效与原本的预期似乎相差较远。

一、对"女性经济学"的影响

首先，在经济生产方面，女性的自我认知与社会对"她们"的期待有所偏差，暗示出平成日本女性政策的局限性与对经济提振作用的有限性。在"男主外、女主内"传统性别分工机制下，女性往往远离社会生产而专事家务劳动。在平成不况与少子老龄化的社会背景下，

---

① 各项占比分别为：动荡（42%）、停滞（29%）、进步（25%）、保守（21%）、稳定（19%）、黯淡（9%）、活力（6%）、光明（5%）。

女性劳动力被视作"隐形资产"①,"她们"对于经济提振的作用日益受到重视,为推进女性进入职场,日本政府在制度层面出台了一系列法规政策。例如 1986 年实施的《男女雇用机会均等法》与 1999 年施行的《男女共同参画社会基本法》被誉为日本女性走出家庭、走进职场、走向社会的助推器与加速器。2012 年安倍二次上台后将"女性经济学"作为经济改革的"第三支箭",并且大力提倡构建"让女性绽放光彩的社会"。显然,这些政策措施旨在开发女性劳动力资源,让女性更多地参与社会劳动。然而,值得注意的是,据 2012 年日本内阁府关于"男女共同参画社会"舆论调查显示,对"丈夫在外工作,妻子应该守家"持赞同的女性人数,较 2009 的 37.3% 上升至 48.4%,在安倍倡导"女性经济学"两年后的 2014 年,这一数字仍保持在 43.2%。②此外,根据日本国立社会保障与人口问题研究所自 1993 年始每 5 年开展的全国家庭动态调查显示,在 60-69 岁、50-59 岁、40-49 岁、30-39 岁、29 岁以下年龄层已婚女性中,赞同"丈夫在外工作,妻子应该专心于主妇工作"比例基本呈两头高、中间低的趋势。③也就是说,年长已婚女性与年轻已婚女性更倾向于在家做主妇。当然,这一倾向有传统观念与现实语境的影响,还有"她们"或自愿或无奈选择的可能。从女性自我认知的角度来看,前者回归家庭意愿与传统社会对其价值定位不无关系,而后者回归家庭意愿的上升趋势"一方面说明了职场中男女不平等现实削弱了女性劳动者的积极性,另一方面也暗示

① 源自高盛分析师松井凯西 1999 年《女性经济学:日本的隐形资产》一文。

② 日本内閣府 男女共同参画局:『男女共同参画社会に関する世論調査』,详见:https://www.gender.go.jp/research/yoron/index. html,访问时间为 2021 年 12 月 12 日。

③ 国立社会保障・人口問題研究所:『全国家庭動向調査』,详见:http://www.ipss.go.jp/site-ad/index_Japanese / ps-katei-index.html,访问时间为 2022 年 2 月 10 日。

着女性社会价值实现的重新选择"①。基于这样的社会现实与女性自我认知，不难明白"女性经济学也好，安倍经济学也罢，对日本来说要取得明显效果仍然任重道远"②。

二、对"少子化"问题的影响

其次，在人口生产方面，女性自我认知更是直接影响着日本社会的"少子化"问题。进入平成社会以来，日本总和生育率持续下降，由 1989 年的 1.57 下降至 2019 年的 1.36。1989 年的"1.57 冲击"引起社会空前关注，1992 年"少子化"一词进入《国民生活白皮书》，进入 21 世纪，"少子化"现象被称为日本的"21 世纪社会病"。尽管日本政府相继制定出台了一系列计划、方针以及相关法律，如 1994 年的《关于今后支援育儿施策的基本方向》（简称"天使计划"）、1999 年的"新天使计划"、2003 年的《关于培养支援下一代的当前方针》与《少子化社会对策基本法》、2004 年的《少子化社会对策大纲》等，但是"少子化"进程并未得到扭转，低生育率趋势依旧明显。分析其中缘由，可以发现"主要原因是当代日本女性的思想意识、生活方式、价值观、婚姻观和生育观发生变化所致"③。就平成日本女性婚姻观而言，越来越多的女性持有"结婚是个人自由，结不结婚皆可"的态度。关于此点，日本内阁府的"关于家庭生活"舆论调查有着鲜明的数据显示。女性持赞成观点的人数比分别为：74.1（平成 14 年）、70.3（平成 16 年）、67.7（平成 19 年）、73.5（平成 21 年）。并且，从各年龄层来

① 杨春华:《日本女性回归家庭意愿上升的社会学分析——基于社会性别差异的视角》,《南开学报》（哲学社会科学版）2015 年第 4 期，第 149~158 页。

② 仲秋:《女性文化与日本经济：日本新增长战略中的女性政策分析》,《现代日本经济》2015 年第 2 期，第 20~28 页。

③ 张维娜:《关于日本"少子化"现象的分析》,《山东大学学报》（哲学社会科学版）2003 年第 3 期，第 113~115 页。

看，越年轻持赞成态度人数比越高。与之相应，平成女性的生育观有着相同特点与趋势，持有"即便结婚，也没必要生育"观点的女性人数比分别为：41.8（平成 14 年）、44.2（平成 16 年）、39.7（平成 19 年）、46.5（平成 21 年）。其中，20~29 岁年龄层人数占比最高，30~39 岁年龄层次之。[①] 基于这样的女性自我认知状况，2017 年畅销书《未来的年表：人口减少的日本即将发生的大事件》著者河合雅司直言，日本社会的"人口减少现象，就像观察日出和日落一样，昨天和今天、今天和明天相比不会有太大的差别"。[②] 不难看出，日本女性对于婚姻与生育的自我认知是平成日本社会"少子化"的重要影响因素，也预示着日本"少子化"问题的扭转不可能一蹴而就，还有较长的路要走。

尽管家庭与事业"双肩挑"是当代社会对理想女性的期待，但实际上，女性很难做到"双管齐下"。在平成时代芥川奖获奖女性文本中，不论是婚姻家庭中的女性抑或是职场中的女性，都面临着各自的问题，绝少有"幸福主妇"或"成功女性"形象。在现实生活中，有调查研究表明，就业机会的增加并未提高当代日本女性的幸福度，而少子化反倒有助于幸福感的提升。[③] 女性的这种自我形象与自我认知回击了日本社会对理想女性的幻想，从反面揭示出平成日本女性家庭与职场双重困境，侧面反映出"她们"的心声：与其希冀以女性奉献来解决日本社会问题，不如先切身实际地解决相关女性问题。

---

① 日本内閣府：『男女共同参画社会に関する世論調査』，详见：https://www.gender.go.jp/research/yoron/index.html，访问时间为 2021 年 12 月 15 日。

② 戴铮：《畅销书＜未来的年表＞：2042 年日本将陷入最大危机》，2017 年 8 月 2 日《中华读书报》第 4 版。

③ 佐藤一磨：『日本で「女性の幸福度」がじわじわ上がっている"あまり喜べない理由"』，详见：

https://news.yahoo.co.jp/articles/5c900d0ae6644eb995c5e9ca7a9dae906bec7697，访问时间为 2021 年 7 月 5 日。

第六章 平成日本女性自我认知特点研究的启示与展望

从日本女性史的进程来看，二战后女性地位获得极大提高，女性问题也有所改善。然而，进入平成以来，日本经济经历了景气向不况的转折，社会由群体型逐渐向个体型转变，新自由主义思潮中焦虑不安的社会心理日趋显著。这些变化在作为社会相对弱势群体的女性身上产生了深刻影响，一系列与女性相关的社会问题凸显出来。少子老龄化、女性贫困等自不待言，"尼特族""飞特族"等青少年问题与"老后破产""孤独死"等老年问题同样与女性相关。这些女性相关问题既有外在社会因素，又有内在自我认知因素，日益引起社会学与文学领域的关注。自1989年至2019年，芥川奖共计28部女性作品获奖，获奖女性作家涵盖老中青三代，其中的女性人物形象更是具有现实性与时代性，反映出平成日本女性的自我形象与自我认知。本论文以平成时代日本女性的芥川奖获奖作品为中心，对平成日本女性自我认知特点进行了考察与分析，以期对平成日本社会问题提供女性视角，为我国社会发展过程中女性相关问题的应对提供借鉴与启示。

第一节 平成芥川奖获奖女性作品中的女性自我认知特点概述

以平成时代芥川奖日本女性获奖作品中的女性群像来看，"她们"的自我认知不仅具有不同维度的特点，还从整体上呈现出不同世代的特点。这些特点之间既有交叠又有错位，在相当程度上折射出现实社会中日本女性群体自我认知的典型面貌。

从"自我"的不同维度来看，平成日本青少年女性在物质维度的自我形象表现出两种类型化特点，一是身体形象上的"厌世性""内向性"，表征为与外部社会相违和、隔离的现象。例如《裂舌》（2003年）中路易等痴迷于身体改造，将身体作为援交、暴力的手段与工具。《欠踹的背影》（2003年）中高中生长谷川执拗地游离于各种小团体，作为其分身的"御宅"少年蜷川则闭锁离群在自己的追星世界。二是物质生活上的连锁贫困化，突出体现在单亲母女身上。《乳与卵》（2007年）中绿子母女与《绿萝之舟》（2008年）中长濑母女的困窘生活反映的正是平成日本社会中的女性贫困问题。这样的自我形象对应着她们叛逆消极的物质自我认知特点。平成青少年女性在社会维度的自我形象往往以原生家庭成长环境、校园集团主义、个人情感经历等作为人际关系背景，她们在与亲人、友人、恋人不和谐关系"合力"下形成了孤独寂寥的社会自我认知特点。譬如《镇上的猫婆婆》（1989年）中的惠理子、《至高圣所》（1991年）中的青山沙月与渡边真穗、《一个人的好天气》（2006年）中的三田知寿等皆流露出切身的孤独感。这些青少年女性物质维度与社会维度自我形象中的消极色彩，究其实质与精神维度的情感需求得不到满足相关，由此形成情感缺失中的迷茫形象，如《裂舌》（2003年）中的路易与《欠踹的背影》（2003年）中的高中生长谷川等。与之相反，还有情感包容下的成长形象，如《一个人的好天气》中的三田知寿与《贵子永远》（2010年）中的贵子和永远子。这两种相对的自我形象提供了她们精神维度的认知启示，即对"爱"的情感需求。

从"自我"的不同维度再看，平成日本中年女性在物质维度的自我形象除单亲母女家庭连锁贫困的特点外，还集中体现在对待身体生育性的不同认知上。她们中一部分为秉承生儿育女、相夫教子的传统女性，如《穴》（2013年）中主人公麻阳的女性同事以及邻居太太、《便利店人》（2016年）中主人公惠子的女性朋友等对于生育颇为积极。还有一部分属于探寻自我价值的现代女性，如《乳与卵》（2007年）中的妹妹夏子、《穴》中的麻阳较为消极。此外，她们在育儿过程中无一不是孤独的自我形象，如《一个人的好天气》（2006年）中的"母亲"、《乳与卵》（2007年）中的母亲卷子、《绿萝之舟》（2008年）中长濑的母亲、《贵子永远》（2010年）中作为母亲的永远子等等。平成日本中年女性在社会维度的婚姻家庭与工作就业两种选择中，自我形象呈现出的是双重困境，面对的是父权制与资本主义的双重合谋。如《绿萝之舟》中失去自我的和乃、遭遇婚姻暴力的律子、丈夫对婚姻不忠的冈田、《指甲与眼睛》（2013年）中抑郁自杀的"母亲"等。再如《绿萝之舟》中主人公长濑的工作经历典型反映了现代女性的职场难态，而《指甲与眼睛》中的麻衣、《异类婚姻谭》中的三三、《穴》中的麻阳等则纷纷由于"职场难"而选择退出。与此同时，在这些中年日本女性自我形象上，还浓缩着她们精神自我的认知诉求，一是《绿萝之舟》中体现出的同性友爱，二是《在海浪上等待》（2005年）中反映出的异性平等。

　　从"自我"的不同维度又看，平成日本老年女性在物质维度的自我形象体现为对于物质生活与肉体生命困境的清晰认知，但同时又努力超脱个体自我局限。如《绿萝之舟》（2008年）中长濑母亲、《一个人的好天气》（2006年）中吟子、《春之庭院》（2014年）中已房客以及《我将独自前行》（2017年）中桃子，尽管生活困窘，身体日渐衰老，但并未自怨自艾、自暴自弃，而是积极面对，坚强生活。在社会维度上，日本老年女性原先多为专职主妇，将自我的大半生奉献给家庭，尽管这些老年女性在现代日本社会中工作就业人数日渐增多，但无论她们出于何种工作动机，其社会自我认知都体现出家庭角色身份优于其他身份的序列特点。前者的典型代表是《我将独自前行》中的桃子，而后者则如《踏蛇》（1996年）中的西子、《家庭电影》（1996年）中林素美母亲，还有《穴》（2013年）中麻阳的婆婆。在精神维度，平成日本老年女性还阐扬出在自爱与爱他中回归自我、超越自我的老年自我意义。《镇上的猫婆婆》（1989 年）中的外祖母与邻居猫婆婆、《一个人的好天气》中的吟子、《绿萝之舟》中长濑的母亲等作为长者，以"爱"关慰他者，成为"爱的化身"；《一个人的好天气》中的吟子与《我将独自前行》（2017 年）中的桃子在"爱"中抱慰自我，赋予平成老年精神自我以女性认知注解。

再从平成女性不同世代来看，在平成日本青少年女性群体中，存在对外部社会无关心、无责任、无气力的"三无主义"倾向特点，她们及其身边的青少年或者表现出夸张膨胀的行为方式，较为典型的如《裂舌》（2003 年）中路易，或者内向闭锁于个人世界，较为典型的如《欠踹的背影》（2003 年）中反映出的"御宅"现象，这些实际上都是"自我中心主义"的体现。因此，可以说她们的自我形象与自我认知具有"极我化"的特点。平成日本中年女性自我认知则带有"自我化"特点，表现在对于生育、婚姻家庭、工作等的不同认知与选择上。她们中既有与男权话语体系相契合的传统女性，如《绿萝之舟》（2008 年）中失去自我的和乃、《异类婚姻谭》（2015 年）以及《穴》中总觉得低丈夫一等的三三和麻阳等，又有对既有社会性别文化质疑与挑战的现代女性，如《家庭电影》（1996 年）中的林素美、《乳与卵》（2007 年）中的妹妹夏子、《便利店人》（2016 年）中的古仓惠子等。平成日本老年女性相当一部分为出生于战后的"团块世代"，青春时代的她们是"集体就职"的主力军，到适婚年龄纷纷成为"男主外、女主内"核心家庭模式中的主妇，人至老年时不仅要面对生理肉体的衰老，还常常在家庭生活中处于孤独之境。可以看到她们的人生经历中，个体自我往往投入家庭，融入社会，进而呈示出"去我化"的认知特点。最为典型的形象便是《我将独自前行》（2017 年）中的桃子。

整体来看，平成芥川奖日本女性获奖作品中的女性群像呈现出不同维度与不同世代的女性"自我"，反映出平成时代一系列与女性相关的社会问题与现象，而"她们"的自我认知在一定程度上为思考这些社会问题提供了一些线索与启示。

第二节　平成日本女性自我认知特点研究的启示

回溯平成时代可以发现，日本社会的诸多问题与女性相关，这些社会问题不仅对女性的自我认知产生深刻影响，同时女性的自我认知还是某些社会问题的症结所在。目前，中国在社会发展过程中也出现了与日本相似的社会问题、现象，诸如青年人的"佛系""躺平"、第七次人口普查数据显示的 1.3 低出生率、社会老龄化等等，这些同样与女性有着密切关联。所谓以人为鉴，可以明得失。通过对平成时代日本女性自我认知特点的研究，可以得出以下启示：

第一，循着平成时代日本女性自我认知的维度性特点来看，平成日本青少年问题、老年问题以及女性问题，不仅涉及物质与社会层面，还与精神层面相关。通过《青少年白皮书》《高龄社会白皮书》《少子化社会对策白皮书》《男女共同参画白皮书》等可以看出，进入平成以来，相关政策在不断细化与推进。青少年问题支援施策事关家庭、学校与社会[1]，老年问题基本施策主要集中在就业与所得、健康与福祉、学习与社会参与以及生活环境等领域[2]，但对情感精神领域却较少关涉，这一点在女性政策上表现尤为突出。关于女性问题的对策，关注点多集中在女性作为社会生产者与人口生产者的制度保障上，而往往忽视女性自身的情感需求，进而形成"女性获得进入职场机会并未提升自身幸福感，而在婚姻家庭相夫教子又拉低她们幸福感"[3]的

---

[1]　日本内閣府:『子供・若者白書（旧青少年白書）』，详见：https://www.cao.go.jp/whitepaper/index.html，访问时间为 2021 年 12 月 25 日。

[2]　日本内閣府:『高齢社会白書』，详见：https://www.cao.go.jp/whitepaper/index.html，访问时间为 2021 年 12 月 25 日。

[3]　佐藤一磨:『日本で「女性の幸福度」がじわじわ上がっている"あまり喜べない理由"』，详见：https://news.yahoo.co.jp/articles/5c900d0ae6644eb995c5e9ca7a9dae906bec7697，访问时间为 2021 年 7 月 5 日。

双重矛盾。

第二，循着平成时代日本女性自我认知的代际性特点来看，为应对与女性相关的社会问题，在政策制定调整时还需要从世代性上进行反思与前瞻。如在"高龄女性贫困"问题方面，有研究指出，"为避免下一代女性重蹈'高龄女性贫困'的覆辙，20世纪90年代以后，日本通过重建性别法律体系以及社会保障制度改革，推动家务劳动从女性化、无酬化的政策模式向家务劳动社会化、家务劳动再分配的政策模式转型，其创意颇值得关注"①。而在"少子化"方面，鉴于"自我化"中年女性的婚育意愿发生分化，目睹上一代女性现实困境的"极我化"青少年女性，婚育意愿大概率将持续低下。因此，在政策层面不单应该考虑到婚育年龄女性的生活与生育环境改善，还应该注意到低年龄层女性自我意识的引导与自我认知的改观，以助于低生育率"魔咒"的打破。

第三，循着平成时代日本女性自我认知的性别文化语境来看，改善与女性相关的社会问题，不单要有制度上的保障、经济上的扶持，还需要为女性提供平等友好的文化语境与氛围，不单要关注女性之于眼前社会效益的作用，更要重视女性自我的深层需求与长远发展。只有这样，"女性绽放光彩"才不会流于一种口号，女性才会谱写出既独立自主又融入社会的自我形象。

第三节 平成日本女性自我认知特点研究的展望

意识形态批评理论主张文学与社会意识形态之间的关系，提倡挖掘文本形象背后的社会意识及文化意义。相较于平成芥川奖日本女性获奖作品对女性自身的观照，日本男性获奖作品除涉及在日朝鲜人、冲绳等民族问题以及社会底层人物等阶层问题外，还以一种性别他者

① 沈洁：《家务劳动再分配的政策探索——日本"高龄女性贫困"问题的反思》，《妇女研究论丛》2021年第1期，第70~79页。

视角对当代日本女性形象进行了文学观照。本文以平成芥川奖获奖作品为分析文本，主要对日本女性作家获奖作品进行了研读，除此之外还有很多日本男性作家获奖作品，如果能将二者结合起来进行比照研究，更能加深对日本女性自我认知与女性相关问题的理解。

综合平成时代芥川奖日本男性获奖作品中的女性形象来看，年龄层次涵盖老中青，"她们"大体可以分为两种类型。一种为客体化、弱者化的女性形象。这种类型的女性形象在男性面前处于弱势地位，被动地受控于男性，即便有所反抗，最终也会被压制。大冈玲《表层生活》（1989 年）中的森真子、室井光宏《跳舞的木偶》（1994 年）中的娼妓、吉村万壹《线虫》（2003 年）中的"陪浴女"、田中慎弥《相食》（2011 年）中的主人公远马的母亲与恋人等都属于这一类型。

《表层生活》中的森真子为一家杂志社记者，因寻求写作素材来到主人公"我"担任事务次长的女子恋爱学校，进而结识了痴迷于通过计算机模拟合成来操控他人，并希望在同学"我"所在学校进行试验的"计算机"。"计算机"与森真子之间由此展开了一场控制与反控制的较量。森真子虽然在与"计算机"的关系开始时采取了主动姿态，之后却接连遭到"计算机"的不满与厌弃，最终被"计算机"灌上安眠药赤裸地绑在单人床上用以表明他的控制权。对此，芥川奖评委吉行淳之介指出，从"对女性的恐惧"与"对女性的支配"视角可清晰理解男性主人公的言行。[1] 除此之外，小说多处涉及女性的客体化形象。主人公"我"所在的男性主导的学校将插花、烹饪、茶道等设为女子必修课，来此的女学生被训练得穿着华丽感性，说话娇声娇气。主人公"我"从一开始接触森真子便对她进行评判，先是指出她给人的感觉性格认真、脾气火爆、穿着朴素，与女子恋爱学校里的其他女

---

① 『大岡玲（おおおか あきら）- 芥川賞受賞作家 | 芥川賞のすべて・のようなもの』，详见：https://prizesworld.com/akutagawa/jugun/jugun102OA.htm，访问时间为 2022 年 3 月 1 日。

学生格格不入，之后又推想她谈几次恋爱都不会成功。小说以两位男性"我"与"计算机"为主要人物展开，通过一系列的细节场景呈现出二人男性意识中对于女性的客体化认知与支配欲望。

《线虫》主要围绕一名高中伦理课教师与色情浴场"陪浴女"之间的关系展开。男性主人公在与女性交往过程中，逐渐暴露出内在的暴力倾向。不论从人物身份，还是人物关系来看，其中的"陪浴女"都处于客体地位。男主人公作为伦理课教师，相对于"陪酒女"而言占有道德制高点。而在实际的交往过程中，"陪浴女"不仅是他的消费客体，还成为他的施暴对象。从某种程度上可以说，二者之间施暴与受暴的关系不仅是肉体层面的，还是性别层面的。

《相食》中共出现母亲仁子、琴子、会田千种三位女性主要人物，她们的人生经历都带有悲剧色彩，而这种悲剧色彩与篠垣父子俩不无关系。仁子婚后长期遭受丈夫篠垣圆的家暴，在儿子篠垣远马一岁时便搬出了家，一个人住到对面的鱼铺。虽然离开了丈夫的家暴范围，但常年目睹丈夫对琴子与无名女性的蹂躏，在听闻丈夫魔爪又伸向儿子恋人后，忍无可忍情况下杀死了丈夫，但付出的代价是进了牢狱。琴子作为酒吧女郎被男性戏弄，回家后还总被同居的篠垣圆揍打，最终在怀孕后流落他方。会田千种是篠垣远山青梅竹马的恋人，远山在二人关系中始终不顾及千种感受而任性而为，千种遭远山父亲欺凌同样也与远山的疏忽有关。在这些男女人物关系中，男性显然是具有主动性的强者，而女性是明显的被动弱者。

除客体化、弱势化的女性形象外，另一种出现频率较多的女性形象为贤妻良母型。这种类型的女性形象显然是男性所希望的理想型，她们具有传统的女性气质，顺从、隐忍、包容、自我牺牲……她们以家庭、丈夫／恋人、孩子为中心，可以说是没有自我的群体。这一类型的代表有玄侑宗久《中阴之花》（2001 年）中的妻子圭子、长岛有《超速母亲》（2001 年）中的单亲母亲、矶崎宪一郎《最终的栖身处》（2009 年）中的妻子等。

《中阴之花》主要描写了禅宗信徒的主人公则道在禅宗教义、僧侣本分与世俗诱惑之间的惶惑，最后终于在妻子圭子的忠诚祈祷中变得宽容起来。小说中一众人物持有各种或正式或非正式的宗教信仰，如灵梅婆婆、阿德夫妇等。其中圭子给人印象深刻之处在于她作为妻子深刻理解丈夫则道的内心，并为了他的超度一心祈祷。这种"贤妻"形象不止一次地出现在玄侑宗久的作品中，《遗肢》里庸一的母亲任劳任怨地照顾交通事故后变得易怒暴躁的丈夫，对于丈夫颐指气使的态度也毫无抵触。

《超速母亲》描写了小学五年级的慎与母亲两个人一年左右的生活场景，呈现出母亲的坚强与伟大。小说字里行间流露出对于母亲的赞美与肯定，母亲形象成为这一小说获奖的关键所在。芥川奖评委村上龙更是指出，"独自生育、独自抚养孩子的女性应当以这样的母亲为榜样，从这一作品中获取勇气"[①]。值得注意的是，作为小说焦点人物的单亲母亲，她坚毅面对生活的姿态固然值得称道，然而对这一人物的强调突出也不免隐含着男性对理想女性的潜在评判，即女性应当甘于母亲角色。

《最后的居所》中男性主人公为某制药厂推销员，婚后对妻子感到种种不满意，还将这种不满意归为是妻子的问题，猜测妻子出轨，认为妻子无视自己等等。在十几年的婚姻生活中，男主人公要么忙于工作应酬，要么一次次地出轨，甚至还向妻子提出了离婚。反观妻子却在辛苦育儿与家务琐事中坚定地等待着丈夫的回归。小说最后男主人公将自身的归家作为对妻子多年等候回报的奇妙逻辑或许道出了相当一部分男性的内心认知，即女性作为妻子，应当坚守家庭，相夫教子。

---

① 『長嶋有（ながしま ゆう）- 芥川賞受賞作家｜芥川賞のすべて・のようなもの 』，详见：https://prizesworld.com/akutagawa/jugun/jugun126NY.htm，访问时间为2022 年 3 月 1 日。

文学文本是意识形态表象系统的一部分，女性形象作为文学作品的主体，自然反映着相应的意识形态。倘若将平成时代芥川奖日本男性获奖作品中的女性群像加以凝缩，可以抽象出以上两种典型女性形象。其中，前者属于被男性轻视的类型，而后者是为男性赞誉的类型，看似矛盾的两种女性形象实际上都体现出男性中心主义的倾向。文化批评理论认为，一切形象"是在动态的社会权力和意识形态中被生产出来的"，这些形象的趋势"取决于它们所引发的广泛的文化意义和它们被看时的社会的政治的文化的语境"。① 参照此观点，可以说这些男性获奖作品在一定程度上反映了日本现实社会的"男性意识"，其中的女性形象渗透着日本男权社会对于女性的认知与想象。

以上为笔者对平成时代 41 部芥川奖男性获奖作品简要梳理后归纳出的典型女性形象。由于文本内容丰富，只能择其要者做出概述，限于本文篇幅与笔者学力，疏漏部分将在今后的研究中予以补充完善。通过将日本男性获奖作品中的女性认知与前述女性获奖作品中的女性自我认知进行互文性比对，不难发现日本女性对于自我的界定已然开始冲破传统社会的制限，然而日本男性对于她们的认知却仍然具有历史惯常性。这二者之间的错位无疑也是日本女性问题迟迟得不到有效解决的一大要因。作为一个时代，平成业已画上句号，作为平成时代的亲历者，平成女性自我的发展依旧任重而道远，对于女性的书写依旧在延续，而对于女性的讨论与探索也将继续。

---

① 余虹、杨恒达、杨慧林主编:《问题》第二辑，中央编译出版社，2003 年，第 52~54 页。

参考文献

外文文献

章刊类：

[1] 滝沢美恵子.『ネコババのいる町で』[M]. 東京：文藝春秋，2002年.

[2] 小川洋子.『妊娠カレンダー』[M]. 東京：文藝春秋，2002年.

[3] 荻野アンナ.『背負い水』[M]. 東京：文藝春秋，2002年.

[4] 松村栄子.『至高聖所』[M]. 東京：文藝春秋，2002年.

[5] 多和田葉子.『犬婿入り』[M]. 東京：文藝春秋，2002年.

[6] 笙野頼子.『タイムスリッパ・コンビナート』[M]. 東京：文藝春秋，2002年.

[7] 川上弘美.『蛇を踏む』[M]. 東京：文藝春秋，2002年.

[8] 柳美里.『家族シネマ』[M]. 東京：文藝春秋，2002年.

[9] 藤野千夜.『夏の約束』[M]. 東京：文藝春秋，2002年.

[10] 大道珠貴.『しょっぱいドライブ』[M]. 東京：文藝春秋，2003年.

[11] 金原ひとみ.『蛇にピアス』[J].『すばる』2003年第25巻第11号.

[12] 綿矢りさ.『蹴りたい背中』[M]. 東京：河出書房新社，2003年.

[13] 絲山秋子.『沖で待つ』[J].『文學界』2005年第59巻第9号.

[14] 青山七恵.『ひとり日和』[M]. 東京：河出書房新社，2007年.

[15] 川上未映子.『乳と卵』[J].『文學界』2007年第61巻第12号.

[16] 楊逸.『時が滲む朝』[M]. 東京：文藝春秋，2008年.

[17] 津村記久子.『ポトスライムの舟』[J].『群像』2008年第63巻第

11 号.

[18] 赤染晶子.『乙女の密告』[J].『新潮』2010 年第 107 巻第 6 号.

[19] 朝吹真理子.『きことわ』[J].『新潮』2010 年第 107 巻第 9 号.

[20] 鹿島田真希.『冥土巡り』[M]. 東京：河出書房新社，2012 年.

[21] 黒田夏子.『ab さんご』[M]. 東京：文藝春秋，2013 年.

[22] 藤野可織.『爪と目』[M]. 東京：新潮社版，2013 年.

[23] 小山田浩子.『穴』[M]. 東京：新潮社版，2014 年.

[24] 柴崎友香.『春の庭』[M]. 東京：文藝春秋，2014 年.

[25] 本谷有希子.『異類婚姻譚』[M]. 東京：講談社，2016 年.

[26] 村田沙耶香.『コンビニ人間』[J].『文芸春秋』2016 年第 94 巻第 13 号.

[27] 若竹千佐子.『おらおらでひとりいぐも』[M]. 東京：河出書房新社，2017 年.

[28] 石井由佳.『百年泥』東京：新潮社版，2017 年.

著作类：

[1] 板垣直子.『明治・大正・昭和の女流文学』[M]. 東京：桜楓社，1971 年.

[2] 袖井孝子，矢野真和.『現代女性の地位』[M]. 東京：劲草書房，1987 年.

[3] 上野千鶴子.『家父長制と資本制：マルクス主義フェミニズムの地平』[M]. 東京：岩波書店，1990 年.

[4] 長谷川泉.『女性作家の新流』[M]. 東京：至文堂，1992 年.

[5] 久保田淳.『岩波講座日本文学史』[M]. 東京：岩波書店，1996 年.

[6] 纲野善彦.『女性社会地位の再考察』[M]. 東京：御茶水書房，1999 年.

[7] 上野千鶴子.『文学を社会学』[M]. 東京：朝日新聞社，2000 年.

[8] 岡野幸江.『2 家・家族・恋愛・結婚』，渡邊澄子編『女性文学を

学ぶ人のために』[M]. 京都: 世界思想社, 2000 年.

[9] 西村博子.『「家族シネマ」――崩壊家族、当事者からの発言』, 江種満子, 牛上理恵編『20 世紀のベストセラーを読み解く女性・読者・社会の 100 年』[M]. 京都: 学芸書林, 2001 年.

[10] 川村湊, 原善.『現代女性作家研究事典』[M]. 東京: 鼎書房, 2001 年.

[11] 日野啓三.『芥川賞全集第 15 巻　芥川賞選評』[M]. 東京: 文藝春秋, 2002 年.

[12] 田久保英夫.『芥川賞全集第 16 巻　芥川賞選評』[M]. 東京: 文藝春秋, 2002 年.

[13] 黒井千次.『芥川賞全集第 16 巻　芥川賞選評』[M]. 東京: 文藝春秋, 2002 年.

[14] 落合恵美子.『21 世紀家族へ: 家族の戦後体制の見かた・超えかた』[M]. 東京: 有斐閣, 2004 年.

[15] 山田昌弘.『「婚活」時代』[M]. 東京: Discover twenty one, 2008 年.

[16] 山田昌弘.『幸福の方程式』[M]. 東京: Discover twenty one, 2009 年.

[17] 上野千鶴子.『女ぎらい――ニッポンのミソジニー』[M]. 東京: 紀伊國屋書店, 2010 年.

[18] 上野千鶴子.『おひとりさまの老後』[M]. 東京: 文藝春秋, 2011 年.

[19] 上野千鶴子.『女たちのサバイバル作戦』[M]. 東京: 文藝春秋, 2013 年.

[20] 小熊英二編.『平成史』[M]. 東京: 河出ブックス, 2014 年.

[21] 浦田憲治.『未完の平成文学史: 文芸記者が見た文壇 30 年』[M]. 東京: 早川書房, 2015 年.

[22] 池上彰, 上田紀行, 中島岳志, 弓山達也.『平成論「生きづらさ」

の30年を考える』[M]. 東京: NHK 出版新書, 2018 年.

[23] 川上弘美など.『平成名小説』[M]. 東京: 新潮社, 2019 年.

[24]Betty Friedan. The Faminine Mystique[M]. New York: Norton, 1963.

[25]Levinas, Emmanuel. Totality and Infinity[M]. Trans. Alphonso Lingis. Hague: Martinus Nijhoff, 1979.

[26]Penny Brown. Poison at the Source: The Female Novel of Self-Development in the Early Twentieth Century[M]. Basingstoke: Macmillan, 1992.

[27]Walby, S. Gender Transformations[M]. London: Routledge, 1997.

[28]Lynne Huffer. Maternal Pasts, Feminist Futures: Nostalgia, Ethicsand the Question of Difference[M]. CA: Stanford University Press, 1998.

[29]Karen Warren. Ecofeminist Philosophy[M]. Lanham: Rowman, 2000.

[30]Blunt, A. Cultural Geography in Practice[M]. London and New York: Oxford UP, 2003.

[31]Bulter, Judith. Precarious Life: The Power of Mourning and Violence[M]. London: Verso, 2004.

[32]Warf, Barney. Encyclopedia of Geography[M]. London: Sage Publications, 2006.

论文类:

[1] 松井やより.『経済先進国, 女性の地位後進国 日本の女性解放運動を探る——国際婦人年メキシコ会議から』[J].『ジュリスト』1975 年第 595 号.

[2] 池内紀.『新入生から新人へ』[J].『文學界』1989 年第 43 巻第 12 号.

[3] 青野聰.『受賞作二編』[J].『文學界』1989 年第 43 巻第 12 号.

[4] 畑山博.『「虚構」のアリバイ』[J].『文學界』1989 年第 43 巻第 12 号.

[5] 川村湊.『「ネコババのいる町で」滝沢美恵子（今月の文芸書）』[J].『文學界』1990 年第 44 巻第 3 号.

[6] 田久保英夫.『芥川賞選評』[J].『文芸春秋』1990 年第 68 巻第 4 号.

[7] 三浦哲朗.『芥川賞選評 感想』[J].『文芸春秋』1990 年第 68 巻第 4 号.

[8] 日野啓三.『異能と正統』[J].『文芸春秋』1990 年第 68 巻第 4 号.

[9] 黒井千次.『僅差の印象』[J].『文芸春秋』1990 年第 68 巻第 4 号.

[10] 黒井千次.『芥川賞選評』[J].『文芸春秋』1991 年第 69 巻第 10 号.

[11] 宮本輝.『芥川賞選評 「人間」という謎』[J].『文芸春秋』1997 年第 75 巻第 4 号.

[12] 菅野昭正，川本三郎，三浦雅士.『「平成文学」とは何か』[J].『新潮』2002 年新年特別号.

[13] 高樹のぶ子.『二作を評価』[J].『文芸春秋』2003 年第 81 巻第 3 号.

[14] 三浦哲郎.『感想』[J].『文芸春秋』2003 年第 81 巻第 3 号.

[15] 村上龍.『選評』[J].『文芸春秋』2003 年第 81 巻第 3 号.

[16] 綿矢りさ.『著者インタビュー 綿矢りさ「蹴りたい背中」』[J].『文學界』2003 年第 57 巻第 11 号.

[17] 池澤夏樹.『芥川賞選評 若い人々』[J].『文芸春秋』2004 年第 82 巻第 6 号.

[18] 河野多恵子.『芥川賞選評 二受賞作について』[J].『文芸春秋』2004 年第 82 巻第 4 号.

[19] 草野満代.『金原さんに謝りたい』[J].『文芸春秋』2004 年第 82 巻第 6 号.

[20] 国谷裕子.『言葉にできない痛み』[J].『文芸春秋』2004 年第 82 巻第 6 号.

[21] 斉藤孝.『小説の王道』[J].『文芸春秋』2004 年第 82 巻第 6 号.

[22] 関川夏央.『怒れるおじさんたち』[J].『文芸春秋』2004 年第 82 巻第 6 号.

[23] 高樹のぶ子.『芥川賞選評　期待と感慨』[J].『文芸春秋』2004 年第 82 巻第 4 号.

[24] 寺脇研.『若者と向き合わない大人たち』[J].『文芸春秋』2004 年第 82 巻第 6 号.

[25] 中条省平.『「居心地の悪さ」を鋭敏に』[J].『文芸春秋』2004 年第 82 巻第 6 号.

[26] 早坂茂三.『文学とは思えない』[J].『文芸春秋』2004 年第 82 巻第 6 号.

[27] 古井由吉.『芥川賞選評　がらんどうの背中』[J].『文芸春秋』2004 年第 82 巻第 6 号.

[28] 舛添要一.『時代の風と日本語の本質』[J].『文芸春秋』2004 年第 82 巻第 6 号.

[29] 矢幡洋.『ヒストリオニクスの時代　「蹴りたい背中」にみる若者世代の集団文化(「芥川賞」現象を斬る)』[J].『中央公論』2004 年第 119 巻第 6 号.

[30] 池澤夏樹.『恋愛でない男女の仲』[J].『文芸春秋』2006 年第 84 巻第 4 号.

[31] 黒井千次.『女と男の新しい光景』[J].『文芸春秋』2006 年第 84 巻第 4 号.

[32] 河野多恵子.『「沖で待つ」の新しさ』[J].『文芸春秋』2006 年第 84 巻第 4 号.

[33] 高樹のぶ子.『あざとさも力』[J].『文芸春秋』2006 年第 84 巻第 4 号.

[34] 山田詠美.『選評』[J].『文芸春秋』2006 年第 84 卷第 4 号.

[35] 池澤夏樹.『少数意見者の弁明』[J].『文芸春秋』2007 年第 85 卷第 3 号.

[36] 黒井千次.『芥川賞選評　自然体の勝利』[J].『文芸春秋』2007 年第 85 卷第 4 号

[37] 高樹のぶ子.『芥川賞選評　"作意を隠す力"』[J].『文芸春秋』2007 年第 85 卷第 4 号.

[38] 宮本輝.『芥川賞選評　けだるい生命力』[J].『文芸春秋』2007 年第 85 卷第 4号.

[39] 池澤夏樹.『芥川賞選評　仕掛けとたくらみの』[J].『文芸春秋』2008 年第 86 卷第 3 号.

[40] 川本三郎.『同時代を生きる視点　いま格差社会の片隅で――川上未映子「乳と卵」、桜庭一樹「私の男」』[J].『調査情報』2008 年第 482 号.

[41] 巽孝之, 安藤礼二, 福永信.『創作合評』[J].『群像』2008 年第 63 卷第 12 号.

[42] 矢沢美佐紀.『＜ニッチ＞としての正しい生き方――津村記久子「ポストライムの舟」の世界観』[J].『国文学: 解釈と鑑賞』2008 年第 75 卷第 4 号.

[43] 小川洋子.『芥川賞選評　余計なお世話』[J].『文芸春秋』200 年第 86 卷第 3 号.

[44] 川上弘美.『芥川賞選評　もう一度会いたい人』[J].『文芸春秋』2008 年第 86 卷第 3 号.

[45] 池澤夏樹.『芥川賞選評　機微のうねり』[J].『文芸春秋』2009 年第 87 卷第 3 号.

[46] 川上弘美.『揺籃』[J].『文芸春秋』2009 年第 87 卷第 3 号.

[47] 黒井千次.『水の勢い』[J].『文芸春秋』2009 年第 87 卷第 3 号.

[48] 高樹のぶ子.『そこそこ小説の終焉』[J].『文芸春秋』2009 年第

87 卷第 3 号.

[49] 津村記久子, 石川忠司.『芥川賞受賞記念インタビュー 「ポトスライムの舟」で試みたこと』[J].『群像』2009 年第 64 巻第 3 号.

[50] 宮本輝.『芥川賞選評 機微のうねり』[J].『文芸春秋』2009 年第 87 巻第 3 号.

[51] 山田詠美.『選評』[J].『文芸春秋』2009 年第 87 巻第 3 号.

[52] 阿部彩.『貧困のジェンダー差』[J].『社会保障』2011 年第 47 巻第 1 号.

[53] 宮本阿伎.『格差と貧困の文学 現代篇』[J].『女性のひろば』2011 年第 383 号, 第 387 号.

[54] 井上晶子.『綿矢りさ「蹴りたい背中」——蹴ることで認識する存在意義』[J].『日本女子大学国語国文学会』2012 年第 40 巻.

[55] 黒田夏子, 下重暁子.『幼女からそのまま老人になりました』[J].『文芸春秋』2013 年第 91 巻第 3 号.

[56] 藤野可織, 堀江敏幸.『この世界を正確に書きうつしたい』[J].『文學界』2013 年第 67 巻第 9 号.

[57] 藤野可織.『受賞の言葉』[J].『文芸春秋』2013 年第 91 巻第 10 号.

[58] 藤野可織.『受賞者インタビュー 世界は恐ろしい、でも素晴らしいこともある』[J].『文芸春秋』2013 年第 91 巻第 10 号.

[59] 小川洋子, 川上未映子, 川上弘美, 綿矢りさ.『作家の本音大座談会: 受賞直後に始球式や CM の依頼が来ました』[J].『文芸春秋』2014 年第 92 巻第 4 号.

[60] 内藤千珠子.『ファム・ファタールの無関心——「水の女」の系譜と藤野可織「爪と目」』[J].『大妻国文』2014 年第 45 号.

[61] 本谷有希子, 吉田大助.『本谷有希子インタビュー：60 篇ボツにした 2 年半』[J].『文學界』2016 年第 70 巻第 3 号.

[62] 本谷有希子, 村田沙耶香, 吉村千彰.『対談 結婚の不思議、夫婦

の不気味』[J].『群像』2016 年第 71 巻第 2 号.

[63] 津村記久子, 宮部みゆき.『理不尽な世界と人間のために』[J].
『新潮』2017 年第 114 巻第 5 号.

[64] 矢野利裕.『新感覚派とプロレタリア文学の現代：平成文学史序
説』[J].『すばる』2017 年第 39 巻第 2 号.

[65] 島田雅彦.『選評』[J].『文芸春秋』2018 年第 96 巻第 3 号.

[66] 吉田修一.『選評』[J].『文芸春秋』2018 年第 96 巻第 3 号.

[67] 小川洋子.『芥川賞選評　人形とストップウオッチ』[J].『文芸春
秋』2019 年第 88 巻第 11 号.

[68] 佐々木敦.『私的平成文学クロニクル』[J].『すばる』2019 年第 41
巻第 5 号.

[69] 高橋源一郎, 斎藤美奈子.『対談　平成の小説を振り返る』[J].
『すばる』2019 年特集.

报纸章类：

[1] 古川雅子.『バブル入社組共感の訳　芥川賞を受賞する絲山秋子さ
ん』[N].2006 年 1 月 30 日『朝日新聞』週刊アエラ.

[2]『（逆風満帆）作家・絲山秋子:上　総合職の激務に没頭』[N].2006
年 3 月 11 日『朝日新聞』朝刊 004.

[3]『（書評）沖で待つ　絲山秋子著　ユーモラス、ぱきぱき、颯爽と
前へ』[N].2006 年 4 月 16 日『朝日新聞』朝刊第 12 頁.

[4] 星野学.『（ひと）津村記久子さん　「ポトスライムの舟」で芥川賞
に決まった』[N].2009 年 1 月 16 日『朝日新聞』朝刊.

[5] 若竹千佐子.『インタビュー』[N].2018 年 3 月 29 日（木曜日）『新
婦人』第 3220 号.

电子文献类：

[1] 日本内閣府.『子供・若者白書（旧青少年白書）』[EB/OL].详见：

https://www.cao.go.jp/whitepaper/index.html

[2] 日本労働省.『人口動態統計』[EB/OL]. 详见：https://www.mhlw.
go.jp/toukei/list/118-1.html

[3] 日本内閣府.『配偶者からの暴力被害者支援情報』[EB/OL]. 详见：
https://www.gender.go.jp/policy/no_violence/e-vaw/chousa/h11_
top.html

[4] 日本厚生労働省.『母子家庭の母の就業の支援に関する年次報
告』[EB/OL]. 详 见：https://www.mhlw.go.jp/toukei_hakusho/
hakusho/

[5] 国立社会保障・人口問題研究所.『全国家庭動向調査』[EB/OL].
详见：http://www.ipss.go.jp/site-ad/index_Japanese/cyousa.html

[6] 文部科学省.『教育白書』[EB/OL]. 详见：https://warp.ndl.go.jp/
info:ndljp/pid/11293659/www.mext.go.jp/b_menu/hakusho/html/
hpad199801/hpad199801_2_027.html#fb1.2.1

[7] 日本内閣府.『子供・若者白書』[EB/OL]. 详见：https://www8.cao.
go.jp/youth//whitepaper/h15hakusho/pdf/1-5.pdf

[8] 日本内閣府.『男女共同参画社会に関する世論調査』[EB/OL]. 详
见：https://www.gender.go.jp/research/yoron/index.html

[9] 日本内閣府.『高齢者の社会的孤立と地域社会』[EB/OL]. 详见：
https://www8.cao.go.jp/kourei/whitepaper/w-2010/gaiyou/22pdf_
indexg.html

[10] 日本内閣府.『平成 22 年度　第 7 回高齢者の生活と意識に関す
る国際比較調査結果』[EB/OL]. 详见：https://www8.cao.go.jp/
kourei/ishiki/h22/kiso/zentai/pdf/2-8.pdf

[11] 日本厚生労働省.『国民生活基礎調査の概況』[EB/OL]. 详见：
https://www.mhlw.go.jp/toukei/saikin/hw/k-tyosa/k-tyosa13/dl/03.
pdf

[12] 日本内閣府.『平成 27 年度　第 8 回高齢者の生活と意識に関す

る国際比較調査結果』[EB/OL]. 详见：https://www8.cao.go.jp/
kourei/ishiki/h27/zentai/pdf/kourei_h27_3-3.pdf

[13] 日本内閣府.『高齢者の生活と意識に関する国際比較調査』[EB/
OL]. 详　见：https://www8.cao.go.jp/kourei/ishiki/chousa/index.
html

[14] 香山リカ.『高齢者の「こころの健康」について考える―4か国
調査から見る日本の高齢者の心理的健康―』[EB/OL]. 详见：
https://www8.cao.go.jp/kourei/ishiki/h27/zentai/pdf/kourei_4_
kayama.pdf

[15] 国立社会保障・人口問題研究所.『人口統計資料集』[EB/OL].
详　见：http://www.ipss.go.jp/syoushika/tohkei/Popular/ ar2015.
asp?chap=6

[16] 日本総務省.『平成 27 年国勢調査』[EB/OL]. 详见：http://www.
stat.go.jp/data/kokusei/2015/kekka/kihon3/pdf/gaiyou.pdf

[17] 日本総務省.『社会生活基本調査』[EB/OL]. 详见：https://www.
stat.go.jp/data/shakai/2016/pdf/youyaku2.pdf

[18] 日本総務省.『人口推計の結果の概要』[EB/OL]. 详见：https://
www.stat.go.jp/data/jinsui/2.html

[19] 厚生労働省.『完全寿命表』[EB/OL]. 详见：http://www.mhlw.
go.jp/toukei/saikin/hw/life

[20] 内閣府.『平成 29 年版　子供・若者白書（概要版）』[EB/OL].
详　见：https://www8.cao.go.jp/youth/whitepaper/h29gaiyou/pdf/
b1_00.pdf

[21] 日本厚生労働省.『平成 29 年度全国ひとり親世帯等調査結果報
告 』[EB/OL]. 详 见：https://www.mhlw.go.jp/stf/seisakunitsuite/
bunya/0000188147.html

[22] 日本内閣府.『平成 30 年版　高齢社会白書』[EB/OL]. 详
见：https://www8.cao.go.jp/kourei/whitepaper/w-2018/gaiyou/

pdf/1s1s.pdf

[23] 厚生労働省.『働く女性の実情』[EB/OL]. 详见: https://www.mhlw.go.jp/content/17gaiyou.pdf

[24]『「ポストライムの舟」感想・レビュー』[EB/OL]. 详见: https://bookmeter.com/books/571243

[25] 佐藤一磨.『日本で「女性の幸福度」がじわじわ上がっている"あまり喜べない理由"』[EB/OL]. 详见: https://news.yahoo.co.jp/articles/5c900d0ae6644eb995c5e9ca7a9dae906bec7697

[26]『大岡玲(おおおか あきら)- 芥川賞受賞作家 | 芥川賞のすべて・のようなもの』[EB/OL]. 详见: https://prizesworld.com/akutagawa/jugun/jugun102OA.htm

[27]『長嶋有(ながしま ゆう)- 芥川賞受賞作家 | 芥川賞のすべて・のようなもの』[EB/OL]. 详见: https://prizesworld.com/akutagawa/jugun/jugun126NÝ.htm

[28]『吉村萬壱(よしむら まんいち)- 芥川賞受賞作家 | 芥川賞のすべて・のようなもの』[EB/OL]. 详见: https://prizesworld.com/akutagawa/jugun/jugun129YM.htm

中文文献

著作类:

[1] 皮埃尔·马舍雷. 文学生产理论 [M]. 伦敦: 鲁特莱齐与凯根·保罗出版社,1978 年.

[2] 威特·巴诺. 心理人类学: 文化与人格研究 [M]. 瞿海源, 许木柱译. 台北: 黎明文化事业公司, 1979 年.

[3] 苏珊·朗格. 艺术问题 [M]. 滕守尧, 朱疆源译. 北京: 中国社会科学出版社, 1983 年.

[4] 张萍. 日本的婚姻与家庭 [M]. 北京: 中国妇女出版社, 1984 年.

[5] 苏珊·朗格. 情感与形式 [M]. 刘大基, 傅志强, 周发祥译. 北京:

中国社会科学出版社，1986 年．

[6] 叔本华．意欲与人生之间的痛苦 [M].李小兵译．上海：上海三联
出典,1988 年．

[7] 上野千鹤子．高龄化社会 四十岁开始探讨老年 [M].公克 晓华编
译．沈阳：辽宁大学出版社,1991 年．

[8] 大冈玲．表层生活 [M].兰明，郑民钦译．北京：作家出版社，1991
年．

[9] 弗洛伊德．梦的解析 [M].夏光明，王立信编．合肥：安徽文艺出版
社,1996 年．

[10] 李卓．家族制度与日本的近代化 [M].天津：天津人民出版社，
1997 年．

[11] 水田宗子.女性的自我与表现 [M].叶渭渠主编．北京：中国文联
出版社，2000 年．

[12] 阎纯德．二十世纪中国女性作家研究 [M].北京：北京语言大学出
版社,2000 年．

[13] 许金龙主编.中日女作家新作大系 日本方阵 [M].北京：中国文联
出版社，2001 年．

[14] 西蒙·波伏娃．第二性 [M].李强译．北京：西苑出版社,2004 年．

[15] 杰里·伯格．人格心理学 [M].陈会昌译．北京：中国轻工业出版
社，2004 年．

[16] 乌尔里希·贝克．风险社会 [M].何博闻译．南京：译林出版
社,2004 年．

[17] 高宣扬．当代法国思想五十年 [M].北京：中国人民大学出版
社,2005 年．

[18] 酒井顺子."丧家犬"的呐喊 [M].常思纯译．北京：中国社会科学
出版社，2005 年．

[19] 大道珠贵.咸味兜风 [M].祝子平译．上海：上海文艺出版社,
2005 年．

[20] 柳美里.家庭电影 [M].于荣胜译.北京：人民文学出版社,2006 年.

[21] 绵矢莉莎.好想踢你的背 [M].周丹译.北京：世界知识出版社,2006 年.

[22] 米歇尔·福柯.疯癫与文明 [M].刘北成译.上海：生活·读书·新知三联书店，2007 年.

[23] 青山七惠.一个人的好天气 [M].竺家荣译.上海：上海译文出版社，2007 年.

[24] 阿瑟·丹图.叙述与历史 [M].周建漳译.上海：上海文艺出版社，2007 年.

[25] 王慧荣.近代日本女子教育研究 [M].北京：中国社会科学出版社，2007 年.

[26] 刘立国,何志勇.插图本日本文学史 [M].北京：北京大学出版社，2008 年.

[27] 肖霞.全球化语境中的日本女性文学 [M].济南：山东大学出版社，2009 年.

[28] 刘春英.日本女性文学史 [M].济南：山东大学出版社，2009 年.

[29] 菲利普·罗斯.凡人 [M].彭伦译.北京：人民文学出版社，2009 年.

[30] 门仓贵史.穷忙族 [M].袁淼译.北京：中信出版社，2009 年.

[31] 胡澎.性别视角下的日本妇女问题 [M].北京：中国社会科学出版社，2010 年.

[32] 赵敬.当代日本女性劳动就业研究 [M].北京：中国社会科学出版社，2010 年.

[33] 加藤周一.日本文学史序说 上 [M].叶渭渠,唐月梅译.北京：外语教学与研究出版社，2011 年.

[34] 绵矢莉莎.欠踹的背影 [M].涂愫芸译.上海：上海译文出版社，2011 年.

[35] 刘卫兵,王丽娟.冲突与反思中的青少年：当代青少年发展问题

研究 [M]. 北京：人民出版社，2012 年.

[36] 亚伯拉罕·马斯洛. 动机与人格 [M]. 许金声译. 北京：中国人民大学出版社，2012 年.

[37] 荣格. 精神分析与灵魂治疗 [M]. 冯川译. 南京：译林出版社，2012 年.

[38] 矶崎宪一郎. 最后的居所 [M]. 李征译. 上海：上海文艺出版社，2013 年.

[39] 尚会鹏. 心理文化学要义——大规模文明社会比较研究的理论与方法 [M]. 北京：北京大学出版社，2013 年.

[40] 叶琳. 现当代日本文学女性作家研究 [M]. 南京：南京大学出版社，2013 年.

[41] 赤濑川原平. 老人力 [M]. 个个译. 北京：世界知识出版社，2014 年.

[42] 南博. 日本人的心理 日本的自我 [M]. 刘延州译. 北京：社会科学文献出版社，2014 年.

[43] 邬沧萍，姜向群. 老年学概论 [M]. 北京：中国人民大学出版社，2014 年.

[44] 詹姆斯·L. 麦克莱恩. 日本史（1600~2000）[M]. 王翔，朱慧颖，王瞻瞻译. 海口：海南出版社，2014 年.

[45] 上野千鹤子. 厌女 [M]. 王兰译. 上海：上海三联书店，2015 年.

[46] 王玉英. 现实书写与身份追寻：新世纪日本芥川奖获奖女作家及其作品研究 [M]. 长春：吉林出版集团有限责任公司，2015 年.

[47] 埃里克·H. 埃里克森. 同一性 青少年与危机 [M]. 孙名之译. 北京：中央编译出版社，2015 年.

[48] 田中慎弥. 相食 [M]. 邹波译. 上海：上海译文出版社，2016 年.

[49] 安德鲁·戈登. 现代日本史 从德川时代到 21 世纪 [M]. 李朝津译. 北京：中信出版集团，2017 年.

[50]NHK 特别节目录制组. 女性贫困 [M]. 李颖译. 上海：上海译文出

版社，2017 年.

[51] 藤田孝典.下游老人 [M].褚以炜译.北京：中信出版集团 ,2017年.

[52] 保罗·沃黑赫：身份 [M].张朝霞译.广州：花城出版社，2018 年.

[53] 丽贝卡·特雷斯特.我的孤单，我的自我：单身女性的时代 [M].贺梦菲，薛轲译.桂林：广西师范大学出版社，2018 年.

[54]NHK 特别节目录制组.老后破产：名为"长寿"的噩梦 [M].王军译.上海：上海译文出版社，2018 年.

[55]NHK 特别节目录制组.无缘社会 [M].高培明译.上海：上海译文出版社，2018 年.

[56] 乔治·赫伯特·米德.心灵、自我与社会 [M].赵月瑟译，上海：上海译文出版社，2018 年.

[57] 孙承健.电影、社会与观众 [M].北京；中国电影出版社 ,2018 年.

[58] 胡澎主编.平成日本社会问题解析 [M].北京：社会科学文献出版社，2019 年.

[59] 上野千鹤子.父权制与资本主义 [M].邹韵，薛梅译.杭州：浙江大学出版社 ,2020 年.

[60] 尚会鹏，张建立，游国龙，杨劲松，李姝蓓.日本人与日本国　心理文化学范式下的考察 [M].北京：社会科学文献出版社，2021年.

[61] 李姝蓓.论芥川奖获奖小说《异类婚姻谭》中的婚姻价值观 [C].刘玉宏主编，中日神话传说此较研究.北京：社会科学文献出版社，2021 年.

论文类：

[1] 朱金和.浅谈日本小说《恍惚的人》[J].复旦学报 (社会科学版)，1979 年第 2 期.

[2] 姜跃春.日本经济长期萧条的特点、原因及前景 [J].国际问题研究

1994 年第 3 期.

[3]Thomas R.Cole. 人文老年学：对老年意义的追寻 [J]. 医学与哲学，1996 年第 17 卷第 9 期.

[4] 川村凑. 日本现代女性与"家庭" [J]. 许金龙译. 世界文学，2001 年第 4 期.

[5] 卢勤. 是继承，还是反叛——埃里克森与弗洛伊德人格心理观的比较研究 [J]. 西南民族学院学报（哲学社会科学版），2001 年第 11 期.

[6] 启迪. 当代日本青少年的现状与特征浅析 [J]. 当代青年研究，2001 年第 3 期.

[7] 陈映芳. 个人化与日本的青少年问题 [J]. 社会学研究，2002 年第 2 期.

[8] 马凌. 诠释、过度诠释与逻各斯——略论《玫瑰之名》的深层主题 [J]. 外国文学评论，2003 年第 1 期.

[9] 孙欣. 从当代日本"少子化"现象析女性生育观变化动因 [J] 社会，2003 年第 4 期.

[10] 王伟. 日本人口结构的变化趋势及其对社会的影响 [J]. 日本学刊，2003 年第 4 期.

[11] 张维娜. 关于日本"少子化"现象的分析 [J]. 山东大学学报（哲学社会科学版），2003 年第 3 期.

[12] 李伟萍. 反叛与迷失——后现代主义视野中的《裂舌》[J]. 当代文坛，2006 年第 2 期.

[13] 米歇尔·福柯. 另类空间 [J]. 王喆译. 世界哲学，2006 年第 6 期.

[14] 尚会鹏. 论日本人自我认知的文化特点 [J]. 日本学刊，2007 年第 2 期.

[15] 林进. 当代日本女作家丝山秋子的《在海浪上等待》[J]. 日本研究，2008 年第 1 期.

[16] 李星. 浅析《一个人的好天气》中的"孤独"与"虚无" [J]. 北京

理工大学（社会科学版），2008 年第 6 期．

[17] 吕斌．我的故事我诉说——荻野安娜《雪国舞女》[J]．当代外国文学，2008 年第 3 期．

[18] 师艳荣．关于日本妇女遭受家庭暴力的思考 [J]．日本问题研究，2008 年第 3 期．

[19] 赵昉．同一经验的两种言说——关于《妊娠日历》与《太阳出世》的解读 [J]．许昌学院学报，2008 年第 4 期．

[20] 姜天喜．孤独、暴力与绝望——论绵矢莉莎《拒绝的背影》[J]．国外理论动态，2009 年第 1 期．

[21] 尚会鹏．日本社会的"个人化"——心理文化视角的考察 [J]．日本学刊，。2010 年第 2 期．

[22] 王奕红．从《中阴之花》到《遗肢》[J]．外国文学动态，2010 年第 3 期．

[23] 黄怡婷．谈谈中日青年作家的创作——中日评论家陈晓明和川村凑采访实录 [J]．外国文学动态，2011 年第 1 期．

[24] 范勇慧．美国社会家庭婚姻问题——析《这年的秋天》的叙事艺术 [J]．学术探索，2012 年第 9 期．

[25] 纪秀明．论当代西方生态文学中的异质空间 [J]．当代外国文学，2012 年第 1 期．

[26] 刘庆丰．论人的价值构成的"内在紧张" [J]．云南社会科学，2012 年第 1 期．

[27] 刘小红，刘魁．个体化浪潮下的女性困境及化解对策——基于贝克的风险社会理论 [J]．社会科学家，2012 年第 11 期．

[28] 高璐璐．从《绿萝之舟》看日本社会当代贫困 [J]．嘉应学院学报（哲学社会科学），2013 年第 7 期．

[29] 林斌．"恐老症"与都市生活的隐形空间——《一个好邻居的日记》中的越界之旅探析 [J]．外国文学，2013 年第 5 期．

[30] 林进．论《人赘的狗女婿》的现代文明批判 [J]．社会科学战线，

2013 年第 1 期 .

[31] 杨炳菁，关冰冰 . 高龄作家的出世之作——第 148 届芥川奖获奖作品《ab 珊瑚》[J]. 外国文学动态，2013 年第 3 期 .

[32] 日本女性寿命更长收入更低 [J]. 人口与计划生育，2013 年第 6 期 .

[33] 崔迎春 . 老龄化背景下的日本高龄者雇用政策 [J]. 安徽师范大学学报（人文社会科学版），2014 年第 3 期 .

[34] 叶琳 . 论《一个人的晴天》的叙事结构 [J]. 当代外国文学，2014 年第 3 期 .

[35] 周萍萍 . 日本女性文学的发展历程：从哀愁、抗争到反叛 [J]. 国外文学，2014 年第 2 期 .

[36] 冯常荣 . 女性视角下边缘人的孤寂呓语——论大道珠贵的小说 [J]. 文艺争鸣，2015 年第 1 期 .

[37] 肖霞 . "家"的隐喻——论日本现代女性文学的后现代性 [J]. 中华女子学院学报，2015 年第 6 期 .

[38] 叶荣华，林佩玲 . 从金原瞳的《蛇舌》看日本当代年轻人的自我认同方式 [J]. 赣南师范学院学报，2015 年第 2 期 .

[39] 杨春华 . 日本女性回归家庭意愿上升的社会学分析——基于社会性别差异的视角 [J]. 南开学报（哲学社会科学版），2015 年第 4 期 .

[40] 陈婷婷 . 现代 "说话" 的吊诡之美——评 2016 年芥川奖获奖作品《异类婚姻谭》[J]. 外国文学动态研究，2016 年第 4 期 .

[41] 郭婵丽 . 自我的发生——从弗洛伊德到拉康 [J]. 华南师范大学学报（社会科学版），2016 年第 6 期 .

[42] 金海兰，肖巍 . 浅析当代日本女性职业劳动的困境 [J]. 中华女子学院学报，2016 年第 5 期 .

[43] 刘畅 . 女性社会价值评价与性别问题——以 "谁是日本社会的女性人生赢家" 为例 [J]. 日本问题研究，2016 年第 5 期 .

[44] 王晶，杨鹏宇，张珊 . 日本 80 后女作家的自我成长与救赎 [J]. 日

本研究, 2016 年第 4 期.

[45] 王伟均, 于晓峰. 记忆之殇与重塑之旅——论《洛安娜女王的神秘火焰》中埃科的符号叙事 [J]. 当代外国文学, 2016 年第 4 期.

[46] 叶琳. 论川上未映子《乳与卵》的象征意义 [J]. 湖南科技大学学报（社会科学版）, 2016 年第 3 期.

[47] 朱安新, 高熔. 日本独居老年人的孤独死感知——基于日本内阁府"独居老年人意识调查（2014 年）"数据 [J]. 贵州社会科学, 2016 年第 10 期.

[48] 邓天中. 面对衰老 文学何为——文学老年学与衰老创痛 [J]. 南华大学学报（社会科学版）, 2017 年第 2 期.

[49] 丁英顺. 日本老年贫困现状及应对措施 [J]. 日本问题研究, 2017 年第 4 期.

[50] 史忆. 再谈男权社会中的女性主体性建构——《好邻居日记》的后现代女性主义解读 [J]. 河南社会科学, 2017 年第 2 期.

[51] 邢以丹. "无缘社会"里的疼痛与挣扎——日本"80 后"女作家揭示的现代性困境 [J]. 长春大学学报, 2017 年第 1 期.

[52] 高阳. 作为普通人的哲学——评第 158 届芥川奖获奖作品《我将独自前行》[J]. 外国文学动态研究, 2018 年第 6 期.

[53] 冯涛, 顾明栋. 莫道桑榆晚, 人间重晚情——中西思想和文学中的老年主体性建构 [J]. 学术研究, 2019 年第 9 期.

[54] 凌昊. 悖离·妥协·成长: "她者"视阈下《少女的告密》中女性关系书写 [J]. 妇女研究论丛, 2019 年第 2 期.

[55] 王新生. 平成时代开启后工业化社会 [J]. 世界知识, 2019 年第 8 期.

[56] 张建立. 是什么让日本老年人"退而不休" [J]. 人民论坛, 2019 年第 2 期.

[57] 陈煜婷, 张心怡. 马克思主义女性思想的当代价值——以家务劳动社会化为例 [J]. 党政论坛, 2020 年第 8 期.

[58] 陈志丹.自我意识理论的困境与出路：从康德到马克思 [J].湖北社会科学,2020 年第 7 期.

[59] 杨洪俊."正常"何谓的追问——《便利店人》的生态女性主义释读》[J].外国文学,2020 年第 1 期.

[60] 刘锦丽.论非裔美国小说家欧内斯特·盖恩斯的老年书写 [J].湖北大学学报(哲学社会科学版),2020 年第 3 期.

[61] 李姝蓓.从拉康"父亲之名"视角解读芥川奖获奖小说《冥土巡游》的人物形象 [J].外语研究,2020 年第 2 期.

[62] 叶琳.论平成时代日本后现代女性主义文学的繁荣与变化 [J].东北亚外语研究,2020 年第 1 期.

[63] 李姝蓓.身份迷失与自我扫寻：拉康视域下《冥土巡游》中奈津子的形象解读 [J].东北亚外语研究,2020 年第 4 期.

[64] 沈洁.家务劳动再分配的政策探索——日本"高龄女性贫困"问题的反思 [J].妇女研究论丛,2021 年第 1 期.

[65] 苏永怡.《一个人的好天气》中的"恋物"及其治愈——兼谈日本当代年轻人生存现状》[J].当代外国文学,2021 年第 2 期.

报纸文章类:

[1] 明珠.金原瞳：引领少女写作风潮 [N].2004 年 5 月 14 日,新京报.

[2] 王德威.乌托邦,恶托邦,异托邦——从鲁迅到刘慈欣 [N].2011 年 7 月 11 日,文汇报.

[3] 黄杨.青春期女孩踹的那一脚 [N].2011 年 12 月 23 日,京华时报.

[4] 徐珏.青山七惠：写作,也要走过青春期 [N].2013 年 11 月 1 日,北京青年报.

[5] 戴铮.畅销书《未来的年表》：2042 年日本将陷入最大危机 [N].2017 年 8 月 2 日,中华读书报,第 4 版.

[6] 常博深,沐尘.日"穷忙族"：拼命工作依然穷 [N].2019 年 1 月 3 日,新民晚报,社会/新民环球.

[7] 肖瑛.从社会学出发的文学社会学 [N].2019 年 3 月 20 日, 中国社会科学报, 第 4 版.

电子文献类:

[1] 日本超过四成老人担心孤独死去 对未来生活不安 [EB/OL]. 详见: http://news.sohu.com/20100405/n271315872.shtml

[2] 中日经济交流网.日本女性国会议员比例在发达国家中最低 [EB/OL]. 详见: http://cjkeizai.j.people.com.cn/n/2014/0305/c368507-24537410.html

[3] 人民网 - 日本频道.日本调查: 十多岁的年轻人即使和朋友在一起也会感到孤独 [EB/OL]. 详见: http://japan.people.com.cn/n1/2018/1226/c35421-30488704.html

[4] 新华社新媒体.儿基会调查: 日本未成年人身体与精神健康度天差地别 [EB/OL]. 详见: https://baijiahao.baidu.com/s?id= 1676890929519695577&wfr =spider&for=pc

[5] 蒋丰.日本"职场暴力"为何刷新纪录? [EB/OL]. 详见: http://blog.sina.com.cn/s/blog_615fb6320102ebb4.html

[6] 中国青年网.日本 65 岁以上老年人人数创新高, 女性明显多于男性 [EB/OL], 详见: https://baijiahao.baidu.com/s?id=1678409807452352294&wfr=spider&for=pc

[7] 王志耕.当代俄罗斯文学中的"老年叙事" [EB/OL], 详见: http://ex.cssn.cn/wh/wh_xzjd/201804/t20180412_4026167.shtml

[8] 重里徹也, 王奕红, 陈世华.从小说看平成 30 年间的日本 [EB/OL], 详见: https://www.sohu.com/a/441598245_12087351